短編アンソロジー

味覚の冒険

集英社文庫編集部 編

集英社文庫

目次

短編アンソロジー
味覚の冒険

ベーコン

井上荒野

報《しら》せることを二つ携え、半年ぶりに山に登った。なだらかな山をぐるぐる車で走っていくと、海が見えたり、また見えなくなったりした。海沿いの小都市に住んでいるが、普段は海を見ることはない。海の色が紺に近いのは、もう冬に近いからだろうと思った。何もない山だった。車が通れる道ができているのが不思議なくらいだ。やがて林が開けて、広々した草地のそばを走るようになる。羊がいたので驚いた。半年の間、沖《おき》さんの時間が着々と経《た》っていたことを思った。もちろん豚たちもいた。放し飼いにされているので、好き勝手に寝転がったり泥にまみれたりしている豚たちの向こうに、沖さんの姿が見えた。

沖さんは、柵を作っている最中だったが、その手を止めて、立ち上がって、私の車をじっと見た。でも、私が車を停《と》めて、沖さんのほうへ歩き出したときには、作業に戻っていて、顔も上げなかった。ほとんど手で触れそうなほど近くまで寄って、「こんにちは」と声をかけると、ようやく、迷惑そうに顔を上げた。

「また来たのか」

「羊がいたわね」

私は、半年間も来なかったことを沖さんに思い出させるためにそう言った。沖さんはロープをいじりながら、不承不承頷《うなず》いた。

「元気だった？」

「変わりようもないよ」

沖さんは立ち上がり、新しい杭《くい》を地面に突き刺すと、槌《つち》をふり下ろした。

その辺りの山一帯が、沖さんの土地だった。

誰もほしがらない山を安価で買って、養豚をしているのである。

私は車にもたれて、沖さんが柵を作るところを眺めた。私はウールのコートを着てきたのに、沖さんはジーパンに、下着みたいなTシャツ一枚という姿で、汗をかいていた。

沖さんは、私の死んだ母より九つ下の四十三歳だが、ひょろりとした長身に、健気《けなげ》な筋肉がついている様子や、無造作な長髪のせいで、実際の歳《とし》よりもずっと若く見える。

沖さんにはじめて会ったのは、三年前、母の葬式のときだった。沖さんが喪主で、私は弔問客の一人だった。葬式は、今、沖さんのうしろに見えている、山小屋に継ぎはぎしたような家で行われた。弔問客を案内したり、お坊さんと話をしたり、電話に出たりと、沖さんは一人で動き回っていたが、その間中ずっと涙で顔を濡《ぬ》らしていた。そのときの沖さんの無防備な泣き顔が、あんまり印象深かったので、今、目の前にいる仏頂面の沖さんのほかに、もう一人の沖さんがどこかにいるのではないかと思えるほどだ。

沖さんは、黙々と杭を打ち続けていた。まったくこちらを見ないので、私がいることを忘れているかのようだったが、そうではないことはわかっていた。その証拠に、沖さんの仕事を眺めている間、私は車の前から、少し離れた、すでに出来上がっている柵のほうへと移動していたが、沖さんはようやく槌を置いて顔を上げたとき、まっすぐに私のほうへ顔を向けた。

沖さんは私を睨《にら》んだ。何を言えばいいのか、考えているようだったので、

「ケーキを買ってきたのよ」

と、私は、持ってきた箱を掲げてみせた。

沖さんはふいと顔を背けて、家に入っていってしまった。私はしばらくの間、その場に立っていたけれど、いつまでたっても沖さんが出てこないので、家の中を覗《のぞ》いてみた。沖さんはお湯を沸かしているところだった。

私は、土間と一続きの台所の、おそらく沖さんが木切れで作ったのだろう、大きくて不格好な椅子に座った。沖さんはインスタントコーヒーを作ろうとしているらしい。家の中のことは苦手らしくて、コーヒーの粉をマグカップに入れて湯を注いでかき混ぜる

だけのことが、さっきの柵作りよりもよほど大仕事のように見えた。私は横目で、テーブルの横にある小さな食器棚を見た。ケーキを載せる皿やフォークを準備したかったのだが、近づくのはためらわれた。そこに並んでいるのは、母が選び、使っていた食器類に違いなかったから。

沖さんがコーヒーを運んできた。私がケーキの箱を開けると、沖さんは一度座った椅子からまた立って、すたすたと食器棚へ歩いていき、すみれの花の模様がついた洋皿とフォークを二組持ってきた。沖さんのその動作の、無造作さや身についた感じに、私は少し腹が立った。

「砂糖は」と沖さんが聞いてくれたので、私はつい「入れる」と答えてしまい、そうしたら沖さんはまた台所に戻って、しばらくの間ごそごそしてから、袋入りの上砂糖を持ってきた。砂糖を探すくらいだから、沖さんは普段ブラックで飲んでいるに違いないのに、私が砂糖を入れると、沖さんも入れた。沖さんはスプーンは持ってきてくれなかったので、二人ともケーキ用のフォークで混ぜた。長い間混ぜていた。

「寒いんじゃないか」

とうとう沖さんがそう言った。大丈夫、と私は答えた。コートを着たままだったのだが。

「寒かったらストーブつけるけど」

「大丈夫。ケーキを食べましょう」

沖さんによけいな動揺をさせないように、私はシンプルなケーキばかりを四つ買ってきていた。予想通り、沖さんはシュークリームを選び、私はショートケーキを取った。フォークを使わず、温泉まんじゅうでも食べるようにシュークリームにかぶりつく沖さんを、私は盗み見た。盗み見ることに集中して、沈黙を気にすることを忘れていた。

沖さんが身じろぎした。

「おとうさんは元気か」

私ははっとして、意味もなく辺りを見渡した。

「父は、先月死んだの」

それが、私がその日携えてきた報せのひとつだった。


沖さんは母の恋人だった。

母は、私が四歳のときに家を出て、ずっと沖さんと暮らしていたので、私と父が母の死を知ったのは、沖さんからの電話によってだった。電話を取ったのは父だったので、そのときの沖さんがどんな様子だったのかはわからない。父はただ「おかあさんと一緒にいた人から、連絡があったよ」と私に告げた。おかあさんは、亡くなったそうだよ。

私は四歳以来、一度も母に会っていなかったので、衝撃はとくになかった。顔も知らない親戚の死を知らされたような感じだった。私が母のことを考えはじめるのは、葬式のあと、自分でもわけのわからない衝動にとらわれて、沖さんに会いにいくようになってからだ。

母の死は突然だった。母は、その山に住んでいる人間がいるなどとは夢にも思っていなかった若者の、無謀なスピードにまかせたオートバイにはねられたのである。それに比べると、父の死は緩慢でやさしげでさえあった。母の出奔と前後して病んだ肝臓に、父は有効な手当てをほとんど施さず、ゆっくり、確実に悪くなっていったのだった。

私は一人娘で、母を亡くした三年後に、父をも見送ったわけだけれど、天涯孤独にはならずにすんだ。私の恋人が、父がもう長くないことを知ったとき、私に結婚を申し込んでくれたからだ。それが、沖さんへの、二つ目の報せだった。

沖さんとケーキを食べ終わり、山を下りると、私はその足で恋人に会いにいった。

私たちは、私が父と住んでいた古い家を処分して、二人暮らしに相応なマンションの一室を買うことにしていた。契約はほぼまとまりかけていて、その日も、不動産屋でいくつかの手続きをしてから、食事に行った。

恋人は、おいしいものを食べることに熱心で、彼の眼鏡にかなう店を、いつでも探し出してくる。その日も、著名なシェフが、惜しまれながら東京の店をたたんで、その人の郷里に近いこの都市に開いたという、イタリア料理店に連れていってくれた。

こぢんまりとしていて、ミルク色のテーブルクロスが温かな雰囲気を作っているその店で、

「ここの羊を食べたら、ほかでは食べられなくなってしまうらしいよ」

と恋人が言ったとき、私は、沖さんの山にぽつぽつと佇《たたず》んでいた羊のことを、つい思い出した。

「家が決まったから、次は結婚式だね。その前に引越しもあるけど」

恋人は、前菜の皿越しに手を伸ばして、私の手に触れた。

「どう？　大丈夫？」

私はちょっと驚いて、

「どうして？」

と聞いた。

「……いや、君には、あんまりいろんなことが続きすぎているからさ。僕にしてみれば、おとうさんが亡くなったあと、あの家に君がひとりぼっちでいるところを思い浮かべると、もうたまらなくなって、どんどん事を進めてしまったわけだけど、今になって、君の気持ちを置き去りにしていたような気もしてるんだ」

「そんなこと……」

私は微笑《ほほえ》み、恋人の指に指を絡めた。次の皿を持ってきたウェイトレスが照れくさそ

うに私たちを見下ろすまで、ずっとそのままでいた。

私は恋人が、もっと私に触れたがっているのがわかった。父が亡くなって以来——つまりもう半月以上——私たちは二人きりになっていなかった。はじめは、私よりもむしろ彼が、死者への敬意をそういうかたちで示していたのだと思う。けれども、彼はもう、喪を解きたがっていた。

そのきっかけを作るのは、私だということもわかっていた。恋人はやさしすぎるから、私が望まないことはしたくない、と思っているのだ。でも、私は、どんなふうにそれを伝えればいいのかわからなかった。わからないのは、本当はそうしたくないからであるようにも思えてきて、いつものように、そこで考えることをやめてしまう。

恋人とは半年前に会った。それは偶然の出会いだったが、私たちはお互いに魅《ひ》かれ合い、いっそう魅かれ合うための時間を重ねてきた。それは間違いないことだと思う。たとえば私は、恋人と出会ったことによって、意味もなく沖さんを訪ねることをやめたのだから。

恋人は、私の両親が離婚していて、母がもうこの世にいないことを知っているが、それ以上のことは知らない。言う必要はないと父は言ったし、私もそう思っていた。

母が沖さんという人と暮らしていたこと、母の葬式に行って私がその人に会ったこと、そのあと幾度かその人を訪ねたこと、恋人と出会ってからの半年を経て、今日、再び会いにいってしまったことなどは、いつか話すときが来れば、話せばいい。そんなふうにまだ打ち明けていないことは、恋人のほうにもあるだろう。打ち明けるのがこわいのではない。自分の中身を何もかも開いて見せるだけの時間を、私たちは一緒にまだ過ごしていない、というだけのことだ。

私はそう考えていた。が、その夜、突然、沖さんのことを今、恋人に言わなければならない、という気持ちになった。そうすれば、そのあと続いて、今夜こそ二人きりになれるきっかけを作れそうな気もしたのだが、結局私は言えなかった。

思い詰めた顔でもう一度恋人の手を取って、

「この羊、本当においしいわ」

と言っただけだった。


どうしてか私は、母の葬式の日のことを、度々思い出してしまう。

それは終わりの日だった筈《はず》なのに、はじまりの日のように思える。

父は母の葬式に出ることを断固として拒否したけれど、私が行くことを止めはしなかった。それで私は、私たちが暮らす町を見下ろしている、曖昧な高さの山にはじめて登り、泣き濡れている沖さんと、豚たちと、四歳以来の母の遺影に、はじめて対面することになったのだ。

私は、私と父を捨てる以前の母の顔を知っていた。私の家には、父が撮った母のスナップが、そっくり残っていたからだ。父は母の裏切りに、あまりにも絶望しすぎて、写真を処分することさえできなかったのだと思う。

母は「父とケンカして」どこかへ行ってしまったのだ、と私は教えられていたが、その説明も、子供向けに事実をぼかしたというよりは、父のなげやりさのあらわれであった気がする。だから、親戚縁者の無責任な噂《うわさばなし》話から隔離されることもなくて、中学に入る頃には、母が若い男と恋仲になって、父を捨てたのだということを、私はもうちゃんと知っていた。

沖さんの家の、その辺のものを寄せ集めて白い布をかけただけであることがひと目でわかる祭壇の上に、母の遺影は飾られていた。黒い額の中の母は——当たり前のことだが——家にあったスナップの母よりもずっと歳をとっていて、知らない女にしか見えなかった。実直な勤め人だった夫と小さな娘をあっさり捨てて、寂しい山の中で豚を飼う男と暮らすことを選んだ、見知らぬ女。

弔問客は、家のまわりをうろついている豚の数よりもよほど少なくて、私の素性を知っている人など誰もいなかった。むしろ、何かの間違いで飛び込んできた他人のように遠巻きにされていたが、最終的には、じろじろ見られたり、ひそひそ囁《ささや》かれたりすることになった。というのは、沖さんが、私を見るなり、あからさまに動揺して、挙動不審になったからだ。

簡単に言えば、沖さんは、私を凝視していた。泣きながら見つめ続け、そうしていることを自分では隠しているつもりになっているときでも、やっぱり見つめ続けていた。私はそれまで、誰からも、沖さんのような目で見つめられたことはなかった。私が、沖さんに会うために山に登るようになった、それが理由のひとつかもしれない。もっとも、沖さんが私を見つめたのは、葬式の日だけで、次からは、見つめるどころか、目を逸《そ》らすようになってしまったのだが。私が葬式の日のことばかり思い出すのは、あの日の沖さんが、結局いちばん感じがよかったからかもしれない。

それでも、私は、どうにかいくつかの言葉を沖さんと交わして、母と出会ったとき、沖さんは父同様の勤め人であったこと、養豚は、母が沖さんのもとへ来てから、二人で人の手伝いをするところからはじめたこと、だから当初は生活はひどく苦しいものであったこと、などを聞き出した。

それで、私の中では、母のプロフィールが少しずつかたち作られるようでもあり、その母から愛された沖さんや、その母を愛した沖さんのかたちが、次第に浮かび上がってくるようでもあったのだが、そのことに自分が何を求めているのかはわからなかった。

その日、恋人は、半地下の薄暗い店に私を誘った。

そこは薫製を出す店だった。レストランというよりバーの体裁だったが、料理はこちらで注文しなくても、次々と出てきた。私と恋人は、普段より強い酒を飲みながら、肉や魚貝、あるいはチーズや沢庵《たくあん》を、様々な種類のチップで燻《いぶ》したものを食べた。

どれもおいしかったが、とりわけ素晴らしかったのはベーコンだった。厚切りで、ステーキのように焼いてあった。出てくるタイミングからして、店のほうでも、それをメインと考えているようだった。私と恋人は、カウンターに座っていたので、二人で賛嘆の声を上げていると、店の人が話しかけてきた。

薫製の方法の説明があってから、

「脂身がこれほど旨《うま》い肉はめずらしいでしょう？　この地方産の豚なんですよ」

とその人が話しはじめたとき、私はびっくりした。それは、沖さんが育てている豚のことにほかならなかったからだ。

「山を丸ごと養豚場にして、放し飼いにしているんですよ。起伏があるところを走らせているのが、いいんでしょうね。餌も配合飼料をやめて、魚のあらなんかを食べさせているらしいです」

「私、その人を知ってるわ」

私はとうとうそう言ってしまった。恋人が、意外そうに私を見た。

「母の知り合いだった人なの」

恋人は、私がさらに言葉を継ぐのを待っていたが、私はそれだけしか言わなかった。結局、何も言わずにいるよりももっと、何も言わないような印象になってしまった。

恋人は、へえ、と頷き、皿に残ったベーコンの脂を、パンでさらって口に運ぶと、

「養豚か。僕が、ぜったいにできない仕事といえば、それだなあ」

と呟《つぶや》いた。

「自分たちが食うための生きものを、育てるっていうのがね。豚はとりわけ、何ていうかな、牛や鶏よりもリアルな感じがする。ベーコンを旨い旨いと食ったあとで、言うようなことじゃないけど。出荷のトラックに乗せるときなんか、どういう気持ちになるものだろう」

私が答えを考えている間に、

「人間はそうしないと生きていけないわけですからね」

と、店の人が言った。その口調がほんの微《かす》かに、怒りを含んでいるようでもあったせいか、恋人はすまなそうに、そうなんだ、と頷いた。

「豚を飼っている人も、牛を飼っている人も、僕なんかに言われるまでもなく、そのことはさんざん考えてきたんだろうね。そのうえでそれを続けているんだから……」

すまないね、僕はちょっと酔ったみたいだ、と恋人は私に言った。私は、彼を安心させるために微笑んだ。

その夜、店を出たあと、私たちは、新居になるはずの部屋へ行った。契約はもうまとまって、部屋の鍵をもらっていたのだ。ちょっと寄ってみようか、と言ったのは恋人だったが、彼がそう言い出せるようにふるまったのは私のほうかもしれなかった。

そこは中古の分譲マンションの一室で、先住者はとっくに引き払ったあとだったから、がらんとした、カーテンすらない部屋だった。外から見えないように灯をすっかり消して、床の上に敷いた恋人のコートと、上にかぶった私のコートの間で、私たちは、父の死以来、はじめて体を合わせた。

私は激しく恋人を求めた。はじめ用心深かった恋人が、慌てて荒々しくなるほどに。

数日後、私は再び、山に登った。

前回、私は沖さんに、父が死んだことしか告げていなかったからだ。結婚することを報せるために、もう一度沖さんに会わなければならないと思った。

寒さはいっそう募っていて、乾燥した灰色の空が重くたれこめていた。いつもの場所に車を停めた。柵はもうできあがっていたが、沖さんの姿は見えなかった。家の横に停めてあった自転車に乗って、あちこち走り回り、ふたつ向こうの丘の麓の小屋の裏手で、泥の山の上にいる沖さんを、ようやく見つけた。

ものすごい匂いを放つ真っ黒な泥を、沖さんはスコップでかき回していた。「また来たのか」とはもう言わず、ただ困った顔で私を見た。

「それ、何なの？」

沖さんの表情に心が痛んで、私はかたい声で聞いた。豚の餌だと沖さんは答えた。

「町に残飯を取りに行って、今帰ってきたんだ。急に来られても、俺はいないときもあるぞ」

だからもう来るな、ということだろうか。でも、ちょうど帰ってきたところでよかった、というふうに聞こえないこともなかった。私は黙って、自転車の荷台に腰かけた。

沖さんはちらっとこちらを見て、作業に戻った。こんなに寒いのに、今日もやっぱり作業ズボンにTシャツ一枚という姿だ。しかも汗をかいているらしく、Tシャツが体に張りついて、スコップを持った手を振り上げるたび、腹筋の形があらわになる。筋になって額にかかった髪を、沖さんはときおり、うるさそうに手の甲でかきあげる。

餌も配合飼料をやめて……と、薫製の店の人が言っていたのが、あの泥なのだ、と私は思った。あのとき、私は、沖さんを知っていると、恋人に言ってしまった。それは、沖さんの豚が、思わぬところで認められていたことが、嬉《うれ》しかったせいではなかった。

結局私は、私以外の人が、沖さんを知っていることに驚いたのかもしれない。驚いたというよりは、心を乱されたのだ。私は、母の恋人だったこの男を、私以外の誰にも知られないように、この山の中に閉じこめておきたいのかもしれない。

まだ四時過ぎだったが、辺りは暮れはじめていた。暗くなってきたのを意識したとたんに、どんどん暗くなってくるようだった。沖さんの白いTシャツが、街灯の下の蛾《が》のようにはためいた。

自転車はここに置いておいていい、と沖さんが言って、私は沖さんの軽トラックの助手席に乗せてもらった。

むっと濃い沖さんの汗の匂いを意識せざるをえないその狭い場所で、私は言葉を探した末に、

「柵ができていたわね」

などと言った。

「作ったんだから、できるさ」

沖さんは、意地悪い口調ではなく、そう答えた。

「杭を打てば打っただけ柵は延びていくよ。この仕事の、そういうところが好きだと、あなたのおかあさんは言っていた」

沖さんが母のことを話すのははじめてだった。私は「そう」と答えたが、そのあと唾を飲み込んだ音が、ひどく大きく響いた気がした。

車が家の前に着き、沖さんはすたすたと中へ入っていった。私も沖さんのあとに続い

た。きっとまた困った顔をされるだろう、と思ったが、沖さんは薬缶《やかん》をかけながら「コーヒーでいいか」と言った。

　私はそのことであがってしまった。この前と同じにコートのまま椅子に座って、

「沖さんの豚、お店で食べたわ」

　と言った。

「どこの店」

　私は店の名前を言ったが、沖さんはわからないようだった。

「そこは薫製のお店なの。沖さんの豚をベーコンにしてあったのよ。お店の人は、豚をすごく誉《ほ》めてたわ」

「ベーコンなら、俺も作ってるよ」

　そのとき、石油ストーブに火を点《つ》けようとしていた沖さんは、私をちらっと見上げて、何か考えているふうだった。それから沖さんは家の外へ出ていった。お湯が沸き、私は台所へ立ってこの前使ったマグカップを探し出し、二人分のインスタントコーヒーを作った。ようやく沖さんが玄関から顔を出して、

「こっち、こっち」

　と呼んだ。

　家の前に据えられていた作業台のような机の天板が取り払われ、中に切られた炉に、

炭が熾《おこ》っていた。やはり沖さんが作ったらしい丸椅子もふたつ置いてあった。私は家の中に戻ってコーヒーを持ってきた。沖さんは、炉に渡した網の上に、ベーコンを並べていた。

「ベーコンにはビールだろう」

沖さんはコーヒーを見て咎《とが》めるように言った。

「でも車だもの」

「ああ……そうか」

沖さんはばつが悪そうに頷いた。

私と沖さんは、炉を囲み、向かい合って座った。炉の縁には、脂やソースの染みが点点と付いていた。沖さんと母とは、幾度もこうして食事したのだろうか。

私の想像はなぜか上空を駆け抜けて、沖さんがこの炉を作っているところや、そのそばでしゃがみ込み、膝の上に顎をのせて、幸福そうに作業を眺めている母の姿までが浮かんできた。私はそれを振り払うように、

「沖さんは、最初からそんなふうに逞《たくま》しかったの」

と聞いた。

「いや。べつに」

沖さんは炉の上のベーコンに向かって呟いた。

「沖さんは、床上手だったの」

沖さんはゆっくり顔を上げて、私を睨んだ。

「よく、そういうことが言えるもんだな」

「母のことなんか、何も覚えていないもの。私には他人なのよ」

私は言い返した。

「あなたはお母さんによく似ているよ」

ベーコンはゆっくり炙《あぶ》られていった。脂身がぷっくりと膨らみ、次第に透明になって、端のほうから少しずつ、ちりちりと焦げていく。脂が炭の上に落ちて、香ばしい細い煙になった。匂いにつられたのか、ほかの理由でか、豚が二頭、そばに寄ってきた。「ほい、ほい」と沖さんは豚の尻を叩《たた》いて追い返し、ベーコンを裏返した。

「私、結婚するの」

沖さんは一瞬、何かを探すように私を見た。それから、そうか、と言って、ベーコンを私の皿にのせてくれた。

「おめでとう」

私はベーコンを食べた。沖さんのベーコンは、薫製の店で食べたものよりもずっとしょっぱくて、ずっと濃い肉の味がした。

クリスマス

川上弘美

「ちょっとしたもんでしょ」と言いながら、ウテナさんが壺《つぼ》をくれた。

日曜の青空市で買ったんだそうである。首が細くしまっていて、貝の殻らしきものがところどころに貼ってあり、殻の部分は真珠色に光る。

螺鈿《らでん》ていうのかな、こういうの。聞くと、

「そんなに由緒あるもんじゃないでしょうけどさ。なんかきれいじゃない」とウテナさんは答え、立ち上がった。それから、

「しばらく旅に出ますね」と言って、こちらを見た。え、と聞き返すと、

「なんてね。たんなる出張。旅に出たいよねえ、ほんとは」と言い、壺を卓の上にとんと置いたのだ。

貝殻が光を反射して、壺のあちらこちらがきらりと光った。

「花でも生けてよ」そう言い残して、ウテナさんは扉に向かった。

花ねえ。切り花はあんまり得意じゃないのよ、すぐに枯れるからかなしくて。わたし

が言うと、ウテナさんはふふふと笑い、

「それなら、せいぜい床の間にでも飾ってやってよ。よく光ってることだし」と、扉を閉め際に言った。

床の間なんかないの、知ってるくせに。そう答えようとしたときには、もうウテナさんは扉の外だった。壺は卓の上で静かに光っていた。


ウテナさんは出張だったが、わたしもしばらく仕事が忙しくて、壺のことは忘れていた。卓の上にちんまり乗っていたが、本やら紙挟みやらコップやら薬やら芽を出しかけているベンケイソウの置いてある皿やらがごたごた置いてある卓なので、ことさら壺に注目したりしなかった。忘れていた。

ようやく仕事が一段落したころ、夜遅くに茶漬けなんか食べながら見ると、壺がいやにつやつや真珠色をしている。それで、思わず手に取ってみた。少しばかり曇っている部分があったので、布巾でごしごしこすった。

こすった途端に、「ご主人さまあ」という声があがり、それと共に煙が立った。

ええっ、と叫ぶと同時に、煙の中から若い小柄な女があらわれ出《い》でて、

「ご主人さまあ、こんにちは」と言った。ずいぶんと可愛《かわい》らしげな声だった。煙が薄く残っているので、顔があまりよく見えない。

あなた、なんなの、そう問うと、女は、

「コスミスミコです」と答え、お辞儀をした。

コスミスミコさん、回文みたいな名ですね。ていねいなお辞儀が終わって顔を上げたコスミスミコに向かってつぶやくと、コスミスミコは眉を寄せて、

「ほんとにもうそうなんですう。親は何考えてたんでしょうねえ」と言い、にこにこした。

あの、コスミさん、ええと、その、壺から出てきたんですか。聞くと、コスミスミコは大きく頷《うなず》いた。

あの、それで、コスミさんは、その、どういったかたなんですか。次に聞くと、コスミスミコはにこにこしたまま、黙った。しばらく両方で黙っていたが、いつまでたってもコスミスミコはにこにこしているばかりで何も言わない。所在なくなったわたしは手に持ったままの壺をこすった。

途端に、コスミスミコは、ひゅうと壺に吸いこまれた。出てきたときと同様。こするやいなや。

あっ、とわたしは言って、壺を卓に戻した。茶漬けの残りを食べながら、わたしは壺をじっと見つめた。壺はつやつやと光っていた。真珠色に光っていた。

翌朝は早かったので、壺には触れなかった。前の晩もあれから壺には触れないようにした。コスミスミコは無害そうに見えたが、ほんとうに無害かどうか、わかったものではない。朝食をとらずに、水ばかりをがぶがぶ飲んで、わたしは部屋を出た。十二月に入ってから寒さが少しゆるんで、ぽかぽかした日が続いていた。それでも朝方は冷える。地面から足の裏に冷たいものが伝わってくるような感じだった。

いちにち仕事が忙しく、昼食を食べそこね、夕食をとる機会も逸して、わたしは茫然《ぼうぜん》と部屋に戻った。疲れきって、買い物をするちからがなかった。冷蔵庫にたしか大根と柿とボンレスハムと卵があったはずだと思いながら部屋を横切り、冷蔵庫の扉を開けると、大根だけがあった。大根の横には、マーガリンとレモン。柿とボンレスハムと卵の姿は、どこにもない。あるのは、大根とマーガリンとレモンばかり。

大根とマーガリンとレモン？

ぐったりとしながら、わたしは冷蔵庫をさらえた。

ドアポケットや棚の隅をひっくりかえして調べた結果、缶ビールが二本、缶紅茶が一本、鉱泉水が一本、佃煮《つくだに》が少々、賞味期限を二週間過ぎた納豆が一パック、葱《ねぎ》としなびた生姜《しょうが》ひとかけ、味噌《みそ》、以上のものが発見された。それが冷蔵庫の残りの全容だった。

次に冷凍庫を開けたが、一皿の製氷皿に四角い氷が行儀よく並んでいるだけであった。残りご飯やら食パンやらがいくばくか冷凍してあった記憶があるのだが、影もかたちもない。

大根をトースターでトーストしてマーガリン塗ろうか。佃煮載せるとおいしいかもしれない。ぶつぶつと言いながら、わたしは椅子に座りこんだ。どうもおかしい。いかにわたしの頭がぼんやりしているにしても、冷蔵庫の中身が少なすぎる。おかしい。おかしい。わたしはつぶやいた。おかしい、おかしい、何かがおかしい。つぶやき続けた。何かを忘れているような気がした。おかしいもの。おかしいこと。

コスミスミコ。

思い出した。

コスミ。コスミスミコ。わたしは怒鳴った。コスミスミコ、あなたね。あなたが冷蔵庫のもの食べちゃったのね。

怒鳴っても、何も出てこなかった。壺を取りあげて、思いきりこすってやった。ぼうんという音がして、煙がもうもうとたち、コスミスミコがあらわれ出でた。

「ご主人さまあ、おかえりなさいませえ」にっこりする。

あなた、食べたでしょ。冷蔵庫のもの。言って睨《にら》みつけると、コスミスミコはにっこりしたまま、

「はいい」と答えた。

「はいい、食べましたあ、おいしかったごちそうさまですう」

何で食べちゃうのよ、おなかすいてるんだからわたしは。ふたたび怒鳴ると、コスミスミコはびっくりした表情になり、

「あごめんなさいい。そんなこと考えなかったんですう。おいしかったですう、でもパンは電子レンジで解凍しすぎてすかすかしちゃいましたあ」と言った。

あなたね、どうにかしてよ、わたしはね、疲れて買い物に行く気力もないの。返してちょうだい、冷蔵庫のもの返してよ。さらに怒鳴ると、コスミスミコは目をぱちくりさせていたが、すぐに、

「なあんだ返せばいいんですねえ、はいい」と言って、頭を左右に振った。目をことさら大きく開き、頭をぶんぶん振った。

「返しましたあ」

冷蔵庫を開けると、柿とボンレスハムと卵があった。冷凍庫には、食パン半斤と残りご飯が二包みと冷凍海老《えび》が八匹、戻っていた。海老は記憶になかった。でもきっと入っていたのだろう。

「ご主人さまあ、ごめんなさいい。あたしいつもこうだから、だからこんな境遇になっちゃったんですう、でも悪気はないのお」

ご飯の包みを電子レンジに入れ、大根を千切りにして沸かした湯に入れながら、わたしはコスミスミコをじろじろと見た。コスミスミコは短いスカートとからだにぴったり

張りつくような薄い半袖のブラウスを着て、裸足《はだし》で立っている。小柄なわりに、足がすんなり長い。目が切れ長で眉は三日月形をしている。くちびるは桃色。鼻は少し上を向いていていて鼻梁《びりょう》が細く通っている。

大根が煮えてから、かつぶしの粉と味噌を溶き入れ、中に解凍したご飯を入れてから卵を落とした。ひと煮立ちさせてから火を消し、碗《わん》によそった。蓮華《れんげ》ですくって口に入れる。コスミスミコがじいっと見いっていた。

なに。なに見てるの。

「そうかあ、あたしはチャーハンつくったんです。ハムきざんで卵入れて。海老も入れました。野菜室の葱一本と。でもそっちの方がおいしそう。嵩《かさ》もふえるしい」

料理なんかするの。腹がくちくなったので、いくぶんおだやかな声で聞いた。

「しますよお。これでもお料理、上手だったんですよお。お料理なんかしそうに見えないのに、意外性があっていいねって、いろんな男の子に言われましたあ」

ああん？　蓮華を使いながら、わたしは唸《うな》った。男の子お？　コスミスミコの口調を少し真似《まね》して、わたしは聞いた。男の子がどうしたのお？

「男の子なんですよお。あたしねえ、チジョウノモツレっていうので、こんなになっちゃったみたいなんですう」コスミスミコが涼しい顔で答えた。

チジョウノモツレえ？　どうもこの口調は癖になる。

チジョウノモツレって、痴情のもつれのことお？

「そうですう、たしか、どっかの男の子に刺されただかどっかの女の子に刺されただか、そんな感じですう」

刺されたって、あの、コスミさん。

「刺されたあと迷ってたらあ、壺に入っちゃったんですう」

迷うって、あの、迷ってたの、あなた。

「そうですう。でもよく覚えてない。ちょっと違うのかもしれない。あたし忘れっぽいからあ」

蓮華の先っぽを見つめながら、コスミスミコは言ったのだった。蓮華の先を、うらやましそうに見つめている。

食べる、これ。聞くと、コスミスミコは大きく嬉《うれ》しそうに頷いた。客用の碗によそって、蓮華は一本しかないので匙《さじ》を置くと、ひらりひらりと匙を使って、優雅に食べた。桃色のくちびるに、味噌の雑炊を、ひらりひらりと運んだ。

それが十日ほど前で、コスミスミコは以来すっかりなじんでしまった。部屋に帰ると、つい壺をこすってしまう。最初はこわごわこすっていたが、そのうちに習慣のようになった。当初少々癇《かん》にさわった喋《しゃべ》りかたも、じきに気にならなくなった。頼んでおけば、家の中のこまごましたことを喜んでやっておいてくれる。料理以外はあまり得意でないらしく、掃除を頼んでもほこりがぜんぜん取れていないし、アイロンを頼むと折れ目の線が何本もついてしまったりしたが、わたしだって似たようなものだから、文句はなかった。人がいないときには壺から勝手に出ることができるらしかったが、わたしがいるときには自在に壺を出入りすることはできないのだった。いちいちこすらなければならないのだった。

なぜコスミスミコが壺なんかに住むようになったかは、あれ以来訊《たず》ねなかった。あまり聞きたくない類の話のようだったし、だいいちコスミスミコ自身がよく覚えていないらしかった。コスミスミコと過ごす夜は平穏で、小鳥がちいちい鳴くようなコスミスミコのお喋りは耳に心地よかった。

ある夜ニュース番組を見ながら二人で梅酒をすすっていると、コスミスミコがふと、「クリスマスの街って、すきなんだあ」と言った。

ニュースでは、街でサンタクロースの姿をして働く若い男性の一日、というドキュメンタリーめいた画面を流していた。

「クリスマスの街に出たいなあ」うっとり目を閉じながらコスミスミコはつぶやいた。

コスミスミコの口から出る「クリスマス」という言葉は、たいそうクリスマスらしい響きを持っていた。鐘の音やとなかいの牽《ひ》く橇《そり》の滑る音、樅《もみ》の木《き》の香りや教会のミサの聖歌隊の響きが、その瞬間押し寄せてくるような心もちになった。

街に、行きたいの？　聞くと、コスミスミコはこくんと頷いた。

「行きたい。すごく行きたいい」

それなら、今度の日曜に、行くか。壺持って。そう言うと、コスミスミコはぴょんと跳ねた。

「ほんとお。うれしいよお。うれしいなあ」

何回でも、うれしいなあ、うれしいよお、と繰り返す。壺をこすってコスミスミコを壺に帰してからも、壺の奥からは「うれしいい」というかすかな声が聞こえていた。

卓の上に壺を置き、電気を消すと、壺はうっすらと真珠色に光った。暗い中で、うっすらと、光った。


半袖では寒そうなので、ほんとうは寒くないらしいのだが、なにしろ半袖では人目をひくので、コスミスミコにわたしの服を着せた。わたしよりもずいぶん小柄なコスミスミコは、袖口を折りベルトをしめ、靴には詰め物をした。大人の服を着た子供のように見えないこともなかったが、まずまずだった。コスミスミコは得意満面で、わたしの腕にぶら下がるようにして歩いた。

一緒に歩いていると、多くの人が振り返った。ときおりは「お茶でもいかが」と声をかける男性もいた。わたしの方はまったく見ないで、コスミスミコだけをじっと見つめながら言うのである。

「結構ですう」そのたびにコスミスミコは答え、わたしの腕をぎゅうと摑《つか》んだ。もてるね。言うと、コスミスミコは鼻の頭に皺を寄せて、首を横に振った。

「だけどあげくにチジョウノモツレだもん、もてでもいいことないのよお」いつもより真面目な顔をして言う。

はあそうですか。答えると、コスミスミコはわたしの顔を指さして、

「ご主人様の方が、よっぽどすてきよお。あたしはそう思うう、ぜったい」

正面きって言われて、少しどぎまぎした。コスミスミコの「チジョウノモツレ」は、もしかするとコスミスミコのこういうところから起こったのかもしれないと一瞬思った。

お酒でも飲もうか。言うと、コスミスミコは手を叩いた。

「飲もうよお、クリスマスぽいやつ。赤いのとか」

赤いのね。はいはい。言いながら、店を探した。イタリア料理屋があったので、二人で入った。

パスタと魚と肉とサラダを一皿ずつ頼んだ。「シェアなさいますか」と給仕が聞き、コスミスミコは「シェアってなあに」と訊ねた。給仕は顔をほてらせながら、コスミスミコに向かってたいそう丁寧に「シェア」の意味を説明した。コスミスミコが「そうな

のお、ありがとうございますねえ、教えてくださってうれしいわあ」と言うと、給仕はこれ以上ないというほど胸をそらせて誇らしげに顔をあげた。

ねえ、ほんとにコスミスミコ、もてるね。

給仕が下がってから小さな声で言うと、コスミスミコは少しうなだれた。

「だからあ、それってぜんぜん役に立たない」

そうかな、でもコスミスミコ自身がそれを引き寄せてるんだよ。

「好きで引き寄せるんじゃないもの」

ふうん、そうかな。言うと、コスミスミコは眉を寄せた。しかしそれ以上何も言わなかった。じきに運ばれてきた赤ワインをくいくい飲みはじめた。

二人で、三本のワインを飲んだ。給仕はつきっきりで、わたしたちが「シェア」するためのナイフやフォークをまめまめしく運んだり、空になったグラスにすぐさまワインをついだりした。

やっぱり役に立つよ、コスミスミコのもてるの。ずいぶん酔ってから言うと、コスミスミコはつんと顔をあげた。

「それがどうしたのお。あんまり言うと壺に戻っちゃうから。ご主人様いじわるなんだからもお」

そんなことないよ。それに、わたしがこすらなきゃ壺に戻れないよ。言うと、コスミスミコは歯を剝《む》きだした。

「そんならいいもん、もう一本ワイン飲んじゃうから」コスミスミコが大きめの声でそう言ったとたんに、給仕が飛んできてワインリストを差し出した。コスミスミコはうっとうしそうにリストを受取り、でたらめな場所を指さした。頼んだワインは店で二番目に高いワインだった。今まで飲んで食べたもの全部をあわせたよりもまだ高いワインだった。

それ、高いよ、やめてよ。言ったが、コスミスミコは歯を剝きだしたまま、

「やだ頼む」と言った。給仕がすぐさま店で二番目に高いワインを持ってきて、栓を開けてしまう。

「どうせチジョウノモツレですよあたしはあ」

コスミスミコはワインの香りをくんくんとかぎながら言った。チジョウノモツレ、という言葉が、チゾーノモチレ、と聞こえた。酔って言葉も縺《もつ》れていた。

まいいか、クリスマスも近いし。言うと、コスミスミコは半眼になって、

「そうよお、もうすぐクリスマスだものお」と言い、もう一回細い声で「チゾーノモチレ」と繰り返した。

「チゾーノモチレになっちゃったけど、あたしあのひとのこととっても愛してたんだから」そう、細い声でささやく。

　ふうん、そうなの。言うと、コスミスミコは「そうなのよお」と答えた。

「でもあのひとだけにはもてなかったんだ、あたし」そう続けて、ワインをぐいと飲んだ。

　いろいろたいへんなのね、人生。

「いろいろよお」

　そのあとは、酔っぱらって、演歌みたいなことをたくさん言い合った。人生、だの、生きる、だの、たくさん言い合った。いつの間にか金を払って、いつの間にか部屋に帰っていた。コスミスミコを壺に帰すのも忘れ、二人で寝床に折り重なるようにして、眠った。

　そういえば先日はウテナさんの失恋話のこともあったし、コスミスミコはなにやら複雑怪奇な人生を経てきたみたいだし、せっかくクリスマスも近いというのに、難儀な人間ばかり身の回りにいたものだ。コスミスミコを人間と言っていいのかどうかはわからないのだが。

　ウテナさんが出張から帰ってきたところをみはからって電話をすると、開口一番に壺のことを聞かれた。

　あれ、どうして壺のことを。聞くと、ウテナさんは、

「なんだか予感がしてさ」と言った。「なんか起こったでしょ」
なんか、起こりましたよ。

ウテナさんにコスミスミコとのことをかいつまんで説明すると、ウテナさんは、「世の中、ほんとにまあ、みんなたいへんだこと」と言って、笑った。

笑ったウテナさんはその夜部屋にやってきた。白ワインを二本提げてやってきた。「コスミスミコ、あんた料理上手なんでしょ。このワインに合う料理作ってよ。それでさ、みんなでやけ酒飲みましょう」ウテナさんは言い、ワインの瓶と瓶をかちりと打ちあわせた。コスミスミコはにこにことウテナさんからワインを受けとり、冷蔵庫にしまった。

やけ酒？　わたしは別にやけになることないわよ。ウテナさんに向かって言うと、ウテナさんはこちらにせまって来ながら、「ほんとかなほんとかな。やけになることない人生って、ほんとかな」と、しばしば言った。

「人生い」とコスミスミコが繰り返す。

そういえば、こないだ赤ワイン飲んだとき、人生人生って言い合ったね、二人で。わたしが言うと、コスミスミコは節をつけて、

「人生ぃ人生い」とさえずった。

「こら、ほんとのこと言いなさい。あんただって、人生ぃ〜、てなもんでしょ」ウテナさんがわたしに向かって決めつける。

貝のスパゲティーとトマトのサラダと山羊《やぎ》の乳のチーズを盛った皿をコスミスミコは盆に載せてやってきた。材料、どうしたの。そんなものうちになかったよ。問うと、コスミスミコは、「壺の中にあったとっておき」と答えた。「飲もう食べよう」ウテナさんが言い、すぐに二本のワインが空になった。わたしの秘蔵の九〇年ものの赤ワインも見る間に空いた。最後に開けた日本酒の四合瓶もじきに空き、わたしたちはろれつの回らない舌で、生きるってさあれよねえ、ほんとよねえ、まったくねえ、と、意味のない言葉を何回でも繰り返した。

目を開けると、床の上で寝そべっているわたしの上には毛布がかかり、横で鼾《いびき》をかいているウテナさんには羽根布団がかかっている。

コスミスミコは、床には寝ていなかった。卓に向かって、しんと座っていた。

「あのねえ、どうしてあたしのこと好きでいてくれなかったの」じっと眺めていると、コスミスミコが壺に向かってささやいた。

「あたしはあんなに好きだったのに。あなただけ、世界中の誰でもない、あなただけに好かれればよかったのに」いっしんに壺に向かって言う。

「でもだめだったわねえ。ざんねんよお、ほんとに」

言いおわると、コスミスミコはしばらく黙り、それからしずかに泣きはじめた。涙がコスミスミコのやわらかな頬を伝い、真珠色に光った。いつの間にかウテナさんも起きて、コスミスミコを眺めていた。

「コスミスミコ、おまえしょうのない奴《やつ》だね、壺に住んでも、まだあきらめきれんか」ウテナさんもささやくような声で呼びかけた。

「とっくにあきらめたんですう。でもときどき思い出すんですう」壺に向いたまま、コスミスミコは答えた。

「思い出してもしょうがないよ。知ってるだろうけど」ウテナさんが言うと、

「知ってるもん、よく知ってるもん、ウテナさんよりよっぽどあたしのほうが長生きしてるんだから」とコスミスミコは答えた。

生きてないでしょ、わたしが言うと、コスミスミコは、

「あ、間違えた。なによお重箱の隅をお」と、今度は普通の声で言い、わたしの背中をどやしつけに来た。

「もっと飲もうぜ。今夜はクリスマスイヴだよ。知ってた？」ウテナさんが立ち上がりながら言う。

そうだった、クリスマスイヴだったわね、聖夜だわよ。わたしが答えると、コスミス

ミコが、「もうお酒ないよお」と言い、するとウテナさんが壺をやたらに振りまわしながら、「酒くらい出しなさいよ、壺に住んでるような奴ならば」と叫ぶ、コスミスミコは壺を逆さにして三人のコップに何やら透明の液体を垂らし、ウテナさんはすぐさま液体を飲み干して、「うまいっ」とよろこぶ、コスミスミコは壺をシェーカーのように振りながら、どんどん液体を注ぐ、ウテナさんもわたしもコスミスミコを抱きしめて、「イヴだものね、聖夜だものね」と叫ぶ、コスミスミコもわたしたちを両抱きにして、「生きてないけど聖夜だものねええ」と叫びかえす。橇やとなかいみたいな音が窓の外に響く、「コスミスミコ、長生きしろよ」ウテナさんが言う、「だからあ、生きてないのお」コスミスミコが答える、いいわよ、壺ごといつまでもいればいいわよ生きてなくても、わたしが手をひろげる、「壺ごと、いますよお、いつまでもいるからねえ」コスミスミコが半分笑いながら半分べそをかきながら言う、「ずうずうしいんじゃない」ウテナさんが少し意地悪そうに茶々を入れる。

クリスマスの朝が明ける。

菓子祭

吉行淳之介

内ポケットから取出した老眼鏡をかけて、ウェイターに手渡されたメニューを開くと、三輪はテーブルの向うに坐《すわ》っている景子に声をかけた。

「メニューというのはな、夕刊を読むように読んでいいんだよ」

その景子にも、当然メニューは渡されてある。景子は三輪より三十五歳ほど年下の少女である……。そういう持ってまわった言い方よりも、「三輪と景子は父娘である」と書いたほうがいいかもしれない。景子が三輪の実の娘であることは間違いのないところだが、ストレートな言い方では零《こぼ》れ落ちてしまう事柄が幾つもできてしまう。

メニューには、オードブル、スープｅｔｃ、と項目別にたくさんの文字が並んでいるが、自分の嗜好《しこう》に合う料理が三輪にはすでに分っている。あとは、その日の気分によって、取合せを考えればいい。

間もなく、オードブルから肉料理までの皿が、三輪の頭の中に並んだ。デザートは、料理が終ったあとでデザート・メニューを持ってきてもらえばよい。

しかし、三輪はメニューを開いたままで、老眼鏡をはずして景子の様子を見た。

景子は眼《め》を上げて、言った。

「よく、わからないわ」

「仔牛《こうし》の咽喉のところに、ぐりぐりしたかたまりがあってね、これをリ・ド・ヴォーというんだ。その料理でも、頼んでみるか」

傍に佇《たたず》んでいた黒服の男が、言った。

「それは、おやめになったほうがいいのじゃありませんか」

三輪は、男を見た。昔馴染《むかしなじみ》の店だが、いまでは一ヵ月に一度くらい行くだけだから、顔だけで名前までは知らない。

フランス料理のレストランで、場所は銀座である。そういう料理は三輪の日常生活の一部になってはいないので、メニューに見当のつかない料理の名があると、その内容をたずねてみることはある。また、皿と皿との取合せ、つまり料理の流れについて、その黒い服を着たボーイ長の意見を聞いたことも二、三回はあった。

しかし、相手から積極的に意見を述べられたことは、初めてである。

三輪は、その男を見て、

「どうして」

と、たずねた。

「すこし、くどい味ですから」

「しかし、この子は、食べざかりの齢《とし》だからね、くどい味くらいは……」

景子は、中学三年生である。

その大人同士の問答は、景子の言葉で帰《けり》がついた。

「あたし、鴨《かも》がたべたいわ」

「そうか、鴨の料理にもいろいろある。メニューをよくみればいい」

「ここに書いてあるだけじゃ、どんなものか分らないわ」

「分らないときは……」

景子の傍に立っている黒服の男のほうを見て、

「その人に聞けばいい」

男は指先でちょっと黒い蝶《ちょう》ネクタイに触れると、景子のほうに慇懃《いんぎん》に身を跼《かが》めて、メニューを覗《のぞ》いた。三十歳半ばだろうか、まるい柔和な顔をした男である。一ヵ月前に、景子とこの店にきたときにも、親切にしてくれた。あるいは、さらにその一ヵ月前のときにも……。

景子もそのことを覚えているのだろう。メニューの活字をおさえて、

「これとこれと、どう違うんですか」

とたずねている。

男は、かなりくわしく調理の仕方の違いを説明して、言った。

「こちらのほうが味が淡泊になっておりますので、おすすめしますが」

三輪は、もう一度訝《いぶか》しい気分になった。十五歳の少女の嗜好は、むしろ濃厚なものにむかうことが多いのではないか。

「それに、このほうが量が少ないですし」

男がまた言った。

景子はすこし考えて、答えている。

「それでいいわ」

三輪は口を挿《はさ》んだ。

「それじゃ、こっちもメインを先にきめることにして、舌びらめのムニエルにしよう。スープはコンソメ、景子もスープは同じでいいだろう」

「いいえ」

景子ははっきり言うと、メニューに眼を向けて、

「コーンのクリームスープ」

三輪は苦笑して、頷《うなず》いた。そういう態度は、三年前に三輪が景子に教えたものである。

事情があって、三輪は自分の娘の幼年のころも小学生時代も知らない。中学に通うようになったとき、一ヵ月に一度だけ、会って夕食を一緒にするきまりをつくる段取りをつ

けた。

そういう時間に、自分流儀の教育をしてみようと三輪はおもい、手おくれかな、ともおもった。

十年ぶりで十二歳の景子に会ったとき、三輪はいきなり、こう言った。

「一番ソンをしたのは、おまえだ。その点、気の毒におもっている。しかし、こういうことは、世間にいくらでもあることだから、肩身を狭くする必要はないぞ。それに、おまえがおれの娘なのは、変りはないことだ」

そのとき、ついでに言った。

「自分の意見は、はっきり言わなくてはいけないぞ。AかBか、とたずねられたとき、どちらでも、と答えるのはよくない」

三年後のいま、景子は確かにはっきり意見を述べた。

「スープはコンソメでいいだろ」

「いいえ、コーンのクリームスープ」

その主張の仕方は、いささか強過ぎはしないだろうか。景子の内心は摑《つか》みにくい。なついているようでもあり、反撥《はんぱつ》を隠しているようでもある。

ところで、三輪はメニューを眺めたまま、

「オードブルは……、鴨のテリーヌにしようか」

と呟《つぶや》くと、景子が聞きつけて、たずねた。

「それ、どういうものなの」

「鴨の肝のペーストのようなものだ」

「あたしも……」

景子のその言葉を遮るように、黒服の男が口を開いた。

「お嬢さまは、オードブルはおよしになったほうがいいとおもいます」

怪訝《けげん》な気分を通り越して、三輪はすこし腹立たしくなり、

「君、それはどういう意味かね」

と、咎《とが》める語気になった。

男のまるい柔らかそうな顔の肉に、そよぐような微笑が浮んできて、

「あとでいいものが、用意してありますから」

その語調に含まれている好意はあきらかなので、

「ほう」

と、曖昧に言って、三輪は黙った。

食前酒に頼んだドライ・シェリーを飲みながら、三輪は景子に話しかける。

「いま、どんな本を読んでいる」

「三つほど、一緒にとりかかってるの。あっちを読んだりこっちを読んだりで、忙しい

わ」

本の好きな娘である。

「一つ言えばいい」

「そうね、一番長いのは『大菩薩峠《だいぼさつとうげ》』だわね」

「その選択は、悪くない。もっとも、おれは三分の一あたりで先へ進みそこなったが、おまえはどんな具合だ」

「もうあと少し」

「それは頑張ったもんだ。それじゃ、机竜之助《つくえりゅうのすけ》はもう眼が見えなくなってるんだな」

「そうよ」

残りの二冊は推理小説だそうだが、その内容をたずねるのは話がくどくなる。ほかの適当な話題を見つけそこなって、三輪は黙った。

その沈黙が、気詰りになってくる。自分の娘と食事をしていてこういう気分になるのは、やはり正常のかたちから遠いことだ、と考えている三輪の左のほうから、女の声が聞えてきた。とくに大きな声ではないのだが、会話のない時間を気にしていた三輪の耳に、その声は真直《まつすぐ》に届いた。

「思い切ってお電話したの。そしたら、女のかたの声がしたでしょ、よっぽど電話を切ってしまおうとおもったんだけど、でもね、それじゃ一所懸命お電話したのが無駄になるもの、あのかた奥様でしょ、でもすぐに取次いでくださったわ」

その女の声の質は甲高くすこし罅《ひび》われており、三輪には甚だ耳ざわりである。それが逆に、耳を傾けさせることになった。

「この前、週刊誌を見ていたら、先生のお写真が出ていたでしょう。きゅうにお会いしたくなって。お名刺いただいといてよかったわ、それで、思い切ってお電話したの」

週刊誌に写真の出ていた先生……、誰だろう、と三輪ははじめて声のほうに眼を向けた。見覚えのない初老の男が、近くの席に若い女と向い合って坐っている。実直な風貌で、あきらかに女の取扱いに馴《な》れていない律義さがあった。学者だろうか。

上機嫌を押殺している表情で、

「うふっ、うふっ」

と、内心で喜んでいるその男の声が聞えてくるようだ。

その女が水商売であることは、一目で分る。銀座の女は、身につけている雰囲気で、店の名まで分る場合さえある。その女は、三輪がほとんど足を向けないキャバレーの女性とみえた。幅のひろい顔に、極彩色に化粧している。

すくなくとも三輪にとっては、向い合って食事して、嬉《うれ》しい相手ではない。しかし、初老の男の心の弾みが波になって伝わってくる。

「ともみちゃんも誘ったのだけど、彼女、お食事する約束ができていたので、残念だったわ」

そのともみという女が食事をしている日本料理の一流店の名を、女は口にした。三輪は厭《いや》な気になった。

白服のウェイターがその席に近寄って、メニューを差し出した。男は一応それを受取ったが、

「ぼくは、もうきまっているんだ。ローストビーフに、ワインの赤」

その言い方は、悪くない。もっとも、家を出るときから、その料理を思い詰めてきた気配もあったが。ただ、この店には、ローストビーフは無い筈《はず》だが……。

「ローストビーフは、ございません」

ボーイが抑揚のない声で言った。

「無いのか」

落胆した声を、男は出した。男の構想は一挙に崩れ、新しい料理を考える力を失ったようにみえ、あらためてメニューを開いた。

「あたしは、自家製のフォアグラに、スープは蝦《えび》を殻ごと潰したのがあったでしょ、ほら何と言ったっけ」

「ビスクでございます」

と、ボーイが答える。

「それと、帆立貝のムースと、それから、鶉《うずら》のソテエ」

この店の料理を、よく知っている、と三輪はおもい、その初老の男の財布のダメージを考え、疎ましい気分になった。その気分は、男にたいしても向けられていて、「一度会っただけの女に電話で釣出されるから、いけないんだ」、「それにしても、まだ電話戦術が効果があるとはなあ」などと考えている。

しかし、男のいそいそした気配はつづいていて、メニューから顔を上げると、ポタージュとステーキを注文した。

数ヵ月後のこの男の状態は……、と三輪は気懸りになったが、「見知らぬ人の心配をしている場合ではない」と気づき、そちらの側の耳を半分塞ぐことにした。

そのあと、時折聞えてくる声は、女がおもで、

「この前、週刊誌を見ていたら……先生のお写真が……お名刺いただいといて……思い切ってお電話……女のかたの声が……あのかた奥様でしょ」

端をつなぎ合せて輪にしたテープを聞いているように、同じ言葉がえんえんと繰返されている。

会話のない男女なのである。しかし、男は満足そうに、赤ワインのグラスを口に運んでいる。

一方、三輪たちのテーブルでは、鴨料理の皿が景子の前に置かれた。さっそく、景子は

ナイフとフォークを両手に持った。テーブルマナーは、これまでに少しずつ教えてある。鴨の皿には、かなり多量のホーレン草が付け合されている。景子のナイフとフォークが巧みに動き、皿の上はみるみる減ってゆく。

いつの間にか、黒服の男が傍に立っていて、背を蹋《かが》めてその口を景子の髪の毛に触れるように近づけると、

「野菜のほうは、すこしお残しになったら」

ナイフとフォークを停《と》めて、景子は顔を上げた。三輪も、怪訝な眼を向けた。

「いえ。あとで、いいものが、用意してあるものですから」

そう言い残すと、背を向けて去っていった。その不審な態度を追い払うように、三輪は景子に話しかけた。

「その鴨、うまいか」

「ええ」

「寒くなったから、鴨の季節だがね。しかし、いまの鴨は天然なのかな」

「さあ」

「おれが若いころは、肉のうちでは鶏が一番好きだった」

「あたしも」

「いまのブロイラーの鶏は、なにか別のものだね。昔のやつは、葱《ねぎ》とトリ肉を塩だけで

炒《いた》めたものなんかでも、素晴しく旨《うま》かった」

「でも、あたしたちはブロイラーしか知らないもの」

「ま、それが旨いとおもえば、それでいいわけだが」

そこらで、会話は立消えになる。景子の内心は、探り兼ねる。おそらく、景子にはひどく大人の部分と、年齢よりも稚ない部分とが共存しているのだろうが。

やがて、三輪の皿の舌びらめは、頭と骨だけになった。景子の皿には、ホーレン草がすこし残してある。黒服の男の気魄《きはく》のようなものに、圧されたのだろう。

皿の様子に眼を配っていたらしい男が近寄ってきた。

「デザート・メニューを」

三輪が言うと、小型のメニューを男は差し出し、

「お嬢さまのほうは、きょうはおいしいお菓子を揃《そろ》えてありますから、たくさん召上ってください」

その言葉の後半は、唾の溜《たま》ってゆく湿った口振りになった。眼がすこし宙に浮いているようにみえ、三輪はかすかな異常を感じた。

「さあ、それを」

男が腕を上げて合図すると、たちまち白服のボーイたちが菓子の載ったワゴンを押してきた。

そういうワゴンが、三つ連なって景子の傍に置かれたので、三輪はたじろいだ。

一つ目のワゴンには、フルーツのタルト類、つまりフランス式のパイが並んでいる。円型のパイの皮が受皿になって、いろいろの果物の砂糖煮が盛られてある。黒すぐりとかパイナップルとかあんずとか……、小型のタルトレットも色彩華やかに添えられている。

フランスの菓子は、色合がやや渋くて毒々しくはないが、これだけ並ぶと「満艦《まんかん》飾《しよく》」という眺めになる。

二つ目のワゴンには、中央に大きなチーズクリームケーキが置かれ、その表面の白いひろがりが粘った光をかすかに放っている。そのまわりにシュークリームとエクレアが、必要以上に隙間なく並んでいる。

最後のワゴンには、苺《いちご》のショートケーキが堂々とした威容を誇っていた。その大きな円の縁に、絞り出された生クリームの小さな飾りの山がずらりと並び、その盛り上りの中央に一つずつ、柄のついた桜桃の砂糖煮が押しつけるように置かれてある。その果物の表面には鈍い光沢がある。苺はその大きなスポンジケーキの中に埋まっていて、まだ見えていない。

「さあ、たくさん召上ってください。どれになさいます」

男の眼が潤んでいて、二、三回揉《も》み手をすると、

「さあ」

　と、上擦った声で言った。

　揉み手はおもに世辞を使うときにするものだが、この男の場合には、自分自身の満悦と恍惚《こうこつ》をあらわすもの、つまり舌《した》舐《な》めずりの気配があった。しかし、それが何なのか、分らない。

「特別料理ね」

　と、景子が三輪に小声で言った。

　特別料理にはちがいないが……。三輪は、ふと気付いた。本好きの景子は、いま推理小説にも凝っていると言っていた。

「エリンか」

　小さい声で言ってみると、景子は三輪を見て、すこし笑って頷いた。エリンという作家の「特別料理」は、レストランを舞台にした無気味な短篇《たんぺん》で、大人のための小説である。

　そもそも、この三つ連なっているワゴンの菓子が似合うのは、小学初年級まではあるまいか。

　景子と三輪の前に並べ立てられているが、やがて二人を取囲み、襲いかかってきそうなこれらの菓子は、なにを意味しているのだろう。黒服の男は、三輪と景子とのあいだの事情を、この店の女主人から聞いているかもしれないし、いないかもしれない。

「なにになさいます」

促す男の声が聞えた。

「それを三つくらい」

タルトレットを指さした景子がそう言っている。

男の眼は釣上って、黒眼が白眼の中に滲みこんだようになっている。その表情を見ると、これら夥《おびただ》しい菓子は、男自身の内側の事情と絡まり合っているような気がしてくる。それが何か、想像もできないが。

タルトレットを五つ、景子の皿に移すと、男は勝手にショートケーキにナイフを入れはじめた。

「あ、もういいわ」

その景子の声が耳に入っているのかどうか、円型の大きなケーキの六分の一ほどを、きわめて慎重な手つきで鋭角三角形に切離した。中身を挟むスポンジの幅はきわめて薄く、苺の鮮かな赤、……表面の罌粟粒《けしつぶ》状のもののためにざらざらした赤が、はじめて顔を出した。まん中が白く、縁へとしだいに赤味を増してゆく苺の切断面では、汗をかいてゆくようにその果物の漿液《しようえき》がゆっくり滲みはじめている。

鮨

岡本かの子

東京の下町と山の手の境い目といったような、ひどく坂や崖の多い街がある。

表通りの繁華から折れ曲って来たものには、別天地の感じを与える。

つまり表通りや新道路の繁華な刺戟《しげき》に疲れた人々が、時々、刺戟を外《はず》して気分を転換するために紛れ込むようなちょっとした街筋――

福ずしの店のあるところは、この町でも一ばん低まったところで、二階建の銅張りの店構えは、三四年前表だけを造作したもので、裏の方は崖に支えられている柱の足を根つぎして古い住宅のままを使っている。

古くからある普通の鮨屋《すしや》だが、商売不振で、先代の持主は看板ごと家作をともよの両親に譲って、店もだんだん行き立って来た。

新らしい福ずしの主人は、もともと東京で屈指の鮨店で腕を仕込んだ職人だけに、周囲の状況を察して、鮨の品質を上げて行くに造作もなかった。前にはほとんど出まえだったが、新らしい主人になってからは、鮨盤の前や土間に腰かける客が多くなったので、始めは、主人夫婦と女の子のともよ三人きりの暮しであったが、やがて職人を入れ、子供と女中を使わないでは間に合わなくなった。

店へ来る客は十人十いろだが、全体については共通するものがあった。

後からも前からもぎりぎりに生活の現実に詰め寄られている、その間をぽっと外ずして気分を転換したい。

一つ一つわがままがきいて、ちんまりした贅沢《ぜいたく》ができて、そして、ここへ来ている間は、くだらなくばかになれる。好みの程度に自分から裸になれたり、仮装したりできる。たとえ、そこで、どんな安ちょくなことをしても云《い》っても、誰も軽蔑するものがない。お互いに現実から隠れんぼうをしているような者同志の一種の親しさ、そして、かばい合うような懇《ねんごろ》な眼《まな》ざしで鮨をつまむ手つきや茶を呑《の》む様子を視合《みあ》ったりする。かとおもうとまたそれは人間というより木石のごとく、はたの神経とはまったく無交渉な様子で黙々といくつかの鮨をつまんで、さっさと帰って行く客もある。

鮨というものの生む甲斐甲斐《かいがい》しいまめやかな雰囲気、そこへ人がいくら耽《ふけ》り込んでも、擾《みだ》れるようなことはない。万事が手軽くこだわりなく行き過ぎてしまう。

福ずしへ来る客の常連は、元狩猟銃器店の主人、デパート外客廻《まわ》り係長、歯科医師、畳屋の倅《せがれ》、電話のブローカー、石膏《せっこう》模型の技術家、児童用品の売込人、兎肉《うさぎにく》販売の勧誘員、証券商会をやったことのあった隠居――このほかにこの町の近くのどこかに棲《す》んでいるに違いない劇場関係の芸人で、劇場がひまな時は、何か内職をするらしく、脂づいたような絹ものをぞろりと着て、青白い手で鮨を器用につまんで喰《た》べて行く男もある。常連で、この界隈《かいわい》に住んでいる暇のある連中は散髪のついでに寄って行くし、遠くからこの附近へ用足しのあるものは、その用の前後に寄る。季節によって違うが、日が長くなると午後の四時頃から灯がつく頃が一ばん落合って立て込んだ。めいめい、好み好みの場所に席を取って、鮨種子《すしだね》で融通してくれるさしみや、酢のものでも酒を飲むものもあるし、すぐ鮨に取りかかるものもある。

ともよの父親である鮨屋の亭主は、ときには仕事場から土間へ降りて来て、黒みがかった押鮨を盛った皿を常連のまん中のテーブルに置く。

「何だ、何だ」

好奇の顔が四方から覗《のぞ》き込む。

「まあ、やってごらん、あたしの寝酒の肴《さかな》さ」

亭主は客に友達のような口をきく。

「こいつはどうだ、しちゃ味が濃いし――」

ひとつ撮《つま》んだのがいう。

「鰺《あじ》かしらん」

　すると、畳敷の方の柱の根に横坐《よこずわ》りにして見ていた内儀《かみ》さん——ともよの母親——が、
はははと太り肉《じし》を揺《ゆす》って「みんなおとッつぁんにいっぱい喰った」と笑った。

　それは塩さんまを使った押鮨で、おからを使ってほどよく塩と脂を抜いて、押鮨にしたのであった。

「おとっさん狡《ずる》いぜ、ひとりでこっそりこんな旨《うま》いものを拵《こしら》えて食うなんて——」

「へえ、さんまも、こうして食うとまるで違うね」

　客たちのこんな話がひとしきりがやがや渦まく。

「なにしろあたしたちは、銭のかかる贅沢はできないからね」

「おとっさん、なぜこれを、店に出さないんだ」

「冗談いっちゃ、いけない、これを出した日にゃ、他の鮨が蹴押されて売れなくなっちまわ。第一、さんまじゃ、いくらも値段がとれないからね」

「おとッつぁん、なかなか商売を知っている」

　その他、鮨の材料を採ったあとの鰹《かつお》の中落だの、鮑《あわび》の腸《はらわた》だの、鯛《たい》の白子だのを巧《たくみ》に調理したものが、ときどき常連にだけ突出された。ともよはそれを見て「飽きあきする、あんなまずいもの」と顔を皺《しわ》めた。だが、それらは常連から呉《く》れといってもなかなか出さないで、思わぬときにひょっこり出す。亭主はこのことにかけてだけいこじでむら気なのを知っているので決してねだらない。

よほど欲しいときは、娘のともよにこっそり頼む。するとともよは面倒臭そうに探し出して与える。

ともよは幼い時から、こういう男達は見なれて、その男たちを通して世の中を頃あいでこだわらない、いささか稚気のあるものに感じて来ていた。

女学校時代に、鮨屋の娘ということが、いくらか恥じられて、家の出入の際には、できるだけ友達を近づけないことにしていた苦労のようなものがあって、孤独な感じはあったが、ある程度までの孤独感は、家の中の父母の間柄からも染みつけられていた。父と母と喧嘩《けんか》をするような事はなかったが、気持ちはめいめい独立していた。ただ生きて行くことの必要上から、事務的よりも、もう少し本能に喰い込んだ協調やらいたわり方を暗黙のうちに交換して、それが反射的にまで発育しているので、世間からは無口で比較的仲のよい夫婦にも見えた。父親は、どこか下町のビルヂングに支店を出すことに熱意を持ちながら、小鳥を飼うのを道楽にしていた。母親は、物見遊山にも行かず、着ものは買わない代りに月々の店の売上げ額から、自分だけの月がけ貯金をしていた。

両親は、娘のことについてだけは一致したものがあった。とにかく教育だけはしとかなくてはということだった。まわりに浸々と押し寄せて来る、知識的な空気に対して、この点では両親は期せずして一致して社会への競争的なものは持っていた。

「自分は職人だったからせめて娘は」

と――だが、それから先をどうするかは、全く茫然《ぼうぜん》としていた。

無邪気に育てられ、表面だけだが世事に通じ、軽快でそして孤独的なものを持っている。これがともよの性格だった。こういう娘を誰も目の敵にしたり邪魔にするものはない。ただ男に対してだけは、ずばずば応対して女の子らしい羞《はじ》らいも、作為の態度もないので、一時女学校の教員の間で問題になったが、商売柄、自然、そういう女の子になったのだと判《わか》って、いつの間にか疑いは消えた。

ともよは学校の遠足会で多摩川べりへ行ったことがあった。春さきの小川の淀《よど》みの淵《ふち》を覗いていると、いくつも鮒《ふな》が泳ぎ流れて来て、新茶のような青い水の中に尾鰭《おひれ》を閃《ひら》めかしては、杭《くい》根《ね》の苔《こけ》を食《は》んで、また流れ去って行く。するともうあとの鮒が流れ溜《たま》って尾鰭を閃めかしている。流れ来り、流れ去るのだが、その交替は人間の意識の眼《め》には留《とど》まらないほどすみやかでかすかな作業のようで、いつも若干の同じ魚が、そこに遊んでいるかとも思える。ときどきは不精そうな鯰《なまず》も来た。

自分の店の客の新陳代謝はともよにはこの春の川の魚のようにも感ぜられた。（たとえ常連というグループはあっても、そのなかの一人一人はいつか変っている）自分は杭根のみどりの苔のように感じた。みんな自分に軽く触れては慰められて行く。ともよは店のサーヴィスを義務とも辛抱とも感じなかった。胸も腰もつくろわない少女じみたカシミヤの制服を着て、有合せの男下駄をカランカラン引きずって、客へ茶を運ぶ。客が

情事めいたことをいって揶揄《からか》うと、ともよは口をちょっと尖《とが》らし、片方の肩をいっしょに釣上げて

「困るわそんなこと、何とも返事できないわ」

という。さすがに、それにはごく軽い媚《こ》びが声に捩《よじ》れて消える。客は仄《ほの》かな明るいものを自分の気持ちのなかに点じられて笑う。ともよは、その程度の福ずしの看板娘であった。

客のなかの湊《みなと》というのは、五十過ぎぐらいの紳士で、濃い眉がしらから顔へかけて、憂愁の蔭《かげ》を帯びている。時によっては、もっと老けて見え、場合によっては情熱的な壮年者にも見えるときもあった。けれども鋭い理智《りち》から来る一種の諦念といったようなものが、人柄の上に冴《さ》えて、苦味のある顔を柔和に磨いていた。濃く縮れた髪の毛を、ほどよくもじょもじょに分け仏蘭西髭《フランスひげ》を生やしている。服装は赤い短靴を埃《ほこり》まみれにしてホームスパンを着ている時もあれば、少し古びた結城《ゆうき》で着流しのときもある。独身者であることはたしかだが職業は誰にも判らず、店ではいつか先生と呼び馴《な》れていた。鮨の喰べ方は巧者であるが、強いて通がるところも無かった。

サビタのステッキを床にとんとつき、椅子に腰かけてから体を斜《ななめ》に鮨の握り台の方に傾け、硝子箱《ガラスばこ》の中に入っている材料を物憂そうに点検する。

「ほう。今日はだいぶ品数があるな」

と云ってともよの運んで来た茶を受け取る。

「カンパチが脂がのっています、それに今日は蛤《はまぐり》も——」

ともよの父親の福ずしの亭主は、いつかこの客の潔癖な性分であることを覚え、湊が来ると無意識に俎板《まないた》や塗盤の上へしきりに布巾をかけながら云う。

「じゃ、それを握ってもらおう」

「はい」

亭主は自然、他の客とは違った返事をする。湊の鮨の喰べ方のコースは、いわれなくともともよの父親は判っている。鮪《まぐろ》の中とろから始まって、つめのつく煮ものの鮨になり、だんだんあっさりした青い鱗《うろこ》のさかなに進む。そして玉子と海苔巻《のりまき》に終る。それで握り手は、その日の特別の注文は、適宜にコースの中へ加えればいいのである。

湊は、茶を飲んだり、鮨を味わったりする間、片手を頬に宛てがうか、そのまま首を下げてステッキの頭に置く両手の上へ顎を載せるかして、じっと眺める。眺めるのは開け放してある奥座敷を通して眼に入る裏の谷合《たにあい》の木がくれの沢地か、水を撒《ま》いてある表通りに、向うの塀から垂れ下っている椎《しい》の葉の茂みかどちらかである。

ともよは、初めは少し窮屈な客と思っていただけだったが、だんだんこの客の謎めいた眼の遣《や》り処《どころ》を見慣れると、お茶を運んで行った時から鮨を喰い終るまで、よそばかり眺めていて、一度もその眼を自分の方に振向けない時は、物足りなく思うようになった。そうかといって、どうかして、まともにその眼を振向けられ自分の眼と永く視線を合せていると、自分を支えている力を暈《くらま》されて危いような気がした。

偶然のように顔を見合して、ただ一通りの好感を寄せる程度で、微笑してくれるときはともよは父母とは違って、自分をほぐしてくれるなにか暖味《あたたかみ》のある刺戟のような感じをこの年とった客からうけた。だからともよは湊がいつまでもよそばかり見ているときは土間の隅の湯沸しの前で、絽《ろ》ざしの手をとめて、たとえば、作り咳《づくぜき》をするとか耳に立つものの音をたてるかして、自分ながらしらずしらず湊の注意を自分に振り向ける所作をした。すると湊は、ぴくりとして、ともよの方を見て、微笑する。上歯と下歯がきっちり合い、引緊《ひきしま》って見える口の線が、滑かになり、仏蘭西髭の片端が目についてあがる――父親は鮨を握りながらちょっと眼を挙げる。ともよのいたずら気とばかり思い、また不愛想な顔をして仕事に向う。

湊はこの店へ来る常連とは分け隔てなく話す。競馬の話、株の話、時局の話、碁、将棋の話、盆栽の話――大体こういう場所の客の間に交される話題に洩《も》れないものだが、湊は、八分は相手に話さして、二分だけ自分が口を開くのだけれども、その寡黙は相手を見下げているのでもなく、つまらないのを我慢しているのでもない。その証拠には、盃《さかずき》の一つもさされると

「いやどうも、僕は身体《からだ》を壊していて、酒はすっかりとめられているのですが、せっかくですから、じゃ、まあ、頂きましょうかな」といって、細いがっしりとしている手を、何度も振って、さも敬意を表するように鮮かに盃を受取り、気持ちよく飲んでまた盃を返す。そして徳利《とつくり》を器用に持上げて酌をしてやる。その挙動の間に、いかにも人なつこく他人の好意に対しては、何倍にかして返さなくては気が済まない性分が現れているので、常連の間で、先生は好い人だということになっていた。

　ともよは、こういう湊を見るのは、あまり好かなかった。あの人にしては軽すぎるというような態度だと思った。相手客のほんの気まぐれに振り向けられた親しみに対して、ああまともに親身の情を返すのは、湊の持っているものが減ってしまうように感じた。ふだん陰気なくせに、いったん向けられると、何という浅ましくがつがつ人情に饑《う》えている様子を現わす年とった男だろうと思う。ともよは湊が中指に嵌《は》めている古代埃及《エジプト》の甲虫《スカラップ》のついている銀の指環《ゆびわ》さえそういうときは嫌味に見えた。

　湊の応対ぶりに有頂天になった相手客が、なお繰り返して湊に盃をさし、湊も釣り込まれて少し笑声さえたてながらその盃の遣り取りを始め出したと見るときは、ともよはつかつかと寄って行って

「お酒、あんまり呑んじゃ体にいけないって云ってるくせに、もう、よしなさい」

と湊の手から盃をひったくる。そして湊の代りに相手の客にその盃をつき返して黙っ

て行ってしまう。それは必ずしも湊の体を思うためでなく、妙な嫉妬がともよにそうさせるのであった。

「なかなか世話女房だぞ、ともちゃんは」

相手の客がそういう位でその場はそれなりになる。湊も苦笑しながら相手の客に一礼して自分の席に向き直り、重たい湯呑み茶碗《ぢゃわん》に手をかける。

ともよは湊のことが、だんだん妙な気がかりになって、かえって、そしらぬ顔をして黙っていることもある。湊がはいって来ると、つんとすまして立って行ってしまうこともある。湊もそういう素振りをされて、かえって明るく薄笑いするときもあるが、全然、ともよの姿の見えぬときは物寂しそうに、いつもよりいっそう、表の通りや裏谷合の景色を深々と眺める。

ある日、ともよは、籠をもって、表通りの虫屋へ河鹿《かじか》を買いに行った。ともよの父親は、こういう飼いものに凝る性分で、飼い方もうまかったが、ときどきは失敗して数を減らした。が、今年ももはや初夏の季節で、河鹿など涼しそうに鳴かせる時分だ。

ともよは、表通りの目的の店近く来ると、その店から湊が硝子鉢を下げて出て行く姿を見た。湊はともよに気がつかないで硝子鉢をいたわりながら、むこう向きにそろそろ歩いていた。

ともよは、店へ入って手ばやく店のものに自分の買うものを注文して、籠にそれを入れてもらう間、店先へ出て、湊の行く手に気をつけていた。

河鹿を籠に入れてもらうと、ともよはそれを持って、急いで湊に追いついた。

「先生ってば」

「ほう、ともちゃんか、珍らしいな、表で逢《あ》うなんて」

二人は、歩きながら、互いの買いものを見せ合った。湊は西洋の観賞魚の髑髏魚《ゴーストフィッシュ》を買っていた。それは骨が寒天のような肉に透き通って、腸が鰓《えら》の下に小さくこみ上っていた。

「先生のおうち、この近所」

「いまは、この先のアパートにいる。だが、いつ越すかわからないよ」

湊は珍らしく表で逢ったからともよにお茶でも御馳走《ごちそう》しようといって町筋をすこし物色したが、この辺には思わしい店もなかった。

「まさか、こんなものを下げて銀座へも出かけられんし」

「ううん銀座なんかへ行かなくっても、どこかその辺の空地で休んで行きましょうよ」

湊は今更のように漲《みなぎ》り亙《わた》る新樹の季節を見廻し、ふうっと息を空に吹いて

「それも、いいな」

表通りを曲ると間もなく崖端に病院の焼跡の空地があって、煉瓦塀《れんがべい》の一側がローマの

古跡のように見える。ともよと湊は持ちものを叢《くさむら》の上に置き、足を投げ出した。ともよは、湊になにかいろいろ訊《き》いてみたい気持ちがあったのだが、いまこうして傍《そば》に並んでみると、そんな必要もなく、ただ、霧のような匂いにつつまれて、しんしんとするだけである。湊の方がかえって弾んでいて

「今日は、ともちゃんが、すっかり大人に見えるね」

などと機嫌好さそうに云う。

ともよは何を云おうかとしばらく考えていたが、大したおもいつきでも無いようなことを、とうとう云い出した。

「あなた、お鮨、本当にお好きなの」

「さあ」

「じゃなぜ来て食べるの」

「好きでないことはないさ、けど、さほど喰べたくない時でも、鮨を喰べるということが僕の慰みになるんだよ」

「なぜ」

なぜ、湊が、さほど鮨を喰べたくない時でも鮨を喰べるというその事だけが湊の慰めとなるかを話し出した。

――旧《ふる》くなって潰れるような家には妙な子供が生れるというものか、大きな家の潰れ

るときというものは、大人より子供にその脅《おび》えが予感されるというものか、それが激しく来ると、子は母の胎内にいるときから、そんな脅えに命を蝕《むしば》まれているのかもしれないね——というような言葉を冒頭に湊は語り出した。

その子供は小さいときから甘いものを好まなかった。おやつにせいぜい塩煎餅ぐらいを望んだ。食べるときは、上歯と下歯を叮嚀《ていねい》に揃《そろ》え円い形の煎餅の端を規則正しく噛《か》み取った。ひどく湿《しけ》っていない煎餅なら大概いい音がした。子供は噛み取った煎餅の破片をじゅうぶんに咀嚼《そしゃく》して咽喉《のど》へきれいに嚥《の》み下してから次の端を噛み取ることにかかる。上歯と下歯をまた叮嚀に揃え、その間へまた煎餅の次の端を挟み入れる——いざ、噛み破るときに子供は眼を薄く瞑《つぶ》り耳を澄ます。

ぺちん

同じ、ぺちんという音にも、いろいろの性質《たち》があった。子供は聞き慣れてその音の種類を聞き分けた。

ある一定の調子の響きを聞き当てたとき、子供はぶるぶると胴慄《どうぶる》いした。子供は煎餅を持った手を控えて、しばらく考え込む。うっすら眼に涙を溜めている。

家族は両親と、兄と姉と召使いだけだった。家中で、おかしな子供と云われていた。その子供の喰べものは外にまだ偏っていた。さかなが嫌いだった。あまり野菜は好かなかった。肉類は絶対に近づけなかった。

神経質のくせに表面は大ように見せている父親はときどき
「ぼうずはどうして生きているのかい」
と子供の食事を覗きに来た。一つは時勢のためでもあるが、父親は臆病なくせに大ように見せたがる性分から、家の没落をじりじり眺めながら「なに、まだ、まだ」とまけおしみを云《い》って潰して行った。子供の小さい膳の上には、いつものように炒り玉子《たまご》と浅草海苔が、載っていた。母親は父親が覗くとその膳を袖で隠すようにして
「あんまり、はたから騒ぎ立てないで下さい、これさえきまり悪がって喰べなくなりますから」
その子供には実際、食事が苦痛だった。体内へ、色、香、味のある塊団《かたまり》を入れると、何か身が穢《けが》れるような気がした。空気のような喰べものは無いかと思う。腹が減ると饑《う》えは充分感じるのだが、うっかり喰べる気はしなかった。床の間の冷たく透き通った水晶の置きものに、舌を当てたり、頬をつけたりした。饑えぬいて、頭の中が澄み切ったまま、だんだん、気が遠くなって行く。それが谷地の池水を距《へだ》ててA―丘の後へ入りかける夕陽《ゆうひ》を眺めているときででもあると（湊の生れた家もこの辺の地勢に似た都会の一隅にあった。）子どもはこのままのめり倒れて死んでも関《かま》わないとさえ思う。だが、この場合は窪《くぼ》んだ腹に緊《きつ》く締めつけてある帯の間に両手を無理にさし込み、体は前のめりのまま首だけ仰《あお》のいて

「お母さあん」

と呼ぶ。子供の呼んだのは、現在の生みの母のことではなかった。子供は現在の生みの母は家族じゅうで一番好きである。けれども子供にはまだ他に自分に「お母さん」と呼ばれる女性があって、どこかに居そうな気がした。自分がいま呼んで、もし「はい」といってその女性が眼の前に出て来たなら自分はびっくりして気絶してしまうに違いないと思う。しかし呼ぶことだけは悲しい楽しさだった。

「お母さあん、お母さあん」

薄紙が風に慄えるような声が続いた。

「はあい」

と返事をして現在の生みの母親が出て来た。

「おや、この子は、こんな処で、どうしたのよ」

肩を揺って顔を覗き込む。子供は勘違いした母親に対して何だか恥しく赫《あか》くなった。

「だから、三度三度ちゃんとご飯喰べておくれと云うに、さ、ほんとに後生だから」

母親はおろおろの声である。こういう心配のあげく、玉子と浅草海苔が、この子の一ばん性に合う喰べものだということが見出《みいだ》されたのだった。これなら子供には腹に重苦しいだけで、穢されざるものに感じた。

子供はまた、ときどき、切ない感情が、体のどこからか判らないで体いっぱいに詰まるのを感じる。その時は、酸味のある柔いものなら何でも嚙んだ。生梅や橘《たちばな》の実を捥《も》いで来て嚙んだ。さみだれの季節になると子供は都会の中の丘と谷合にそれ等《ら》の実の在所をそれらを啄《ついば》みに来る烏《からす》のようによく知っていた。

子供は、小学校はよくできた。一度読んだり聞いたりしたものは、すぐ判って乾板のように脳の襞《ひだ》に焼きつけた。子供には学課の容易さがつまらなかった。つまらないという冷淡さが、かえって学課のできをよくした。

家の中でも学校でも、みんなはこの子供を別もの扱いにした。

父親と母親とが一室で言い争っていた末、母親は子供のところへ来て、しみじみとした調子でいった。

「ねえ、おまえがあんまり痩せて行くもんだから学校の先生と学務委員たちの間で、あれは家庭で衛生の注意が足りないからだという話が持ち上ったのだよ。それを聞いて来てお父つぁんは、ああいう性分だもんだから、私に意地くね悪く当りなさるんだよ」

そこで母親は、畳の上へ手をついて、子供に向ってこっくりと、頭を下げた。

「どうか頼むから、もっと、喰べるものを喰べて、肥《ふと》っておくれ、そうしてくれないと、あたしは、朝晩、いたたまれない気がするから」

子供は自分の畸形《きけい》な性質から、いずれは犯すであろうと予感した罪悪を、犯したような気がした。わるい。母に手をつかせ、お叩頭《じぎ》をさせてしまったのだ。顔がかっとなって体に慄えが来た。だが不思議にも心はかえって安らかだった。すでに、自分は、こんな不孝をして悪人となってしまった。こんな奴《やつ》なら自分は滅びてしまっても自分で惜しいとも思うまい。よし、何でも喰べてみよう。喰べ馴れないものを喰べて体が慄え、吐いたりもどしたり、その上、体じゅうが濁り腐って死んじまってもいいとしよう。生きていてしじゅう喰べものの好き嫌いをし、人をも自分をも悩ませるよりその方がましではあるまいか――

子供は、平気を装って家のものと同じ食事をした。すぐ吐いた。口中や咽喉を極力無感覚に制御したつもりだが嚥み下した喰べものが、母親以外の女の手が触れたものと思う途端に、胃嚢《いぶくろ》が不意に逆に絞り上げられた――女中の裾から出る剝げた赤いゆもじや飯炊婆《めしたきばあ》さんの横顔になぞってある黒鬢《くろびん》つけの印象が胸の中を暴力のように搔《か》き廻した。

兄と姉はいやな顔をした。父親は、子供を横眼でちらりと見たまま、知らん顔して晩酌の盃を傾けていた。母親は子供の吐きものを始末しながら、恨めしそうに父親の顔を見て

「それご覧なさい。あたしのせいばかりではないでしょう。この子はこういう性分です」

と嘆息した。しかし、父親に対して母親はなお、おずおずはしていた。

その翌日であった。母親は青葉の映りの濃く射《さ》す縁側へ新しい茣座《ござ》を敷き、俎板だの庖丁《ほうちょう》だの水桶《みずおけ》だの蠅帳《はいちょう》だの持ち出した。それもみな買い立ての真新しいものだった。

母親は自分と俎板を距てた向う側に子供を坐らせた。子供の前には膳の上に一つの皿を置いた。

母親は、腕捲《うでまく》りして、薔薇《ばら》いろの掌《てのひら》を差出して手品師のように、手の裏表を返して子供に見せた。それからその手を言葉と共に調子づけて擦《こす》りながら云った。

「よくご覧、使う道具は、みんな新しいものだよ。それから拵える人は、おまえさんの母さんだよ。手はこんなにもよくきれいに洗ってあるよ。判ったかい。判ったら、さ、そこで——」

母親は、鉢の中で炊きさました飯に酢を混ぜた。母親も子供もこんこん噎《む》せた。それから母親はその鉢を傍に寄せて、中からいくらかの飯の分量を掴《つか》み出して、両手で小さく長方形に握った。

蠅帳の中には、すでに鮨の具が調理されてあった。母親は素早くその中からひ、と、き、れを取出してそれからちょっと押えて、長方形に握った飯の上へ載せた。子供の前の膳の上の皿へ置いた。玉子焼鮨だった。

「ほら、鮨だよ、おすしだよ。手々で、じかに掴んで喰べてもいいのだよ」

子供は、その通りにした。はだかの肌をするする撫《な》でられるような頃合いの酸味に、飯と、玉子のあまみがほろほろに交ったあじわいがちょうど舌いっぱいに乗った具合——それをひとつ喰べてしまうと体を母に抛《よ》りつけたいほど、おいしさと、親しさが、ぬくめた香湯のように子供の身うちに湧いた。

子供はおいしいと云うのが、きまり悪いので、ただ、にいっと笑って、母の顔を見上げた。

「そら、もひとつ、いいかね」

母親は、また手品師のように、手を裏返しにして見せた後、飯を握り、蠅帳から具の一片《ひときれ》れを取りだして押しつけ、子供の皿に置いた。

子供は今度握った飯の上に乗った白く長方形の切片を気味悪く覗いた。すると母親は怖くない程度の威丈高になって
「何でもありません、白い玉子焼だと思って喰べればいいんです」

といった。

かくて、子供は、烏賊《いか》というものを生れて始めて喰べた。象牙のような滑らかさがあって、生餅より、よっぽど歯切れがよかった。子供は烏賊鮨を喰べていたその冒険のさなか、詰めていた息のようなものを、はっ、として顔の力みを解いた。うまかったことは、笑い顔でしか現わさなかった。

母親は、こんどは、飯の上に、白い透きとおる切片をつけて出した。子供は、それを取って口へ持って行くときに、脅かされるにおいに掠《かす》められたが、鼻を詰らせて、思い切って口の中へ入れた。

白く透き通る切片は、咀嚼のために、上品なうま味に衝《つ》きくずされ、ほどよい滋味の圧感に混って、子供の細い咽喉へ通って行った。

「今のは、たしかに、ほんとうの魚に違いない。自分は、魚が喰べられたのだ――」

そう気づくと、子供は、はじめて、生きているものを嚙み殺したような征服と新鮮を感じ、あたりを広く見廻したい歓《よろこ》びを感じた。むずむずする両方の脇腹を、同じような歓びで、じっとしていられない手の指で摑み掻いた。

「ひ　ひ　ひ　ひ」

無暗《むやみ》に疳高《かんだか》に子供は笑った。母親は、勝利は自分のものだと見てとると、指についた飯粒を、ひとつひとつ払い落したりしてから、わざと落ちついて蠅帳のなかを子供に見せぬように覗いて云った。

「さあ、こんどは、何にしようかね……はてね……まだあるかしらん……」

子供は焦立《いらだ》って絶叫する。

「すし！　すし」

母親は、嬉《うれ》しいのをぐっと堪《こら》える少し呆《ほう》けたような――それは子供が、母としては一ばん好きな表情で、生涯忘れ得ない美しい顔をして
「では、お客さまのお好みによりまして、次を差上げまあす」

最初のときのように、薔薇いろの手を子供の眼の前に近づけ、母はまたも手品師のよ

うに裏と表を返して見せてから鮨を握り出した。同じような白い身の魚の鮨が握り出された。

母親はまず最初の試みに注意深く色と生臭の無い魚肉を選んだらしい。それは鯛と比良目《ひらめ》であった。

子供は続けて喰べた。母親が握って皿の上に置くのと、子供が摑み取る手と、競争するようになった。その熱中が、母と子を何も考えず、意識しない一つの気持ちの痺《しび》れた世界に牽《ひ》き入れた。五つ六つの鮨が握られて、摑み取られて、喰べられる――その運びに面白く調子がついて来た。素人の母親の握る鮨は、いちいち大きさが違っていて、形も不細工だった。鮨は、皿の上に、ころりと倒れて、載せた具を傍へ落すものもあった。子供は、そういうものへかえって愛感を覚え、自分で形を調えて喰べると余計おいしい気がした。子供は、ふと、日頃、内しょで呼んでいるも一人の幻想のなかの母といま目の前に鮨を握っている母とが眼の感覚だけか頭の中でか、一致しかけ一重の姿に紛れている気がした。もっと、ぴったり、一致して欲しいが、あまり一致したら恐ろしい気もする。

自分が、いつも、誰にも内しょで呼ぶ母はやはり、この母親であったのかしら、それがこんなにも自分においしいものを食べさせてくれるこの母であったのなら、内密に心を外の母に移していたのが悪かった気がした。

「さあ、さあ、今日は、この位にしておきましょう。よく喰べておくれだったね」

目の前の母親は、飯粒のついた薔薇いろの手をぽんぽんと子供の前で気もちよさそうにはたいた。

それから後も五、六度、母親の手製の鮨に子供は慣らされて行った。

ざくろの花のような色の赤貝の身だの、二本の銀色の地色に竪縞《たてじま》のあるさよりだのに、子供は馴染《なじ》むようになった。子供はそれから、だんだん平常の飯の菜にも魚が喰べられるようになった。身体も見違えるほど健康になった。中学へはいる頃は、人が振り返るほど美しく逞《たくま》しい少年になった。

すると不思議にも、今まで冷淡だった父親が、急に少年に興味を持ち出した。晩酌の膳の前に子供を坐らせて酒の対手《あいて》をさしてみたり、玉突きに連れて行ったり、茶屋酒も飲ませた。

その間に家はだんだん潰れて行く。父親は美しい息子が紺飛白《こんがすり》の着物を着て盃を銜《ふく》むのを見て陶然とする。よその女にちやほやされるのを見て手柄を感ずる。息子は十六七になったときには、結局いい道楽者になっていた。

母親は、育てるのに手数をかけた息子だけに、狂気のようになってその子を父親が台なしにしてしまったと怒る。その必死な母親の怒りに対して父親は張合いもなくうす苦く黙笑してばかりいる。家が傾く鬱積を、こういう夫婦争いで両親は晴らしているのだ、と息子はつくづく味気なく感じた。

　息子には学校へ行っても、学課が見通せて判り切ってるように思えた。中学でも彼は勉強もしないでよくできた。高等学校から大学へ苦もなく進めた。それでいて、何かしら体のうちに切ないものがあって、それを晴らす方法は急いで求めてもなかなか見付からないように感ぜられた。永い憂鬱と退屈あそびのなかから大学も出、職も得た。

　家は全く潰れ、父母や兄姉も前後して死んだ。息子自身は頭が好くて、どこへ行っても相当に用いられたが、なぜか、一家の職にも、栄達にも気が進まなかった。二度目の妻が死んで、五十近くなった時、ちょっとした投機でかなり儲《もう》け、一生独りの生活には事かかない見極めのついたのを機に職業も捨てた。それから後は、ここのアパート、あちらの貸家と、彼の一所不定の生活が始まった。

　今のはなしのうちの子供、それから大きくなって息子と呼んではなしたのは私のことだと湊は長い談話のあとで、ともよに云った。

「ああ判った。それで先生は鮨がお好きなのね」

「いや、大人になってからは、そんなに好きでもなくなったのだが、近頃、年をとったせいか、しきりに母親のことを想《おも》い出すのでね。鮨までなつかしくなるんだよ」

　二人の坐っている病院の焼跡の一ところに支えの朽ちた藤棚があっておどろのように

藤蔓《ふじづる》が宙から地上に這《は》い下り、それでも蔓の尖《さき》の方には若葉をいっぱいつけ、その間から痩せたうす紫の花房が雫《しずく》のように咲き垂れている。庭石の根締めになっていたやしおの躑躅《つつじ》が石を運び去られたあとの穴の側に半面、黝《くろ》く枯れて火のあおりのあとを残しながら、半面に白い花をつけている。

庭の端の崖下は電車線路になっていて、ときどき轟々《ごうごう》と電車の行き過ぎる音だけが聞える。

竜の髭のなかのいちはつの花の紫が、夕風に揺れ、二人のいる近くに一本立っている太い棕梠《しゅろ》の木の影が、草叢《くさむら》の上にだんだん斜にかかって来た。ともよが買って来てそこへ置いた籠の河鹿が二声、三声、啼《な》き初めた。

二人は笑いを含んだ顔を見合せた。

「さあ、だいぶ遅くなった。ともちゃん、帰らなくては悪かろう」

ともよは河鹿の籠を捧《ささ》げて立ち上った。すると、湊は自分の買った骨の透き通って見える髑髏魚をも、そのままともよに与えて立ち去った。

湊はその後、すこしも福ずしに姿を見せなくなった。

「先生は、近頃、さっぱり姿を見せないね」

常連の間に不審がるものもあったが、やがてすっかり忘られてしまった。

ともよは湊と別れるとき、湊がどこのアパートにいるか聞きもらしたのが残念だった。それで、こちらから訪ねても行けず病院の焼跡へしばらく佇《たたず》んだり、あたりを見廻しながら石に腰かけて湊のことを考え時々は眼にうすく涙さえためてまた茫然として店へ帰って来るのであったが、やがてともよのそうした行為も止《や》んでしまった。

この頃では、ともよは湊を思い出す度に

「先生は、どこかへ越して、またどこかの鮨屋へ行ってらっしゃるのだろう——鮨屋はどこにでもあるんだもの——」

と漠然と考えるに過ぎなくなった。

蟹《かに》甲《こう》癬《せん》

筒井康隆

クレール蟹《がに》の祟《たた》りに違いない、と、最初は誰もがそう思った。そう思ったのも無理はなく、とにかくクレール植民地における人間たちのクレール蟹に対する態度というものは「外惑星植民地に於《お》ける現地生物との接触に関する条例」などおよそ無視したひどいもので、この十二本足の大型蟹を殺して殺して殺しまくったのだ。もっともクレールへやってきた植民地人、以下はクレール人と呼ぶが、そのクレール人たちにしてみればクレールで他に目ぼしい動物性蛋白質《たんぱくしつ》はなかったのだから、個体数の少ないクレール蟹を他の誰かに食べられてしまわないうちにと競争でむさぼり食ったのであり、これは少しでも地球から持ってきた食糧をながく食いのばし、いつ来るかよくわからない次の便を待つ間の不安をちょっとでもなくそうとしたのだから、人間よりも他惑星の下等生物の方が大事と考える臍《へそ》まがりでない限り彼らを責めることは誰にもできるまい。責めるとすれば、クレールにおけるたったひとりの環境調査官たるおれの役目であろうが、おれだってクレール蟹はずいぶん食い、あまりの旨《うま》さに自制しかねて絶滅寸前であることを知りながらまだ食ったのだからひどいものだ。

クレール蟹の旨さ、特にその甲羅の裏の、俗に蟹の味噌《みそ》とか蟹の脳味噌とかいわれているあのペースト状の白い脂肪の、頬が落ちそうな美味等に関してはくだくだしい説明を省略し、さっそく、のちに蟹甲癬症と名づけられたあの皮膚疾患がクレール人の間に蔓延《まんえん》しはじめた頃の騒ぎにまで話をとばすことにしよう。蔓延はまたたく間であった。まず皮膚が乾燥している老人、特に五十歳以上の男性の中から、左右どちらかの頬の皮膚の角質化とそれに伴う痒《かゆ》みを自覚し、訴える者が出はじめた。痒いものだから頬をばりばり掻《か》きむしると、角質化した白い表皮がぽろぽろと剝落し、さらに掻き続けると真皮が破れて血がにじみはじめる。この真皮の壊死《えし》した組織がまた角質化し、それは以前のものよりもさらに硬くなって、次第に赤褐色を呈しはじめ、やがて硬さといい色といい、また形といい、ちょうどクレール蟹の甲羅を頬へ張りつけたようになる。これこそが症名の由来なのである。症状がここまで進んでしまうともう痒みはなくなる。そしてしばらくはそのままの状態が続くのである。

原因不明で治療法も見つからぬまま、患者はどんどんふえていった。医師の水戸辺先生は最初老人性の皮膚疾患であろうと考え、患者に栄養剤や栄養クリームをあたえているだけだったが、それによって病状の進行を食いとめることができないことはすぐにわかり、これは風土病であろうと考えなおし、あわてて細菌学者の承博士やおれの協力を求めてきた。

おれたちは患者を片っぱしから調べ、壊死した頬の組織を観察した。患者の大きく開いた口腔《こうこう》を覗《のぞ》きこんで頬の患部の裏側を見るとそこも角質化していることが認められ、外科的に患部を除去することが不可能であることをおれたちは知った。じつは比較的裕福な老人の患者が疾患初期に水戸辺先生のところへやってきて、手術によってこのいまいましい皮膚を剝ぎとってくれと頼んだことが二、三度あったらしい。水戸辺先生は拒んだらしいが、もしやっていたら大変、頬にぽっかりと大きな黒い穴があくところだったのだ。角質化は頬の薄く柔らかい筋肉にまで及んでいたのである。

承博士は切りとった患部の組織から、このクレールの海水中に多く見かける連鎖球菌を発見した。これはもともとクレール蟹に寄生している細菌だったのだ。しかし、クレール蟹を食べたためにこの細菌が人間へ移ったのか、あるいはクレール蟹がいなくなって宿主に困ったこの細菌が人間を新しい宿主に選んだのか、そこまでは承博士にもわからなかったようだ。

承博士が疾患の原因をほぼこの細菌と考え、仮に蟹甲癬菌と名づけたこの連鎖球菌が嫌う物質を発見しようとして研究している最中、患者の一部の者が自分の頬の甲羅を自由自在に取りはずしたりもとへ嵌《は》めこんだりしていることが判明し、またもや大騒ぎになった。これをいちばん最初にやりはじめたのは市のはずれにひとりで住んでいて日中は他の連中とウラニウム鉱山で働き、日没後は海へ出て残り少ないクレール蟹を漁《と》るという日課をくり返していたロドリゲス爺《じい》さん。ある夜頰の蟹甲癬をいじりまわしているうちにぱっくりと甲羅がはずれ、頰に楕円形《だえんけい》の穴があいて奥歯と歯茎がまる出しになってしまった。びっくり仰天した爺さんが大あわてで鏡を見ながらなんとかもと通り頰に甲羅を嵌めこもうとして周囲の皮膚をつまんだり引っぱったり苦心していると、今度はぴったりともとに納まった。コツさえわかれば簡単に取りはずしできることを知った爺さんが、近所の子供たちの人気を得ようとして腕白連中を集めこれをやって見せているうち、母親たちが騒ぎ出した。

「やめてください」

「グロテスクです」

「子供たちにあんなものを見せるなんて、悪趣味だわ」

噂《うわさ》が市内に拡まると、もしかしたらおれにもできるかもしれんと考えて患部の取りはずしを試みる老人たちや、また、隣りのお爺ちゃんにできるのならうちのお爺ちゃんにもできる筈《はず》というので孫にやって見せろとせがまれ、しかたなくはずして見せる老人もいて、そのうち、どうやら患者がすべて甲羅を自由自在に取りつけ取りはずしができるらしいということは明確になってきた。

「ずいぶん変な病気ですなあ」

おれと承博士と水戸辺先生は、承博士の研究室に集まって善後策を相談した。クレール植民地市民二千八百名の生命はおれたち三人が預っているといってもいいのだから、責任は重大である。

「あの、甲羅の取りはずしの頬べたぱっくりこ、禁止するよろし」と、承博士はいった。「症状これから先、どう進行するか、わたしたちまったく予想できとらんのことよ。あの黴菌《ばいきん》、何食べているかもよくわかっていないある」

「頬の筋肉に寄生しているんじゃないんですか」

「ところが頬べたの筋肉壊死しても他のところに症状あらわれない。もう片方の頬べた、不可思議のことに、なんともない。どこに潜伏しているかもわからないのでたいへん困るのことな。手の打ちようないよ」

「患者の誰かが死ねば解剖できるんですがね」五十六歳の水戸辺先生が、頬をばりばり掻きむしりながらいった。どうやら彼も蟹甲癬菌にとりつかれたらしい。

「クレール蟹の捕獲は全面禁止しました」と、おれはいった。「もとの個体数に戻って安定するまで、だいぶかかるでしょうが」

甲羅の取りはずしは見る者に不快感をあたえるので、ひと前では慎しむようにとの警告が全市に行きわたり、大っぴらにこれをやって見せる老人の姿は滅多に見かけなくなった。症状の進行も停《と》まった様子で、これ以上悪くはならないのかと思っておれや先生や博士がややほっとしかけた時、またまた変な噂を耳にした。

噂の主は七十二歳ですでに隠居している前クレール市事務官のマックス氏である。このマックス氏がある夜自分の部屋で、ひとりこっそり頰から取りはずした甲羅をつくづく観察しているうち、たまたま、いつの間にか甲羅の裏側に、ちょうどクレール蟹の甲羅の中にある例の白いペースト状の「脳味噌」のような物質が多量に付着していることに気がついた。そこでさっそく、ためしに指さきでこそげ取って食べてみたというのであるが、ここが老人の無神経なところで、よくぞまあ、自分の皮膚病の患部を食う気になったものだ。しかし勇気をふるって食べてみただけのことは充分あったらしい。なんとそれは、あの美味なクレール蟹の「脳味噌」そっくりの味だったというのだ。この話を聞き、さっそく自分の頰の患部から「脳味噌」をこそげ落して食べはじめた老人もいるらしい。味がひとによって違うということもなく、いずれもクレール蟹の甲殻内の脂肪そっくりの旨さであるという。そんな不潔なものをよく平気で食えたと思うが、他人のものならともかく、自分の肉体の一部に発生したものであるから、ちょうど子供が自分の瘡蓋《かさぶた》をひっぺがして食うようなもので、わりあい汚さを感じないのであろう。

この話を聞いておれたちはまた心配になり、そんなものを食って生命に別条はないのかと、さっそく患者の患部から少し採取してきた「脳味噌」を分析してみた。しかし承博士の分析によれば成分は高分子の蛋白化合物であったらしく、これはどうやら患部の組織と崩壊した蟹甲癬菌が混りあってできた物質であろうということになり、食べてもたいした害はないことがわかったので、特に食うなという警告は出さぬことにした。あまりさまざまな警告を矢継ぎ早に出しても効果はない。

クレール蟹の「脳味噌」があんなに旨かった理由は、寄生していた連鎖球菌のためであったようだ。ではあの連鎖球菌を研究すればすばらしい調味料が発見できるのではないか、と、おれはそんなことを思った。しかしそのような呑気《のんき》なことを考えている場合ではなかった。患者はどんどん増加し、爺さんだけに限らず婆《ばあ》さんや中年の男性にまで疾患は拡《ひろ》がりつつあったのだ。水戸辺先生も承博士も、そろそろ取りはずしができると思える大きさの甲羅を片頬に張りつけていた。

蟹甲癬のことは地球にも伝わったらしく、ばったりと貨物の便が来なくなった。見捨てるつもりはないのだが、伝染を恐れて行く者がいない、もう少し待ってくれという連絡が多くの中継衛星経由で二、三度あり、その連絡さえすぐに途絶えた。見捨てるつもりなのである。たちまち食糧事情が悪化した。栽培しているクロレラだけが頼みの綱となり、なんとかこのクロレラ以外に現地で栽培できるものはないかと皆が食いもの捜しや菜園作りにけんめいとなったため、またたく間に鉱山《やま》は荒れ、採掘機械は錆《さ》びはじめた。ウラニウム鉱を採掘したって、取りにくる船はどうせ一隻もないのだ。

動物性蛋白質が不足してくると、蟹甲癬症患者にとっては自分の患部の「脳味噌」が貴重な栄養源になってくる。なぜかこの「脳味噌」、全部残らず舐《な》めてしまっても、頬に嵌めこんでさえおけば次の日にはちゃんと甲羅の裏に何十グラムかが付着していて、なくなるということがない。孫や近所の幼い子供たちにせびられ、甲羅の裏を舐めさせてやる老人もいて、最初のうち母親はじめ家族の者はこれを汚いと思って厭《いや》がったが、老人に食わせてくれるなと頼むと、旨いものはよく知っていて不潔さなどなんとも思わぬ子供たちが、あの「頬が落ちる」ぐらいおいしいお爺ちゃんの頬っぺのお味噌が食べたいと泣きわめき、老人も「脳味噌」を子供たちに舐めさせていると自分の肉体の一部を彼らに頒《わか》ちあたえているような気がし、これにはなんとなしに動物的本能に通じる快感があるので食わせたがる。そのうちいよいよ食いものが欠乏し、患者が自分の「脳味噌」を食うことが常識となり、誰もおかしいと思わなくなってくると、家族の者も子供のおやつを提供してくれる老人に感謝さえするようになった。

患者数の方はどんどんふえて低年齢層へと拡がっていき、中年女性からついには青年男女にまで及んだ。比較的初期に感染した若い娘の中からは自殺者さえ出たが、やがて、ちょっと町を歩けば子供を除くとその辺にいる人間みんな頬に蟹の甲羅をひとつずつへばりつけているという有様になったため、苦痛がないせいもあってさほど気にする者もいなくなってきたようであった。むしろまだ罹患《りかん》していない者が甲羅の中の珍味を食いたがり、寝ている間に甲羅を盗まれたという頬べた盗難事件さえ起った。

おれ自身もある晩夢うつつで痒い頬を掻きむしったため、朝にはくっきりと右頬に暗赤色の蟹の亡霊が浮かびあがっていて、ついに蟹甲癬症患者の仲間入りをすることになった。こうなってくるともうやけくそ、一日も早く自分の頬の「脳味噌」を食いたいものだと居直って、症状の進行を待ち望む気になり、今さらあわてふためくこともない。とうとう患者の中から死者が出た。といっても蟹甲癬のためではなく、心臓病によるものであることははっきりしていたから、誰もあわてたり恐れたりする者はいなかった。死んだのは六十九歳のモハンダス爺さん。ながらく採掘場の監督をしていたのだが最近急に惚《ぼ》けてきて人の名前がわからなくなったため隠居していたのだ。心臓は中年以後の持病で水戸辺先生が診療していた。われわれはこのモハンダス爺さんを解剖し、蟹甲癬菌の人体寄生ぶりを徹底的に追求することにした。

その連鎖球菌は内臓からも四肢からも発見できず、最後に頭蓋をとり除いてみるとやっと脳の中から出てきた。驚いたことにこの細菌、脳を食い荒していたのである。モハンダス爺さんは大脳皮質の厚い灰白色の部分を侵され、そこはぼろぼろになっていて、量も減っていた。

「あれは脳味噌だったのだ」と、水戸辺先生は叫んだ。「われわれはたまたま『脳味噌』などと呼んでいたが、あの珍味はなんと、本当にわれわれ自身の脳味噌が細菌によって物質代謝されたものだったのだ」

「曖呀《アイヤ》。わたしなぜ早くそれ気がつかなかったのことよ」承博士が嘆声をあげた。「頬べたの壊死した組織と黴菌の死骸だけで、あんな高分子の蛋白化合物できる筈なかったある。あれ、黴菌が脳から運んできて自分たちの力で分解やら結合やらしておいしくした脳味噌だたのだよ」

「なぜ脳味噌を甲羅の裏へ。いったい、どうやって」

おれの質問に水戸辺先生は、いつもの彼には似合わずゆっくりと考えながら、なぜかひどくのろのろと答えた。「食って運んできて、甲羅の裏で死ぬんだろうね。分裂増殖は、あきらかに脳内で行っている。なぜ甲羅の裏で死ぬのかよくわからんが、そうすればそこがクレール蟹の甲羅の中と同じようになることは確かだ」

「それでわかった」おれは言った。「最近あちこちで老人たちが急に惚けはじめました。惚けるだけでなくいろんな身体的障害を起しています。しかもその老人の職業にいちばん必要な能力が駄目になるという形でね。たとえばこのモハンダス爺さんは、坑夫たちを監督する立場にありながら彼らの名前を全部忘れてしまった。酒場をやっているグレゴリイさんは、まずシェーカーが振れなくなり、次に味がわからなくなりました」

「それはおそらく小脳と、それから間脳の視床の、腹側核あたりを食われているんだ」

おれたちは顔を見あわせた。

突然、水戸辺先生が泣きはじめた。「わたしはこの間から、患者の症状を総合的に見て病名を判断するという能力の衰えをつくづく感じとります。これは医師にとっての致命的な結論の批判力を大脳の知能的前頭葉であって」彼は頭を掻きむしった。「ああっ。ついに言葉も喋《しゃべ》れなくなった」血走った眼で、彼はおれと承博士を見た。「しかしわたしは、自分の脳のどの辺がやられているかはよく知っとりますぞ」

承博士が、はっとした様子で眼を丸くした。「この細菌、その人間の脳の、いちばん発達した部分食うあるか。あなたそう言いたいあるか」

水戸辺先生はうなずいた。「そうあります」

「なぜです」おれは叫んだ。「そこがいちばん発達した部分なのかどうかが、細菌ごときになぜわかるのです」

水戸辺先生は悲しげにおれを見た。「うまいからじゃろ」

老人たちに脳味噌を貰《もら》って食べている子供たちの中から一人も感染する者が出ないのを不思議に思っていたのだが、やっとその理由がわかった。子供の脳はあまり発達していないので、細菌としては食べてもうまくないのであろう。

ついには十七、八歳以下の子供を除き、すべての人間が蟹甲癬になった。それぞれの職業への適性は、老人から順にどんどんなくしていき、仕事をやめさせられる者、自ら抛棄《ほうき》する者が日毎に増加した。水戸辺先生も完全に惚けてしまい、病人に毒を注射したりするので、おれたちは彼から医師の免許をとりあげた。承博士は視力が衰えて顕微鏡を扱えなくなり、自ら研究所を閉鎖した。

地球からはその後、近くの惑星都市より食糧を積みこんだ無人宇宙船を打ちあげ、そちらに向かわせる、今その準備中なのでもう少し待ってくれという連絡が一度だけあり、その後はまたもやふっつりと通信してこなくなった。おれはたいして希望を抱かなかった。もしそれをやる気があったとしても、この近所の星からの無人宇宙船の打ちあげが大変な作業であることを知っていたからだ。

市内には失業者があふれ、それが全市民の九十パーセントを突破した直後、ついにおれからも職務能力は失われた。役所にある自分のオフィスへ出勤しても、何をやればいいのかわからないのだ。伝染病のため就業不能という届けを出し、おれは町の中を毎日ほっつき歩いた。人口はさほど多くないから暴動めいたものもなく、みんなそれぞれ自分の家で配給の食料品を食いのばしているらしく、大通りはひっそりとしていた。

役所へ出なくなってから何日か、何週間か、あるいは何カ月か経《た》ったある日、おれが公園のベンチに腰をかけてぼんやりしていると、傍《そば》へ六、七歳の女の子がやってきて佇《たたず》んだ。最初おれは、彼女がおれの頰の甲羅をじっと物欲しげに見つめていることを知りながら、いったい彼女がなんのつもりでおれの横に立っているかがよくわからなかった。この娘のような感じのいい女の子のことをなんていうんだろう、ああそうだ、「可愛《かわい》い」っていうんだっけ、などと考えていると、彼女はおずおずとおれに訊《たず》ねた。

「ねえ。おじさん。お味噌ある」

「お味噌かあ」おれは自分の頰の甲羅をひっぺがそうとしながらうなずいた。「そうか。おじさんのお味噌が欲しかったんだね。あげるよ。だけど、あまりたくさんはないかもしれないよ。ええと。食べたのが今朝方だったか、ついさっきだったのか、よく思い出せないんだけど」

この子が成人するまでに、あいつが海いっぱいになるだろうか。

おれの甲羅を両の掌でしっかりと握り、裏側をぺろぺろと舐めている娘に、おれは訊ねた。「おいしいかい」

「うん。おいしい」

娘はおれをうわ眼遣いに見てうなずいた。

そうだ。この子が大人になるまでに、あいつが海いっぱいになってくれたら間にあうのだ。ああ。間にあってくれ。

だが、いったい何に間にあうのか、海いっぱいになるのがどんなものなのか、そこまでは、もはやおれには思い出せなかった。ただ、間にあってくれという祈りだけが切実に、おれの胸を大きく満たしているだけだった。

スキヤキ

椎名　誠

戦争から夫が帰ってくるという知らせが届いた。ごく簡単な電送文字だった。戦闘宇宙船もしくはスルガ式二重螺旋《らせん》移送機とかなんとかいうようなもので地球に帰還する途中にその連絡を発信したらしい。

文字は機械が打ったものだが、その短い文章のむこうにまさしく夫の息づかいがあった。

「帰ったらスキヤキが食べたい」

一番最後にそう書いてあった。

あたしは買物の仕度をして町へ出ることにした。スキヤキの材料を手に入れねばならない。

アパートのドアをあけると隣の間宮さんの玄関口のところに濡貘《ぬればく》がのさりと横たわっているのが見えた。ぴくとも動かず、表皮のぬめりもまったくないので死んでいるらしいけれど、あれじゃあ間宮さんが部屋を出ようとしても重くてドアがあかないだろう。

かといってわざわざあいつを取り除いておいてやるほどあたしは暇じゃあない。

鉄とコンクリートでできたアパートの階段を降りようとしたらあたりに一瞬閃光《せんこう》が走ったのであたしは反射的にヘルメットの遮蔽ゴーグルを降ろした。午後のこの時間帯に爆発するのは顎無岳《あごなし》か薄毛山の横疣《よこいぼ》火山に決まっている。このふたつのろくでもない山はこれでそろそろ一カ月以上も互いに競いあうようにして噴火爆発を繰り返しているからもう市街地にまで火山弾を撒《ま》き散らす力はなくなっているようだ。

この火山の爆発も敵の仕掛けた作戦だった。いまの閃光だけではどっちの火山かわからないが、横疣火山のほうだと数秒おいて黄笑ガスを放散してくるので目と鼻を保護しておくほうが安全だ。もっともあたしの赤眼ゴーグルにくっついている簡易防臭防塵《ぼうじん》鼻あては内田万能耳鼻栓の一号試作品、通称つなぎめんたまという旧式のやつだから、黄笑ガスが八十五パーセント以上の濃度を伴っていたらかえって危いらしい。それに見てくれもなにしろ《つなぎめんたま》なのだから、こいつをつけたまま鏡を見ると吹きだしてしまう。せめてフォンディーユ社の耐酸耐熱フルフェイスマスクぐらいをかぶって歩きたいものだ。

アパートから掻又《かきまた》通りに向う狭い路地は先週末に溢《あふ》れた背黒川の氾濫洪水残存物がまだいたるところに残っていて、死んだ動物どもの腐った臭いがものすごい。あたしが歩いていくと長さ五十センチもある泥吸《どろすい》がいかにもひとをこばかにしたように全身をぐねぐねさせて灰銅色の有機泥濘《でぃねい》層の中にもぐりこんでいった。敵の攻撃によって火山は爆発し、川は氾濫しもうあっちこっちめちゃくちゃになっている。

掻又通りに出るすこし手前のところで室井さんの奥さんとばったり出会った。

「またバクハツしたようで……」

室井さんはムウル社のフルフェイスマスクをつけているので、防護ガラスのむこうの化粧した顔がそっくり見える。

「本当にうるさいことで……」

通りで立ち話などしていると狡猾《こうかつ》なこね虫どもに襲われる危険があったからあたしはすぐにそこをたち去りたかった。ましてやこの《つなぎめんたま》の顔をしみじみ眺められたくない。あたしと室井さんの話を嬉《うれ》しがってでもいるように「どひょおーん、どひょおーん」という横疣火山独得のすこし捩《ね》じ曲ったような爆発音が聞こえてきた。いい塩梅《あんばい》でその音にせきたてられるようにして軽い会釈をしたあとあたしは素早く路地のむこうへ歩き出した。

道はいたるところぬかるんでいて、鼻あてをしていても吐酸菌の臭いがものすごい。足削《あしけずり》の交叉点《こうさてん》のところで赤茶色の毛を泥だらけにした中型の犬があたしの顔を見つめて地面に唾を吐いた。泡のまじった狂瀾《きようらん》性の唾だ。

「わじゃろうわあが!」

赤犬はあたしに何事か言った。眼《め》が人間の酔っ払いのように不吉に赤い。もともと犬どもの話すことはおそろしく聞きとりにくいから何を言っているのかあたしにはさっぱりわからない。

「わかりみを、もろとうかわ」

赤犬は泡まじりの涎《よだれ》を垂らしながらあたしの方へ近寄ってきた。口をあけるとまだ充分に長くて鋭い上顎の犬歯が二本ともむきだしになる。

「え？」

あたしは恐怖を気どられないように腹の真ん中あたりに力を込め、すこし腰をかがめた。

しゃがむのと同時にベルトのうしろに挟んである跳銃《はねだま》に手を伸ばそうと思ったのだけれど、犬どものこうした動作を見抜く力はもの凄《すご》く、もう何人もの人間が喉を噛《か》み裂かれて死んでいるのを見ているから、そういうふうな作戦や方法を瞬間的に思考したとしてもあたしの手はまったく動かなかった。

「かわら、わあってよ、わわわわ」

赤犬はもう一度ばさついた声でそう言うと一方的に空疎に笑った。仕方なくあたしも愛想笑いをする。赤犬は赤い眼であたしの顔を用心深く眺め直し、腰をおろすと右の後足で素早く耳のうしろのあたりを掻《か》いた。乾いた泥のこびりついた赤い毛が湿った埃《ほこり》のようにあたりに飛び、そのうちの小さなひとかたまりが黒い水たまりの中に落ちた。

「じゃあ行くわよ」

あたしは用心しながらそう言った。そのとき人通りの殆《ほとん》どない足削の交叉点の向う側で大きな羽音がした。嘴《くちばし》の白いあきらかに異態進化した大型の烏《からす》が低く滑空してきて、威嚇《いかく》するように羽根をひろげ、こっちを見て「くえけくえけ」とまず烏そのままの声で啼《な》いてみせた。

赤犬はそれを見て低く喉の奥を鳴らし、あきらかに気に入らないそぶりで軽くしゃかしゃかと泥ばかりの地面を片足で掻いた。

「くわっちるかだあくえけくえけ」

大烏は羽根をゆっくりたたみ、かちかちと白い嘴を鳴らし赤犬を睨《にら》みながらそう言った。

「どうしたのよ！」

あたしは低く押さえた声で赤犬に言った。赤犬はあたしの顔を見つめ、それから道の向い側の大烏を見つめてまただらだらと涎を垂らした。

「ごわっほっからわ」

赤犬は前足をもう一度泥の地面の上にこすり、誰にともなくそう言った。それから前足を伸ばしていかにも目下の退屈から意識を別のところへ動かそう……とでもいうようなしぐさをした。大鳥が首を回して赤犬を左右の眼で見据え、それからさっき赤犬がやったのと同じように自分の細く鋭く尖《とが》った指先の爪で地面を掻いた。

その時だった。赤犬はいきなり四肢を合わせて大地をとび跳ねると歯をむきだして猛然と道路を突っ走った。大鳥はその動きから一瞬遅れて羽根をひろげ、鋭い爪で大地を蹴った。ばさばさと激しく羽根が舞いそのまま大地から四、五十センチ飛び上ったところに赤犬が跳びついた。

あたしは後ずさり、ベルトの内側から跳銃を抜きだすと素早くそいつを構えた。しかし鳥と赤犬はもうあたしの存在を一切抜きにしたところで激しくも愚かで騒々しい死闘をくりひろげていた。


あたしは早足で足削の交叉点を通りすぎ、そのむこうに何台も積み重なりひしゃげて潰れた自動車や、瓦礫《がれき》のひろがる道を歩いていった。

「スーパーグッデイ」はその瓦礫のひと塊を越えたところにあって、二十四時間営業という訳ではないが、このあたりでは最も品数の豊富な大手スーパーだった。駐車場も地下と屋上にあって収容能力も大きく、その誘導路もわかり易《やす》い。入口は二箇所、戦争が始ってから建てられているので入口にはカード照合式の入店チェックシステムがある。買物に用のない、思考と愚痴だけの喋《しやべ》る犬や猫、カードも持つことができない程の貧乏人らをそこでシャットアウトするためにある。西側入路はカード照合機が並べられてあるだけだが、北側地下の駐車場入口は子供らを喜ばすために「おまっとうおじさん」が立っていて、いつでも愛想良くにこやかに笑ってカードをチェックしてくれる。あたしは子供じゃあないけれど、機械が中性的な声でカードの出し入れを指示する西側入口より、この「おまっとうおじさん」のいる北側地下の方が好きなので、いつもすこし回り道をしてそこから入る。

どうしてこのおじさんが「おまっとうおじさん」と言うか——はとても簡単なことで、夕方時などに客が殺到してきてここに並んですこしでも待たされると、実にあざやかに気分よく顔や体をくねくねさせ体を大きくしたり小さくしたりして「ハイ、おまっとう！」と声をかけてくれるからだ。

でもその日あたしが行った時間はまだ早い午後で、ここに並んで入店を待つ客はいなかった。おじさんも退屈らしく、しかも少々疲れ気味のように見えたので、あたしは「どうしたの、元気だしなさいよ、人気者なんだから」と、いつものように励ましてあげた。するとおじさんは顔をパッとあからめて「ハーイ、ごめんなつあーい。元気でつよう」と、かなり無理のある幼児語で言った。

「無理しないでいいのよ」

と、あたしはもっと陽気にそう言って、まあとにかくそのまま地下の食料品売場に真っ先に向ったのだった。

あたしは戦争に行く前の夫の顔や声を思いだし、夫の大好物のスキヤキのぐつぐついう鍋の中を改めてしっかりと思いだしてみた。あたし自身は低カロリーのクリック料理やハワ麦のパンなどが好きなので、スキヤキを作っても夫と一緒に食べるということはあまりしなかったが、それでもスキヤキを実にじつにおいしそうに食べている夫の顔を見るのは大好きだった。

「スキヤキに必要なのは……」

あたしは頭の中に白い紙きれを思いうかべ、それをメモのようにしてスキヤキの材料を書き入れていった。わざわざそんなことをしなくてもスキヤキの材料くらいあたしの頭の中にすっかり入っている筈《はず》だったが、永い空白の時間をのりこえて、夫がいよいよ戦争から帰ってくるというので、やっぱりあたしは気持のあちこちを上気させているようで、きちんと頭の中のメモに書き入れておく必要があるようだった。

（まずなんといっても長葱《ながねぎ》です……）

と、あたしは頭の中のメモに大きく書き入れた。

（続いて白菜にしらたき、焼豆腐にしいたけ……、勿論《もちろん》牛肉とそれにタマゴもいるわ……）

あたしは頭の中に並べられたそれらの太書きの文字をずらりと見つめ、改めて満足した。

（さっそくそのひとつひとつを買いましょう……）

買うといってもまだたいへんな戦争のさなかである。大きなスーパーの生鮮食料品売場といってもそれらのものがすべて新鮮な生のもので揃《そろ》っているという筈はなく、すべての品物はパックされたフリーズドライ製品かあるいは疑似素材の摸造品《もぞうひん》であった。フリーズドライ製品の集められている、《ＣＰ３》の表示コーナーはあたしの好きなところで、ここにはいまはまだ粉のようになった少々頼りなげな袋詰め商品しか並んでないけれど、家に帰って熱い湯を注いだら瞬時のうちにかつての地上の楽園風景が再現されるのだ。あたしはいつもここで買っていくグリーンピースのひしゃげてしわしわで打ちひしがれた青い粉々のすべてが、湯の入ったボールの中で見る見る勇気と力と愛情に満ちあふれた緑のまんまるい粒々にふくらんでいくのを見るのがうれしくってたまらなかった。

フリーズドライ製品の隣は摸造食品で、こっちの方はまったく昔のどこでも普通に見られたスーパーの生鮮食料品の売場と変るところはなかった。

あたしはなかでもとりわけ摸造タマゴが驚異で、ヒジル軟性プラチマチリンでつくられているというすなわち本物そのものの感触と寸分たがわない殻を割り、中からやはりこれのどこのどれが工業製品なのかと思えるようなどろりねろんとした黄身白身を見るといつも心の底から首をかしげ深く深く考え込んでしまうのだった。

あたしはいつもと同じようにかろやかな足どりで、頭の中のメモの品々を買物ボックスの中に入れていった。

店の中には戦争前に大ヒットしていたサイボーグ歌手プラズマ・キッド、ハーリー・デンプシイの「片腕のしあわせ」が低く静かに流れていた。戦闘に行く機械と人間のハーフ&ハーフが恋人のためにかつて彼女を抱いていた片方の腕をこっそり置いていく、という悲しく激しい内容のものだった。

あたしはこのうたが好きで、この店のセールスマネージャーにBGMの希望として何度も頼んだことがあった。

（そうか、そういえばいまやってるこのワールドディスク盤こそ、あたしがレコードそのものを家から持ってきてマネージャーに渡したやつじゃないの。あのツーフレーズめのハーリーのかすれた声の出しかたはそれに間違いないわ……）

そのことに気づくとあたしはまたゆったりと、楽しい気分になった。

地下から一階に上る中央エスカレーターは止まっているので、フロアの隅の階段をのぼっていく。次に必要なのは肉で、この戦時下になんといっても肉の入手が一番難しい。肉や腸詰め類は一階中央奥の特別契約者専用売場にあって、ここに入るにはもう一度カード照合のゲートをくぐらなければならない。なんて面倒なことなのだろう。

「奥さま。あのちょっと奥さま！」

誰かがあたしのうしろからいきなり声をかけた。それから声をひそめてくすくす笑う声。振り返ると思ったとおりホルスタインのでっかいやつがあたしのうしろにいた。いつの間にか音もたてずにあたしのうしろに忍び寄っていたのだ。あたしの七、八倍はありそうな巨大な顔があたしの頭の上で左右にゆっくり揺れている。やっぱり巨大な口の端から透明でいかにも粘着力のありそうな唾液が糸を引いてツーッと落ちるところだ。こいつは三、四日前にこのスーパーに来た時もやっぱり同じようにあたしのうしろ側に忍びよってきて女たらしのような甘い声で呼びかけた。牛がこんなにクリアで透きとおった声を出せるなんてふざけた世の中だ。

「なによ」

と、あたしはすこし身構えながら言った。牛はその四角くて巨大な顔からするとあきらかにバランスの崩れた小さく可愛《かわい》らしい眼を遠慮がちに光らせながら、口だけもがもがと左右に動かした。言いよどんでいるのかそっちの都合で反芻《はんすう》しているのかあたしにはよくわからない。

「なんなのよ？」

あたしはもう一度言った。牛はやっぱりそれには何もこたえようとしないので、あたしはそいつを無視してカードを取り出し、ゲートの前の照合機に差し込もうとした。すると困ったことにあたしの体は自然にずるずると同じ恰好のまま体をすべらせ、前の方に移動していった。漸《ようや》くあたしは自分の体が背後からその巨人な牛によって押し動かされているのを知った。あたしは逆U字型をした食肉売場の入口ゲートの先に押しやられ、固く閉ざされたままの売場入口の前で漸く止まった。なんとか体を捩じ曲げて振りかえると牛はゲートの中に顔だけ入れて角のないごつごつした頭で頑《かたく》なにあたしを押していた。

「なによ、痛いじゃないの、何するのよ」

あたしはついに大きな声でそう叫んだ。いかに戦時下といってもスーパーの中でホルスタインに買物の邪魔をされているなんてばかばかしい話だ。

「だって奥さんこの中に入るんでしょう」

牛は目下の緊迫した状態からするとおそろしく間のびした声でそう言った。

「この中に入って肉を買うのはいけません。本物の肉など食べてはいけません」

あたしは、狭いゲートに首からうしろがひっかかり、それ以上牛が前に出てこられない状況を素早く見て取り、そのまま身をかがめると横にずれた。それから買物ボックスをふり回しながら上手にバランスをとってミートショップの通路をとび越えた。そこは洗剤や化粧品の棚がびっしり並んでおり、床にもそれらの商品が散乱していた。

「奥さま奥さま、そこはいけません」

その巨大な体軀《たいく》からはまったく想像できない素早さで、ホルスタインはあのゲートから首を引き抜いてあたしの行く方向へ回り込むようにして動いたらしい。あたしの走っていく売場通路の途中にいきなりさっきの牛が顔を出したのであたしはまったく仰天した。

あたしはいろんな商品のパッケージが散乱する通路を悲鳴をあげながら走った。背後でどかどかと凄《すさま》じい音が続いているのは牛が同じように狭い通路を走ってくるからのようだった。

「わあ」

と、あたしはまた叫んだ。肉を買えないのだからもうこれ以上追ってこなくたっていいじゃないか――。どがどがどが、とけたたましい音をたてて牛はさらにまたいくつかの商品棚を倒したようだった。

「わあ」

と、あたしはもう一度叫んだ。叫んだってこの店のガードマンもセールスマネージャーもスーパーバイザーもあるいはレジのおばさんも誰も出てきはしないのだけれど、黙って顔を引きつらせ、眼を血走らせて走っているだけじゃああまりにも息がつまる。このまま店のどこかの隅に追いつめられて迷惑な牛に押しつぶされてそれでおしまい、などというのじゃああまりにもばかばかしい。戦争から帰ってくる夫はどうなるのだ。あたしは夫のためにスキヤキを作らなければならないのだ。

さっき地下で手に入れたフリーズドライの品々はどうなったのだろう！　あたしはどこまでも女であり、そして意志と目的の明確な主婦なのだ。走りながら買物ボックスの中に片手を突っ込んでそれらの品物の無事を確かめた。その片手に跳銃《はねだま》がふいにずしんと触れた。

「そうだ銃があるんだ！」

あたしはとび跳ねながら背後をふり返った。

どがどがどがと巨大なホルスタインは頭を下げ、肩を怒らせて走り続けていた。あと二、三メートルで壁に突きあたる、というところであたしは素早く体を反転させ、足をひらいて跳銃を構えた。突進してくる牛をめがけて引きがねをしぼる。ずぱんずぱんずぱん、と、思いがけないくらいカン高い炸裂音《さくれつおん》をたててあたしの手の中で跳銃が躍った。牛は凄じく近い距離まで走ってきて、その巨大な四角い顔の止面にぷつぷつぷつと三つの黒い穴をあけた。しかし牛の動きはまったく止まらずそのまま空を飛ぶようにしてあたしの立っている壁の近くまで突っ込んできた。あたしは悲鳴をあげて左側に体を回し、そのままデタラメのサンバを踊るような恰好で通路を横走りに動いていった。

牛はさっきあたしが立っていたところで前足を折り、彼らの神に祈りを捧《ささ》げるような姿になって床にへたりこみ、肩のあたりの筋肉をびくびくと小さく激しくふるわせていた。けたたましい音はそこで漸くすべて静まり、あたしと動かなくなったホルスタインのまわりを、地階と同じBGM「片腕のしあわせ」があたしと牛の鎮魂曲そのままに優しくたおやかに鳴り響いていた。

暫《しばら》くして気を取りなおし、あたしは改めてさっきの特別契約者専用売場のゲートに戻った。カード照合機を作動させ、なめらかに銀色に光るクロム鋼板のドアをあけて中に入る。本物の冷凍肉や腸詰め加工品のたぐいはもうこの売場にも殆どなくて加工蛋白《たんぱく》組成のオンドル肉やスミスの複製培養ミートなどのまがいものが並んでいる。それでもプラケースの中に入ったそれらの摸造肉はいかにも牛や豚、あるいはいくつかの典型的な魚の肉の形と色あいに整えられ、おいしそうだった。

この店に入り、二重ガードされた契約者専用ゾーンに入ってこられるのは幸せなことで、あたしはこのゾーンに入るといつも喜びにふるえて気持のいたるところを弾ませてしまう。J・スミスの至福の芸術品といわれた牛の霜降りなどはこうして遠くから生のまま眺めているだけで激しいおどろの胸さわぎで息が荒くなってしまう程だ。

あたしは思いきって五百グラムの特上スライス肉を買うことにした。戦争から帰ってくる夫のためにこれで今夜特上のスキヤキを作ってあげることができる。

カード照合機に退出のサインをおくり、あたしはすっかり落着いてそのコーナーから外に出た。

小さなミニワゴン車の上にクバ茶の実の瓶詰を沢山のせたこの店のマスコットガール「あかねちゃん」がほどけた白いエプロンを引きずりながら「いらっしゃいませ奥さま。いらっしゃいませ本日もようこそ。今日はクバ茶が入荷しました。どうぞおためしくださいませね」と、愛らしく笑いながら言った。酒と乳製品のコーナーからそうやってワゴン車を押してきたらしく、床に散らばるさまざまな商品やゴミのたぐいが、あかねちゃんのワゴン車の前に小山のようなかたまりをつくっていた。

あたしはあかねちゃんのうしろ側に回り、素早くほどけたエプロンを直してやった。あかねちゃんはそうやって店の中をぐるぐる回っているうちに片方の白いパンプスをどこかへ吹っとばしてしまったようだが、脱げた片方は近くに見あたらず、あかねちゃんも一向に気にはしていないようなのであたしもそれ以上世話をやくのはやめた。

店から出る前に死んだスキヤキのホルスタインをもう一度見ていくことにした。こいつが本当の牛だったら何人分のスキヤキの肉ができるだろうか……などということをすこしの間考え、あたしはそいつの鼻の先をほんの少し撫《な》でてやった。

それにしてもこんなに大きいのがどこからまぎれこんできたのかあたしにはまったく訳がわからなかった。何かを拝むようにしてしゃがんだまま動かない牛のまわりをゆっくり眺めると、背中に何本かの太いパイプ状のジョイント接合部があった。ここに宣伝用の何かをくくりつけて動き回る律義《りちぎ》でおとなしい機械牛であったのだろう。たぶんこの牛は戦争突入時にうるさく論議された自然食肉の廃止キャンペーンに使われたサイボーグ動物だろう——とあたしは見当をつけていた。

あたしは地下に降り、もう一度おまっとうおじさんに声をかけた。

「ハーイ、あっがとうねえ、ごめんなつあーい、元気でつよう」

おまっとうおじさんはいくらか演技過剰に眼をしばたたき、舌足らずの喋り方でそう言った。

「またおいでくだつああい。またおいでくだつあああい。まだまたおいでおいでおいで」

おじさんの座っている台座のうしろでオレンジ色のランプがちかちか激しく点滅し、おじさんは困ってまた激しく眼をしばたたいた。

「いいのよ無理しないでね……」

あたしは北側の車輛《しゃりょう》出入口からスロープをあがって外に出た。

店にいる間に外は赤い色の雨が降りだしていた。火山の赤灰がまじった重くて息苦しい雨だ。あたしはまたヘルメットをかぶり、鼻あてをつけた。

来たときと逆のコースをたどって家に帰るのだ。足削の交叉点へ向う一ブロック手前に寄り合わせ耐酸鋼パイプのくねくねした塔があってその先端のあたりにさっきの大烏がとまっていた。

「もうかえるのかねくえけくえけくえけ」

と、大鳥は下品なしわがれ声で言った。あたしは跳銃を服の下で握り用心深く大鳥のとまっている塔の上の方を眺めた。それから周囲に赤犬がいないかどうか注意深くその気配をさぐった。

「かえってどうするねくえけくえけ」

と、大鳥は羽音を加えながら前よりも大きな声で言った。よく見ると交叉点の先の方に赤茶色の小さなかたまりが見えた。それが来る時に見た赤犬の死体かどうかまではわからなかったが、遠くからでもその色はよく似て見えた。あたしは鳥を無視し、黙って歩き続けた。「かえるのかね」と鳥はなごりおしそうにあたしの頭の上の雨の中で言った。交叉点を渡り掻又の路地に入っていくと室井さんの奥さんがまださっきと同じところに立っていた。赤い雨が降ってきているので、室井さんの服は赤茶に染って前よりも見すぼらしくなっていた。あたしは買物バッグを肩にかけ、両手を自由にしてから室井さんのフルフェイスマスクをいったんはずしてやった。土に立てたパイプに室井さんの体をうまくくくりつけているのだが、このところ続いている火山の雨で、支柱がそろそろぐらついてきているのがわかった。あたしは口紅を出してフルフェイスマスクの下の室井さんのしゃれこうべの口の上にもう一度くっきりと紅を塗ってやった。室井さんは嬉しそうに歯をむきだしたニヤニヤ笑いを続けていたが、マスクの上から赤い雨が幾筋か垂れてきたのであたしは素早くもとのようにマスクをかぶせてあげた。

「まったくちょっと油断しているとすぐに灰や雨が降ってくるんですからねえ……」

あたしはいつもの室井さんにかわって先にそう愚痴っぽく言ってやった。

「でも今日は夫が帰るのでこんな雨でもあたしは嬉しいの……」

「いいわね」

と、室井さんはくっきりとあざやかな塗ったばかりの口紅の中からそう言った。

アパートの階段を上っていくと間宮さんの部屋の前に濡鼷がさっきと同じ恰好のまま横たわっていた。このままでは間宮さんが外に出ようと思っても出られやしない。買物の終ったあたしはもうそんなに急ぐこともないから、死んだ濡鼷を両手で押しのけてやった。それから間宮さんの部屋のドアをあけた。間宮さんは玄関先の電話の前に座っている。この人はいつも家の中にいるのだから、あたしは間宮さんの奥さんのしゃれこうべには化粧は何もしてあげない。化粧をしてやっても人間はみんなこんなふうに顔や体の肉がそげてつるつるの同じ顔になってしまうのがつまらなかった。

あたしは自分の家に入りテーブルの上に買ってきたものを置いた。

机の上に戦争へ行った夫からの古びた手紙がのっている。あと一週間で帰るといって、もう随分何回もその一週間がすぎてしまった。あたしは窓ぎわにあるもうひとつの丸いテーブルのそばに行き、ゆっくり自分の左腕をジョイントからはずした。テーブルの上に自分の左腕をおいて、あたしはそれをすこしの間眺めてみる。戦争へ行った夫のことをあたしはそうやっていつもすこしの間じっと動きをとめて考えてみるのだ。今回も夫はまだ帰っていなかった。もしかすると窓からみえる赤い噴火が収まるまで夫の船はここに降りてこられないのかもしれない。それまであたしはやっぱりおとなしく待っていることにしよう。スキヤキをつくる材料はまだいくらでもあるのだからあたしは大丈夫。

GOD OF THE DOG

中島らも

「犬を食う？」

おれは飲みかけていた缶ビールを噴きそうになって、金村の顔を見た。金村は平気な顔をしてビールを飲んでいる。ビートルⅡ世号に乗って一時間目くらいだった。ビートルは博多から出ている水中翼船で、我々の目的地は釜山《プサン》だ。昨日は博多の屋台をはしごして楽しかったが、そのせいでおれと金村はやや二日酔い気味だ。缶ビールは迎え酒である。

「犬なんか食えるのか」

「はい。韓国では、犬鍋を食わす店がたくさんあります」

「しかし、焼き肉とかビビンバとか、いくらでも食うものはあるだろうに、何が悲しゅうて犬鍋なんか食わんといかんのだ」

「それはですね、僕のアイデンティティーの確認のためです」

「アイデンティティーの確認？　犬鍋とアイデンティティーと何の関係があるんだ」

「僕が、自分は在日韓国人だと知ってから今年で十年になります」

「そうなのか」

金村は在日韓国人で、本名は金演植《キムヨンシク》という。今年で二十六歳になる。優秀なコピーライターで、おれのやっているデザイン・スタジオにしょっちゅう出入りしている。おれとはウマがあって、こうして一緒に旅行に行ったりする仲だ。知り合ってすぐに金村は自分が在日韓国人だということをおれに打ち明けた。おれは、

「あら、そうなの」

と言っただけだった。

なんでも金村は高校一年生の時に、原付の免許を取ろうと思って市役所に行ったそうだ。戸籍抄本をもらうためである。そうしたら、役所の係員から戸籍が、

「無い」

と言われた。

「無いことはないでしょう」

と抗議したが、無いものは無いという返事。考えられることは、国籍が外国人国籍なのではないか、と助言をもらった。

家に帰って親を詰問したところ、父親がのんびりした口調で、

「そら抄本取りに行ってもないわなあ。うちの本籍は、大韓民国慶尚南道《キヨンサムナムド》居昌《コチヤン》という

ところだからなあ」

何で今まで言ってくれなかったのか、と金村は父親を難詰したが、父親はやっぱりのんびりした口調で、

「そんなこと言ってもなあ。いずれわかることだから、わざわざ言うこともないと思ってな」

金村はかなりのショックを受けたらしい。

「どっちかと言うとね、僕はいじめてた側なんですよ、在日の人を。それが急におまえは韓国人だと言われてもねえ」

「まったく気づかなかったの」

「いや、そう言われてみると、オヤジ宛に何か手帳みたいなものが送られてきてました」

「それは何？」

「外国人登録証みたいなものだと思うんですけれど。それとね、岡山におばあちゃんがいるんですが、このバアちゃんの日本語がずいぶんおかしかった。語尾に『スミラ』とかつくんですよ。僕はそれを岡山弁だと思っていたんですね」

それからの金村は、自分の故国を知る作業に没頭し始めた。まず韓国語を習い始めた。それから民団とのつきあい。同じ在日韓国人とのつきあいをしだした。ソウルにも何度か行ったし、故郷である慶尚南道も訪れた。

ビートルⅡ世号は快調に波をけたてて進んでいく。船内には売店があって、ホットドッグなどの軽食を売っている。客は半分くらいが韓国人で、残りが日本人。

飲んだビールのおかげで、胃の中にぽっと小さな火が点《とも》り、二日酔いの不快な気分が薄れだした。

金村が言った。

「十年間、僕は何か宙吊《ちゆうづ》りにされたような妙な気分で。生まれも育ちも日本で、気持ちとしては完璧に日本人なのに、血は韓国人だという。むこうの文化に慣れ親しもうとするんですが、どこかで日本人の自分がでてくる。韓国の文化に対して軽い抵抗のようなものがあるんです。で、いろいろ考えたんです。日本と韓国の文化的な違いの象徴的なものは何だろうって。その答えが『犬』だったんですね。日本人は犬を食べません。韓国人は犬を食べます。食文化の違いですね。で、よし、犬を食べてみよう、ということになったわけです」

「それが君のアイデンティティーの確認なわけだな。それにおれをつきあわそうってわけか」

「ぜひ、お願いします」

「やれやれ。金村。君は知ってると思うがな、おれは『愛犬家』なんだ」

「犬肉を愛するという」

「やかましい」

実際おれは愛犬家だ。家では『ジャダ』という名前のシェットランド・シープドッグを飼っている。朝と夜中の散歩はおれの役目だ。その時間になって玄関の戸を開けると、ジャダはちぎれんばかりに尻尾《しっぽ》を振って出迎えてくれる。はしゃいでいるのをお座りさせて、耳のうしろを掻《か》いてやると、ジャダはうっとりとして黙っている。

普通シェットランド・シープドッグは、エサをやるのを控えめにして、小柄な身体に育て上げる。しかしおれはジャダがひもじそうにしているのを見るのが辛《つら》くて、じゃんじゃんエサをやって育ててしまった。そのせいでジャダはでかくてデブで、コリーとまちがわれるくらいの身体になった。それでもおれはジャダを可愛《かわい》がっている。溺愛したせいでしまりのない犬に育ってしまったが、そのしまりのなさがまた可愛い。愛犬家というのはどうしようもないものだ。

そのおれに『犬を食う』だと？

「アイデンティティーというのは、変な所に転がっているんだと思うんです」

金村はビールを飲みながら言った。

「たとえば、日本人は鯨を食べるということで、世界中から非難されています。孤立無援です。しかし、かといって日本人が三度の飯に鯨を食べているのか、というと決してそんなことはない。むしろ、めったに食べないといったほうがいいかもしれない。井上さん、最近、鯨食べました？」

「どうだろう」

おれは鼻のアタマを掻いて考えた。

「去年だったかな。飲み屋で鯨ベーコンを食べたような気がする」

「そうでしょう。そんなもんなんです、日本人と鯨の関係って。そりゃ終戦後の給食なんかで、鯨カツのお世話になった人は多いかもしれないけれど、今の日本人は鯨なんてあまり食べません」

「関西に行くとな、面白い広告があるぞ。阪神高速でたしか豊中《とよなか》あたりなんだが、でっかい広告で『ハリハリ鍋・徳家』とある。で、その絵ってのが、母鯨が潮吹いてるんだ。その潮にのっかっている子鯨が喜んでる」

「それはえぐい」

「外国の動物愛護団体の人が見たら失神するだろうな」

「ハリハリ鍋ですからね。でも、ふだん我々、ハリハリ鍋なんか食べませんよね。鯨肉を食べられないと困る、ということは少しもありません。それなのに、日本人のアイデンティティーは鯨を食う人、ホエール・イーターというところに照準が合ってしまうんです。いくら異議を唱えても、国際的な視野から見た日本人のアイデンティティーは、鯨を食う民族、そこに在るんですよ」

「そうだろうか。ま、言われてみればそうかもしれんが」

おれは不満はあったが、折れることにした。

「それが韓国の場合、どうなるのだろうか。僕はいろいろと考えてみました。その結果、犬を食う民族だというところに結論が行き着いたのです」

「韓国の人は、よく犬を食べるのかい」

「いえ。日本人が滅多に鯨を食べないのと同じことで、韓国人がしょっちゅう犬を食べているわけではありません。ただ犬鍋は昔から補身湯《ポシンタン》、栄養湯《ヨンヤンタン》といわれて、滋養食だとされています。病後や、疲れのたまっているときなどに韓国人は犬を食べるようです」

「愛犬家のおれから見れば、とんでもない習慣だな」

「鯨ベーコン食べたくせに」

「え、いやそれは」

「韓国では一九八八年のソウルオリンピックで犬鍋屋が迫害されました。さすがに犬を食べるという風習を世界の目にさらしたくなかったんでしょう、政府は。犬鍋屋は表通りから姿を消して、路地裏みたいなところへ引っ込んでしまいました。看板も犬云々ではなくて、サチョルチプ、四季の店といううたい文句に変わりました。さっきも言いましたように、韓国人がそうしょっちゅう犬を食べているわけではありません。しかし、そこに韓国人のアイデンティティーがあるのではないか。オリンピックだからといって国が隠したがる。その闇の中にこそ韓国人のアイデンティティーがあるのではないか。僕はそう考えたわけです」

「なるほど」

おれは二本目の缶ビールをぷしっと開けた。

「それで、その犬食いにおれをつきあわそうと。この愛犬家のおれに」

「鯨ベーコン食べたくせに」

「まだそれを言うか。ただなあ、金村の言い方だと、日本人は絶対に犬を食わないように聞こえるが、その辺がおれには定かではない」

「え。日本人が犬を食べるんですか」

「この話はあまりしたくないんだが」

おれはビールを流し込みながら考えをまとめた。

「おれは関西の出だ。天王寺《てんのうじ》の、いわゆる新世界、通天閣のあるあたりだが、そこで生まれ育った。二十歳を超えたある日、知り合いの人が奇妙な情報を教えてくれた。動物園前駅を出て、ちょっと行ったところに、立ち食いの串カツ屋があるんだ。そこの壁に貼られたメニューなんだが、

〝牛〟

〝豚〟
〝鶏〟
とあって、四枚目の札に、
〝ポチ〟
と」
金村がビールを噴いた。
「何ですか、それは」
その話を聞いたときには、おれも軽い立《た》ち眩《くら》みのようなものを覚えた。
おれは次の日に、その話が本当かどうか確かめに行った。
件《くだん》の店に入ると、冷や酒を注文して、さっそく壁の貼り紙を見た。
〝ポチ〟はさすがにデマだった。そのかわり、
〝牛〟
〝豚〟
〝鶏〟
とあって、四枚目に、
〝肉〟
これは正直言って〝ポチ〟よりもこわかった。

〝肉〟

場所は動物園前である。動物園ではときどき、カバが死んだり、ワラビーが死んだり、ワニが死んだり、ジャッカルが死んだりするのではないか。それらの遺体はどうやって処分するのだろう。

そのごく近所の串カツ屋に、

〝肉〟

くわばらくわばら。

「だから、日本人が必ずしも犬を食ってないとは断言できないんだよ。それどころか、もっと変な動物の肉を食ってるかもしれない。たとえばそこの売店でホットドッグを売っているが、あのホットドッグのソーセージというのは犬肉１００％じゃない。兎肉とか、カンガルーの尻尾なんかが混じってる」

「うまいっ！　犬の話からホットドッグに持ってくあたり、プロの手練」

金村は手を叩《たた》いて喜んだ。それから少し真面目な顔になって、

「ま、いろんなことがあるんでしょうが、とにもかくにも、日本には犬鍋屋はない。これは歴然たる事実です。その差異の中に韓国人と日本人のアイデンティティーの距離がある。僕はそう解釈したんです。だから犬を食べてみようと。韓国と日本の間で宙ぶらりんになっていた自分を、犬を食ってみることでどちらかに安定させたいわけです」

「それに、愛犬家のおれがつきあうわけか」

「井上さんちの犬を食べる訳じゃないんですから」

「そりゃまぁそうだが」

言っているうちに、ビートルは釜山港に着いた。おれはソウルは二回行ったことがあるが、釜山は初めてだ。

税関を抜けると、そこは韓国だった。

「まずはチャガルチ市場に行って昼飯を食いましょう」

と金村が言った。

「どこにでも連れて行ってくれ。そしておれを獣のように犯してくれ」

とおれ。少しビールの酔いがまわってきたのかもしれない。

ふたりでタクシーに乗り込んだ。ほどなくして、チャガルチ市場に着く。大きな建物がふたつくっついていて海にせりだしている。それぞれ新館と旧館と呼ばれているとのこと。そこへ行くまでの道端に、さまざまな露店が出ている。魚を売っているのだが、太刀魚《たちうお》がやたらに多い。それからエイ。アサリなどの貝類も多い。ゆでた「豚の顔」だけを売っている店もある。これは冠婚などのめでたい儀式に使うもののようだ。

我々はチャガルチ市場の新館のほうにまず足を踏み入れたのだが、入るなりおれは「ほう」と溜息《ためいき》をついた。

広大な建物だった。体育館の何十倍とある空間で、むこうの端はかすんで見える、そのくらいの広さだった。その広いフロアが、端から端まで、活魚を売るブースで埋め尽くされている。それがチャガルチ市場だった。

売っているのは、おもにヒラメ、イカ、アワビ、ホヤ、タコ、アサリｅｔｃ。全店これ活魚屋である。

おれはこの光景を見て、少しぼうっとなってしまった。

「ねえ、何を買います？」

と金村がおれの肘をこづく。

「何を買いますって。活魚を買うのはいいが、そんなものどう処理するんだ」

「心配ないんですよ。この建物の二階が料理屋街になってまして、そこで買った活魚を料理して出してくれるシステムになっているんです」

「それを先に言ってくれ」

おれの魚を見る目つきがとたんに変わった。何軒もの店を見て回った。どこも扱っているものに大差はない。おれは一軒の店にねらいを定めて、値切りの交渉にかかった。

ヒラメが一尾1万ウォン、イカが二ハイで1万ウォン、鯛《たい》が3万ウォンといった値段だった。※1ウォンは0・135円だから、ヒラメが1350円である。悪くない値段だ。

それをおれは値切りにかかる。

しかし、このチャガルチ市場のおばさん（アジュマ）はなかなかにしぶとかった。さんざん交渉した挙げ句、やっと10％くらい値引きしてくれただけだった。おれと金村はヒラメとイカとタコとアワビを買った。

二階に行ってみると、なるほど料理屋が軒を連ねていた。その中の一軒に入る。座敷へ通されて、テーブルの前で胡座《あぐら》を組む。魚を渡して、刺身にしてくれるように頼む。注文は金村が韓国語でしてくれた。アジュマに冗談まで言っているから、けっこう会話は達者そうだ。それはそうだろう。金村は日本でもう何年も韓国語を習っているのだ。ビールが運ばれてきた。

その後に別のアジュマが盆にいっぱいの小皿を持ってきて、おれたちの前に並べた。キムチ、生ニンニクのスライス、唐辛子みそ（コチュジャン）、そして大量のエゴマの葉っぱ。

「こんなにたくさん突き出しがでるのかい」

とおれは金村に尋ねた。小皿の数が十皿ちかく、おれの前にずらりと並んでいたからだ。

「はい。韓国では料理とごはんを頼むと、自動的にこういった突き出しがでてきます。これを食べてみてください。水キムチです。おいしいですよ」

おれは言われるとおりに水キムチを口の中に放り込んだ。シャリシャリしてあっさりとしていた。

「うまいね」

「そうでしょう。この際だから井上さんに韓国料理を食べるときのテーブルマナーについて講義しましょう」

「よっ、先生」

金村はビールの壜《びん》を右手に取って、左手を軽く右手の肘に添えた。

「酒を注ぐときはこうやって必ず左手を肘につけます。そしてその酒なんですが、注ぎ足しては駄目です。必ず相手のコップが空になってからお酌をします」

「それはまたどうしてなんだろう」

「よく知りませんが、とにかくそれが礼儀なんです。それと女の人が男に酒を注ぐのもいけません」

「ええっ、それじゃクラブへ行ったときにどうするんだ」

「クラブなんか行かないくせに。韓国は儒教の教えの厳しい国なんです。悪く言ってしまえば男尊女卑の国です。だから長幼の礼にもうるさい。年上の人の前で煙草を吸ってはいけません。お酒を飲むときも、年上の人の前で飲むときにはこうやって顔を横に曲げて、見えにくいようにして飲みます」

「ひえぇ」

「それからあと何があるかなあ。あ、そうだ。たとえばスープなんかがあるとしますね。このスープの鋺《わん》を手で持ち上げて口のほうまで持っていったりしてはいけません。そんなことをしたら大顰蹙《だいひんしゅく》です。鋺は必ずテーブルの上に置いて、スプーンで口へ運びます。あ、それと、スプーンと箸なんですが」

「まだ何かあるのか」

「お箸で物を食べてはいけません」

「え。そうなの?」

「はい。お箸は皿から物を取り分けるときにのみ使います。食べるのは、スプーンで食べます」

知らなかった。いままで二回ソウルに行ったが、おれはそんなことを知らないまま飯を食っていた。さぞや地元の人たちの失笑を買っていたことだろう。冷や汗が出る思いだ。

金村のテーブルマナーの講義が終わった頃にタイミング良く刺身が運ばれてきた。テーブルの中央にどんと置かれたのはさっきまで生きていたヒラメの姿造りで、いかにも無念の形相だ。その周りにアワビ、タコ、イカ。驚いたことに、ワサビ醤油《じょうゆ》が添えられている。

「ワサビ醤油でもいいんですが」

金村が言った。

「このコチュジャンを酢で溶いてですね、それにつけて食べると、韓国の刺身という気がしますよ」

おれは言われるとおりにコチュジャン酢をタコにつけて口に放り込んだ。タコはまだ生きてうねうねとうごめいていた。口に入れて噛《か》もうとしていると、上あごの裏っかわに、タコが吸盤で吸いついた。なんとも気味の悪い感触に、おれは思わず、

「ひええ」

と声をたててしまった。

「吸いつくでしょう、吸盤が」

と金村はうれしそうにおれを見ている。おれはビールを口に流し込んで、舌をフルに使ってなんとかその吸盤ダコをあごからはぎ取った。

刺身をエゴマの葉にくるんで食べる。こちらの人は焼き肉でもなんでもそうして食べるらしい。好みでキムチやニンニク、コチュジャンを一緒に巻いて食べるのだそうな。

ビールや真露《ジンロ》（焼酎）の壜を林立させて、我々の昼飯は終わった。

ホテルにチェックインして、その後、釜山タワーに行って昇り、ロッテワールドスカイプラザでいい年をしてキャアキャア言っているうちに、半日が過ぎていった。さて、問題の晩飯の時間が刻々と近づいてきた。

「来ますよ、来ますよ」

と金村がささやいた。ほどなくアジュマが鍋を持ってくると、おれたちの前にあるコンロに置き、火を点《つ》けた。

おれは金村と恐る恐る鍋の中を覗《のぞ》き込んだ。鍋の表面一面にゴマがかかっており、そのゴマの上にコチュジャンの塊がのっかっていた。だから鍋の中身はよくわからない。ほんのりと湯気を立て始めた鍋の中におれは箸をつっこんで二、三回かき混ぜてみた。こつこつと箸に当たるものがあるので、はさんで取り上げてみると、すでにゆでられた肉の小片が出てきた。

「ああ。これは生の肉を煮るんじゃなくて、すでに煮られた肉が鍋の中に入ってるんだ」

肉は色合いでいうと、マトンに近いか。

やがて鍋全体がぐつぐつと煮えだした。

「さあ、もうよさそうだぞ。金村、おまえからいけよ」

「いや、やはり年上の井上さんからいってください。韓国は儒教の国ですから」

「いや、君のアイデンティティーの問題がかかっているんだから、ここはひとつ君から」

「いえ、ぜひ井上さんから」

「そうか？　それほど言うなら、失敬しておれから」

おれは鍋の中の肉片をひとつ箸で取ると小鉢に入れ、今日の昼に教わったとおりにさじで肉片をすくい直し口へ運んだ。一瞬ジャダの顔が脳裡《のうり》を横切って消えた。肉を噛みしめてみる。

金村が息を呑《の》んで、

「どうですか？」

「うーん、そうだな」

おれは肉片をくちゃくちゃ噛みながら、

「うまいな。非常にあっさりしている。癖のない味だ。上品な味わいだと言っていい」

そんなおれを金村はじっと見ている。

「ん？　金村、どうしたんだ」

金村はおれの顔を見て、

「……鬼！」

と言った。

「おいおい、そりゃないだろ」

金村は笑って、

「冗談ですよ、冗談。じゃ、僕もいただきます」

と食べ始めた。肉をほおばって、

「ほんとだ、おいしいですね」

「うん。なんだか肉にも二種類あるみたいだな。筋肉っぽいのはあっさりしている。それと、皮に近いところのゼラチンぽい肉もある。これはぷにゅぷにゅしていてなかなか食感がおもしろい」

「真露によく合いますね。それにしてもけっこう辛いな」

ふたりは額に汗を浮かべて犬鍋をつっついた。鍋はものの二十分くらいでなくなった。後にはどんよりとしたスープがぽこぽこと泡を吹いている。

「このスープはけっこううまいな。やっぱり犬の骨からダシをとったんだろうか」

「犬骨スープ」

「あんまりぞっとしないな。でもうまいスープだな。うどんか何か入れてみたらどうだ」

金村がアジュマを呼んで二言三言、言葉をかわした。

「雑炊ができるそうです」

「うん。しようしよう」

やがて白飯が運ばれてきた。アジュマが世話をやいて雑炊を作ってくれた。

一口食べるなりおれが、

「うん。これはうまい」

「犬骨が効いてますねえ」

辛い雑炊を辛いキムチのおかずで、ふたりは黙々と食べた。やがて雑炊も食べ終わって、ふたりは丸くせり出した腹をなでた。

「食ったなあ」

「食いましたねえ」

「で、どうだった」

「え、何がですか」

「君のアイデンティティーの問題だよ」

「ああ、あれねえ」

「あれねえはないだろう」

「腹がいっぱいになると、むずかしいことを考えるの面倒くさくって」

「おいおい」

「とりあえず、僕はアイデンティティーをおじやにして食ってしまったと。そういう感慨が一種ありますねえ」

「なるほど。アイデンティティーのおじやか」

「〝デンおじ〟と名づけましょう」

次の日、おれは日本へ帰った。

自宅へたどり着いて、まず犬小屋へ行ってみると、いつもは尻尾を振ってじゃれついてくるジャダが出てこない。

犬小屋の中にいるジャダは、なんとなく哀《かな》しそうな目でおれを見上げていた。

※原稿作成時（1997年4月）のレート。

麺妖

南條竹則

麺喰《めんく》いの丘《おか》君はそばに憑《つ》かれている。

なんでも、その昔、武士《さむらい》だった先祖が夜泣きそば屋を斬り殺した祟《たた》りだというが、この頃では病膏肓《こうこう》に入《い》って、朝食に駅の立喰い、昼にラーメン、晩に又そばを喰って、冷麺《レーメン》の夜食を取る。

朝に彼氏がずるずるとやるのは、勤めている会社の最寄り駅のそば屋。これが立喰いとはいえ、仲々に侮りがたい。メニューはいたって当り前のもり・かけ・天麩羅《てんぷら》に夏場は冷し物。割合マシな揚玉を使った冷したぬきが存外の美味である。イカ天や精進揚げも、目の前でパチパチ揚げているのを端から出す。まずは、ここで一食。昼はたいがいラーメンだが、日本そばに一家言ある丘君は、晩のズルズルには気合いを入れる。店は浅草並木《あさくさなみき》の〝藪《やぶ》〟が一番の贔屓《ひいき》で、框《かまち》座敷に上がってそば味噌《みそ》をつまみに菊正《きくまさ》の樽《たる》を冷《ひや》で。これが香り高い上等なお酒である。それから天ざるにせいろのおかわり。冬なら鴨南蛮《かもなんばん》と来れば、こたえられない。

「おまえね、そば屋の格は天麩羅で決まるんだよ。天麩羅は何たって掻揚《かきあげ》だよ」

曾祖母《ひいおばあ》さんにそう言いきかされて育った飲み仲間のでふ氏も、並木の天麩羅は気に入った様子だった。並木の〝藪〟に行かぬ時は、神田《かんだ》〝松屋〟、三ノ輪《みのわ》〝砂場〟、銀座《ぎんざ》〝よし田〟といったところが丘君の行きつけのそば屋である。

ところで丘君の夜食の冷麺というと、すでにこれは江湖に聞こえた名菜と化している。一度、でふ氏が小岩《こいわ》で梯酒《はしご》をして、丘君の家に泊まった時、丘君は夜中の一時に飲み屋から家《うち》のお母さんに電話を掛けた。

「ああ、これから南蝶《なんでふ》先生がお泊まりになるので、冷麺を作るから、茹玉子《ゆでたまご》をゆでて、胡瓜《きゆうり》を千切りに刻んどいて」

小一時間の後、家に着くと、「ちょっと待って下さい」と丘君は厨房《ちゆうぼう》に入り、しばらくして盆にのせて来たのは、トマト、茹玉子、ハム、鳥の冷肉に胡瓜の千切りが入った冷麺。麺は近所の製麺所で業務用に作っている即席のパックを箱で買い置きしてある。これはたれつきの仲々のもので、一度、六本木《ろつぽんぎ》の有名な焼肉屋で冷麺を頼んだら、どうも味がうちの即席冷麺に似ている。手洗いに立った時、ふと廊下に積んである箱を見たら、同じ即席パックの箱だったので憤然とした、といういわくがある。

さて、この麺喰い丘君の昼飯である。

彼の会社は神保町《じんぼうちよう》にある。お昼は大体その近所で済ますが、鈴蘭《すずらん》通りに一軒、彼氏のお気に入りの中華屋がある。

でふ氏はいつか、〝ラドリオ〟でその店の話を聞かされた。

「南蝶さん、この先の〝洛々《らくらく》〟っていうラーメン屋を知ってますか？　ほら、いかにも昔のしなそば屋らしい紅《あか》い扉に翠《みどり》の帳《とばり》っていう店構えで、老齢《とし》った親父《おやじ》さんとお婆《ばあ》さんが二人いる——。え？　入った事ある？　それじゃ、あそこのモヤシそばを食べましたか？　おや、ないんですか？　駄目だなあ、あそこに行ったらモヤシそばを食べなきゃ駄目ですよ」

丘君の話によると〝洛々〟は料金体系が異常である。というのは、普通のラーメンが四百五十円、タンメンが五百円、チャーシューメンが六百円と来て、モヤシそばが何とチャーシューメンよりも高く七百円。タンメンとモヤシそばの、この二百円の差は一体何なのであろうか？　問題のモヤシそばは、麺にモヤシ入りの餡《あん》がかかっているものだが、もしやこの餡かけのトロ味は魚翅《ふかひれ》で出しているのではあるまいかと丘君は想像した。

そんな事があるかしら、と物好きなでふ氏は、たしかめにわざわざ神田まで出かけたが、その日偶々《たまたま》店が休みで、謎は謎のままに残った。

この〝洛々〟は味がどう美味《うま》いという訳でもないが、丘君は店の地味な雰囲気に馴染《なじ》んでよくここに通って来る。二階建ての小さな店で、店内には薄翠の腰板を張り廻《めぐ》らしてある。扉を開けると正面に煤《すす》ぼけた絵が掛かっていて、その左に飾り棚——ここには置時計や招き猫、牛角、紹興酒《しょうこうしゅ》の瓶《かめ》などが飾ってある。

ある日、〝洛々〟に遅い昼食を食べに来た時、彼はこの飾り棚に奇妙な物を見出《みいだ》した。

それは烏瓜《からすうり》ほどの大きさをした動物の像だった。青銅に金鍍金《きんめっき》を施したように見えるが、相当古い物らしくて、鍍金はほとんど剝げ落ちている。何だろうと思い、掌《てのひら》にのせ、と見こう見しているうちに、注文したモヤシそばが来た。

「これ、何ですか」

麺を運んで来たお婆さんに訊《き》くと、白けたような顔をした婆さんは、「それ……めんようです」とぶっきら棒に言って、下がった。

めんよう……綿羊？

そういえば羊に似ていなくもないが、羊にしてはいやに胴が細い。

丘君は像を棚に置くと、片づかない顔をして麺をすすった。

＊

「おかしいって？　どうおかしいんですか？」

でぶ氏は、〝ラドリオ〟のカウンターで、丘君の先輩・松蛾《まつが》氏と飲んでいるところだった。

「いや、それがね、この間っから、丘君どうも変なことを口走るようになりましてね。

洗面所に行ったら、鏡を見ながら『めんだ、めんだ』とつぶやいていたとか、廊下で上司のてっちゃんに擦れ違った時、『長いものだね、ははは』と笑ったとか――社内で評判になってたんです。それが、十日前から病気だといって会社を休んでるんで。心配だから南蝶《なんでふ》さんのお耳に入れとこうと思って――」

「ふうん、それは可怪《おか》しいな。あの真面目男が会社を休むなんて。松蛾さん、これから彼の家へ行ってみませんか」

小岩の丘君の家を訪ねると、お母さんが玄関に出て、息子は近所の中華料理屋に食事に行きましたという。その店はでふ氏も行きつけなので、すぐそちらに廻《まわ》った。香腸《シアンチャン》で名高い〝楊州《ようしゅう》飯店〟の扉を開くと、丘君はザーサイの瓶の横の卓《テーブル》について、皿にバベルの塔の如《ごと》く盛り上げた焼米粉《やきビーフン》を、むせながらパクついているところだった。でふ氏は腸詰とビールをとり、丘君から話を聞いたが、それは概《おおむね》次のような、何とも妙な話だった。

〝洛々〟で「めんよう」をいじったその晩、丘君は妙な夢を見たという。

彼はどこかだだっ広い、中央アジアの草原みたいなところに独り立っていると、遠くの地平線にポツンと黒い影が見えて、それがだんだん近づいて来る。近づいて来たのは、昼間〝洛々〟で見た、あの彫り物にそっくりの獣である。

その獣は丘君のそばまで来ると、立ちどまって真っ向から丘君をにらみつけた。丘君は何だかブルッと来た。と、獣は天をふり仰いで、甲高い、若い女のような声で鳴いた。

めえええええん、めえええええええええええん——

その時ハッと気づいたのだが、遠くからは羊の毛のように見えた獣の毛は、近くで見ると一本一本が細い縮れた中華麺で、全身を覆う麺は、獣の中高い嘶《いなな》きと共にゾワゾワと磯巾着《いそぎんちゃく》の触手のように蠢《うごめ》きはじめ、ニュルニュルとこちらに伸びて来る。

丘君は足がすくんで動けなかった。麺は長い触手のようにこちらへ伸びて、幾万本もの細い麺が丘君の体にからまり、耳の穴から、鼻から、口から中に入って来ようとする。

その時不思議に良い芳《かお》りがしたが、丘君は息が詰まって、苦しくて、踠《もが》いた。

めんようは嬉《うれ》しそうに、めえええええええええええええん、めえええええええええええん、と嘶く。

苦しくてジタバタしているうちに、ハッと気づくと、夜具に絡みつかれてのたうっていた。

「それ以来、恐ろしい事がはじまったんです」と丘君は語った。

早い話が、その日に食べた麺類のいずれかが、夢の中で復讐《ふくしゅう》に来るというのだ。

次の日、丘君は前夜の恐ろしい夢にもメゲず、例の如くに朝昼晩の麺食をした。夕食には、松蛾氏と久しぶりに神田〝出雲蕎麦《いづもそば》〟へ行って、黒くて腰の強い割子《わりご》そばを十五枚も食べた。するとその夜の夢にもあのめんようが現われ、めええええん、めえええええええええん、と嘶くと共に、獣の体を雲のように覆っている真っ黒な腰の強いそばが、彼に巻きついてキリキリとしめあげた。余りの苦しさに寝汗をぐっしょりかいて目が醒《さ》めた。

そうなると、さしものそば好きも翌日は日本蕎麦を食べる気がしなかったので、一日を中華で過ごした。朝は立喰いのラーメン、昼は〝萬楽《まんらく》〟の菠菜《ホーレンソー》麵、晩は〝赤坂《あかさか》楼外楼〟の魚翅麵《ふかひれそば》と張り込んだら、その夜の夢は、シコシコした中華麵で五体を巻かれ、雑巾のように捩《ねじ》られた。

こんな事が毎晩続いた。

ある夜などは、新宿《しんじゅく》で北朝鮮系の手打冷麵を食したら、鋏《はさみ》でなければ切れないような硬い本格的冷麵に夢で首を絞められ、死ぬか幽体離脱か、というところで目醒めた。さァ困った。こんなに夢で祟られるのでは、オチオチ長いものもすすれない。しかしそれをしなくては丘君は生きてゆけない。たとい四度のそばを一度に減らすとも、その一度を食べなくては、彼には人生が人生と思えぬのである。丘君はノイローゼになった。ついに会社も休んだ。

鬱々として家の近所の天神様へ御参りに行った帰り、〝揚州飯店〟の看板を見た途端、ハッと頭に閃《ひらめ》くものがあった。

その日は夕食に焼米粉を三人前食べた。

果たしてめんようは、その夜も夢にあらわれたが、心なしかしょぼくれた様子だった。

めえええええええええん！

嘶く声にも悲調が滲《にじ》んでいた。

めんようのその夜の体毛は、案の定すべて米粉。その毛が丘君の体に絡みつく。しかし米粉はポソポソした米のそば。巻きつけられてもエイヤッと力むと、なんなく切れ落ちてしまうのであった。丘君は米粉を払い落とすと、めんように赤んべーをした。

体毛を千切られて、丸裸の羊のような哀れな姿になっためんようは、悲しげに嘶くと、スゴスゴ去って行った。

「それで親の敵《かたき》みたいに米粉を食っているという訳だね」とでぶ氏。「で、めんようはその後も夢に出るのかい」

「ええ、相変わらずしつこく出るんですけど、米粉ですから撃退してます」

「クイティウも良《い》いんじゃないの」松蛾氏が口をはさんだ。

「しかしそりゃ難儀だねえ。君だってまた並木の天せいろが喰いたいだろう。——だが、どうやら話を聞いた限りじゃ〝洛々〟の置物が悪玉みたいだが、君、何か調べてみたかね」

「それがですね……」

丘君は〝洛々〟に行ってみたが、あの彫刻はもう棚にはなかった。店の親父や婆さんたちにその事を尋ねても、全く要領を得ないという。

弱った一同は憑物祓《つきものばら》いの大家である小川氏に相談すると、小川氏は、それはきっと中国の蠱術《こじゆつ》だろう、自分の専門ではないといって、知合いの風水師・渡辺教授を紹介した。

丘君・でふ・松蛾の三人は、文京《ぶんきよう》区西片《にしかた》なる渡辺教授の家を訪ねた。

＊

六尺豊かな上背、痩身で地黒な渡辺教授は、温厚な中にも気魄《きはく》鋭く、福建《ふつけん》あたりの拳法の名手《つかいて》のような風貌だった。表向きさる公立大学で人類学を講じているが、実は風水と道術の大家として東亜の魔法界に名を馳《は》せている。三人を暖炉のある書斎に通すと、

「怪物というのは、こんな格好ではありませんか」と言って、帙《ちつ》から出した古い漢籍の絵図を丘君に見せた。

「そうです。これ、これです」

「ふむ、やはりそうか——あなたに取憑いているのは、麺妖《めんよう》という妖怪です」教授は雄大な鼻を撫《な》でながら言った。

「先生、一体それはどういうシロモノなんです？」とでぶ氏。

「これは珍物ですよ」と教授は説明を始めた。「時は漢《かん》代に遡ります……紀元前一世紀の半ば、時の皇帝元帝《げんてい》の後宮に王昭君《おうしょうくん》という世にも稀《まれ》な美人がいました。当時、漢は異民族の匈奴《きょうど》に対し懐柔策をとっていまして、東匈奴の王呼韓邪単于《こかんやぜんう》に後宮一の美女を与える事になりました。皇帝は、幾千人という後宮の女の中から一番の美人を選ぶために、画師《えし》に命じて女達の絵姿を描かせました。女達はまさか蕃地《ばんち》におくられるとは知らされていないので、画師に賄賂《まいない》をやって、競って美しく描いてもらいましたが、ただ一人美貌に自信のある王昭君だけはそれをしなかったため、画師は彼女を不美人に描きました。皇帝は出来上がった絵を見ると、いずれも花のようにあでやかなので、やるのが惜しくなり、不美人に描かれている王昭君を匈奴に贈ることに決めました。ところが、別れの挨拶に来た本物の王昭君を見ると、月蛾《げつが》のように美しいので驚いてしまいました。皇帝は今までそんな美人が後宮にいるとは知らなかったのです。しまったと慌てても、もう後の祭。彼女を惜しみ、不憫《ふびん》に思った皇帝は、後で彼女に贈物をしました。それは方士に命じてつくらせた呪物でした。というのも王昭君は生来麺類が好物で、三度の食事にそばしか食べないほどの麺喰いでしたが、夷狄《いてき》の地では美味《うま》い麺も食べられないでしょう。そこで、夢に極上の麺を食せしめる呪具を方士に製させたのです。すなわち、この麺妖がそれです。長い数奇な旅路の果てに東海の倭国《わこく》に渡り、帝都神田の料理屋の棚に眠っていたのが、あなたの麵狂の気に感応して取憑いたとみえます。本来の方術をもってすれば、名庖《めいほう》に化して夢に美味しい麵類を食べさせてくれる筈《はず》ですが、術が切れて出鱈目《でたらめ》に気が乱れているので、お話のような怪をなしたのでしょう」

「では、どうしたら良いのでしょうか」

「昔の術を蘇《よみがえ》らせることは、私には出来ない。一番良いのは、麵妖を王昭君に返してやることです。反魂《はんごん》の術を使って王昭君の霊を呼び出し、麵妖の呪像を見せれば、麵妖は元の主《あるじ》のところに帰るでしょう。これには、麵妖に憑かれた人が王昭君の霊と語らなければなりませんが、あなた、丘さんとやら、やってみる勇気はおありですか？」

「大丈夫、この男はめん喰いですから、後宮一の美人になら喜んで会いますよ」

＊

教授のその筋での実力は大したもので、ほどなく〝洛々〟から麵妖の呪像を借り受けると、空橋《からはし》に近い西片の屋敷の離れで、ある夜反魂の術が行われた。

しかるべき儀式の後、極彩色の祭壇に焚《た》いた反魂香の煙の中に、紫の霧のような影が立ったかと思うと、霧は次第に凝り固まって、玉の衣裳《いしょう》に身をつつんだ、輝くばかり美しい女人の姿に変じたのは、これぞ王昭君の霊に他ならぬ。

丘君は朱《あか》い呪文をしるした白衣を着て麵妖をかかえ、祭壇の前に坐《すわ》らされていたが、美人の姿があらわれると同時に、丘君の体からぼんやりと薄白い膜のような幽体が滲み出て来て、肉身の丘君の前に立ち、王昭君の霊と語らった。無音の霊語で交わされるその対話の内容は、傍《はた》で見ている者にはわからなかったが、大体次のようなものだったらしい——

「(王昭君は丘君が持っている麺妖を指差して）それは妾の羊《わらわ》じゃ、かえしてたもれ」

「謹んでおかえし申しあげます」

「かたじけない。礼を言います。これは妾の可愛《かわい》いペットなのじゃ……時にそこもとも麺が好きと見えるの。そこもとの魂は麺好きの形をしておる」

「はあ、この命とおなじくらい、長いものが好きなんでございます」

「そう……それにそこもとは、女子《おなご》も好きなようじゃの」

「はあ、それは美人でしたら」

「ならば、妾を美人と思うかえ」

「貴女《あなた》様のようにお美しい御方は夢にも見たことがございません」

「それなら、妾と麺といずれか一方をとれと言われたら、何とする」

「はあ、美しい女性は好きですが、なにしろそばは命ですから——」

「むむ。そこもとが気に入った。妾の客にしてつかわそう。天帝は妾が一身を犠牲にして国を救った功をみとめたまい、死後西方仙界の神に任ぜられた。妾はそこで朝に夕に神仙の麵をすすっているのじゃ。今宵《こよい》も庖丁《ほうてい》が夜光の麵なる西域の佳肴《かこう》をおくってきたれど、共に香味をたのしむ相手が欲しかった。そこもとは俗気の少ない純な麵狂《めんくい》のようじゃ、千年ばかり妾と一つ卓《テーブル》で朝に夕に麵をすするがよい」

「ははっ、ありがたき幸せにござります」

丘君の幽体は、王昭君のさしのべた手に縋《すが》ってスーッと煙の中へ引かれて行ったと見るまに、肉体の丘君はベタリと前にのめった。

「やっ、これは面妖《めんよう》」

松蛾氏がかけ寄ると、ビビビ、ビビビビ、ビビビ、ビビビとビンタをはる。

「丘君、大丈夫か」

丘君は寝呆《ねぼ》けたような眼を開いて、「ふあああ」と欠伸《あくび》をした。

＊

丘君は正気に戻り、妖怪は仙界に帰った。お祝いにパーッといこう、というので、早速神保町の飲み仲間や、「蕎麦を愛する会」の高沢・酒井両氏といった面々が集まり、〝一茶庵《いっさあん》〟の二階でそばパーティーと洒落《しゃれ》こんだ。

むきそば、揚げそば、そば味噌をつまみに乾盃《かんぱい》の後、柚《ゆず》切り、芥子《けし》切り、胡麻《ごま》切りの三色が御膳《おぜん》に並ぶ。この後は江戸前の玉子焼に活車海老《くるまえび》の天麩羅、穴子《あなご》の柳川《やながわ》、小鴨の焼鳥、最後はせいろと田舎を死ぬほど食べて、御土産には大きなそば団子――という幹事自慢のフルコースだが、丘君は三色そばのせいろを前に、何だかあいまいな顔をしている。

「どうした、丘君、食べないのか?」でふ氏が訊くと、

「いえ、いただきます」と言ってズルッとやったが、そのすすり方にかつての気魄の片《へん》鱗《りん》もとどめぬことを、皆《みんな》は見逃さなかった。どうやら、あの反魂の術のせいらしい――麺妖と一緒に、丘君の幽体から、麺狂の気も去ってしまったらしい。

その後丘君はうどん党になって、でふ氏に絶交を言い渡された。

元禄武士道

白石一郎

一

元禄《げんろく》のころ、黒田藩の江戸詰家士《かし》に、星野小五郎という者がいた。

身分は御馬廻《おうままわ》り百五十石であるから、大藩の黒田家では、重いほうではない。

この星野小五郎は、中肉中背の体格、どちらかといえば小柄で、性格も地味、家中でもあまり目立たぬ男だったが、ひとつだけ妙な取柄があった。

大食である。

本人はそれを恥じて、人前では決して暴食をしなかったが、一度に七升の飯を喰《く》うという噂《うわさ》であった。

真実は、一日に三升の飯を何度にもわけて喰う程度だったが、なまじ本人が隠すので、大食の噂は、かえって誇張されてしまったのである。

元禄八年十一月の当日。

星野小五郎は御番方《ごばんかた》の勤務で、二、三の同僚たちと共に、邸内の大広間に詰めていた。

そこへ、小姓の一人が来て、

「星野殿、大隅守様《おおすみのかみさま》のお召しでございます」

といった。

「なに」

小五郎は、驚いた表情で小姓を見た。大隅守とは、藩主黒田綱政《つなまさ》の嫡男、宣政《のぶまさ》のことである。ちょうど綱政は帰国中で、いまのところ、宣政は、この藩邸の主《ぬし》であった。

「間違いではないか」

と小五郎は小姓にいった。宣政には拝謁したこともなく、名を知られている筈《はず》もない。お召しをうけるとは、まず考えられないことであった。

「いえ、間違いではございませぬ。御番方の星野小五郎殿とのお名指しでございます。若殿ばかりではなく、御重臣方一同も、お待ちになっておられます」

「ほう」

とつぶやき、首をかしげながら、小五郎は心配そうな表情で立ち上った。

同僚たちも、何ごとかと案じ顔で、小姓に従って奥へ赴く小五郎の姿を見送っていた。

小五郎が、ひどく緊張した表情で帰ってきたのは、およそ二刻《ふたとき》あまりの後であった。

「何の御用だった？」

と膝を乗り出して聞く同僚に、

「いや、その……」

と口を濁したきり、やや蒼味《あおみ》を帯び、放心した顔で、小五郎は広間番の座にすわりつづけた。

勤務を交替して帰宅したときも、妻のしずが、すぐにそれと気付くほど、小五郎の様子は、おかしかった。いつもなら、「めしはまだか」と真先《まっさき》に聞くのだが、今日に限って、無言のまま妻に刀を渡し、奥座敷へ赴くと、めずらしく仏壇の前にすわって合掌した。合掌を解いたあとも、位牌《いはい》をみつめてまだすわっている。

「あなた」

と不安に駆られてしずがいった。

「食事の支度、できておりますのよ」

「…………」

「どうかなさったのですか」

無言のまま仏壇を仰いでいた小五郎が、ふと振り返り、

「しず」

と厳粛な声で呼んだ。

「はい」

夫の表情を見て、襟元を正しながら、しずはすわり直した。

「今日から、食事は粥《かゆ》にしてくれ」

「え？」

「今日から七日ばかり、粥にする」

真剣な表情で、小五郎はいった。

「粥？　粥でございますか」

怪訝《けげん》な顔で、しずは聞いた。粥なら粥と、あっさりいえばよいことである。もったいぶるほどの大事ではあるまい。

「どうかなさったのですか」

もう一度、確かめるように夫の表情を見た。

「うむ」

と小五郎は肯《うなず》き、

「まだ誰にもいえぬこと、御家の秘密じゃが、そなたには申しておく。隣藩の鍋島家《なべしまけ》で、先日、御家督相続の祝儀があったこと、そなたも聞いておろう」

「はい」

「それについて、近く当家から、祝儀の使者が、赴くことになった。御正使は黒田主膳《しゅぜん》様、副使は、このわしじゃ」

「えっ？」

「今日、大隅守様のお招きをうけ、御重臣方一同の前で、この大役を拝命した」

「まあ」

「黒田主膳様は、当日三万石の御格式、わしは八千石の格式じゃ。まず、一生一代の名誉と申さねばならぬ」

しずは言葉もなく、夫を見ていた。

「で……」

と言葉を切って、小五郎はいった。

「鍋島家へ赴く日まで、食事はすべて粥にしたい」

「でも……なぜでございます」

「お役目じゃ。節食してその日に備えねばならぬ」

「でも……」

とまだ訝《いぶか》しげな妻の視線を迎え、どうしたものかとしばらく迷う表情だったが、

「やむを得ぬ。そなたにだけは申しておこう」

お家の秘密だから、口外するなと前置きして、小五郎はいった。

「祝儀の使者にはな、鍋島家で三汁八菜の祝膳《いわいぜん》が出る。当日のわしのお役目は、その祝膳の馳走《ちそう》を皿を代え皿を代えして喰いつくし、先方の度肝を抜くということじゃ」

「わしの大食の噂を、若殿に申し上げた者があるらしい。鍋島三十五万石を喰い倒してまいれと、若殿は仰せられる」

一瞬、呆《あき》れ顔《がお》をする妻を見て、

「冗談ごとではない」

と小五郎はたしなめた。

「若殿はじめ御重役方、みな真剣じゃ。ただ、困ったことに、どなたもわしの噂を過信しておられる。真実を申しあげても、お聞き入れがない。この上は、やむを得ぬ、命を捨てる覚悟で、わしは鍋島家へ参る。その日に備えて絶食したいが、そうもまいらぬで、食事はすべて薄粥にする」

どこかおかしな話だったが、小五郎の表情は真剣だった。

命を捨てるというその言葉に、誇張があるとも思えない夫の顔を、しずは黙って見つめていた。

二

元禄八年十月、肥前佐賀の鍋島家では、六十五歳の当主鍋島光茂《みつしげ》が退隠し、あくる月の十一月十八日、嫡子綱茂《つなしげ》による御家督相続の祝儀があった。

鍋島家は、西国の九州でも、島津、細川、黒田につぐ大藩であるから、祝儀が盛大を極めたことは、いうまでもない。

江戸溜池《ためいけ》の藩邸には、襲封《しゅうほう》を祝う諸大名の使者が日参し、連日、ごった返すような華やかな騒ぎであった。

ところで、当時、諸大名の間に、妙な風習があった。

こうした折、訪れてくる他家の使者に、主人側が工夫を凝らして悪戯《いたずら》を仕掛け、面目を失うように仕向けて、さんざんに赤恥をかかせて帰すという風習である。

日頃、疎遠な大名同士には、あまりないことだが、近国であったり、幕閣の同僚であったりする場合には、お互い、きわめてあくどい悪戯をした。

大名同士も、密接であればあるほど、互いに多少の恨みや不満がある。

泰平の御世《みよ》で、そのはけ口がないところから、せめてそんな折にでも、相手方の使者に赤恥をかかせ、笑ってやろうという単純な動機であった。

動機は単純だが、結果は必ずしもそうではない。さんざんに愚弄された揚句、他家で狼藉《ろうぜき》に及び、命を失った使者もあるし、帰宅した上、ひそかに切腹した例もある。

愚弄されたまま、おめおめと帰っては、名代使者という面目上、主家の恥になる。

が、怺《こら》えかねて狼藉に及んでは、さらに主家の迷惑になる。いずれにしても、当時の使者は損な役目であった。

そのために、親しい大名の冠婚葬祭となると、使者を送る側では、重役達はもちろん、当主自身も、ひどく緊張した。

相手側との親しさの程度や、過去の恩怨などを検討し、慎重に論議した上で、適当な使者を人選する。

元禄八年の鍋島家の祝儀で、もっとも緊張したのは、隣藩の黒田家であった。

幕府の鎖国令以来、鍋島と黒田は、もっとも密接な関係にある。

異国船警戒の長崎《ながさき》御番《ごばん》を、両家が交替で命じられ、互いに功を争う仲であった。

黒田家の当主松平綱政は、ちょうど帰国中だったが、このことを案じて、江戸藩邸の嫡子、大隅守に書状を送った。

「鍋島家祝儀の使者につき、取り急ぎ一筆認《したた》め申し候。彼家《かのいえ》と当家と、格別の間柄なること申すまでもなきことに候。使者については、藩邸のそこもとに一任致し候。人選には、慎重を旨とし、作戦抜け目なく、先方が術中に陥《お》ち、当家の武名を汚《けが》すことなきよう、くれぐれも留意あってしかるべきことに候。すべてはそこもとに頼みおき候。よくよく壱岐《いき》(江戸家老黒田壱岐)と相談これあるべきことに候。

綱政」

藩主自らが、この通りである。

それでなくとも、いろいろと協議を重ね、頭を痛めていた藩邸では、この在国中の当主の書状で、いやが上にも緊張した。

諸大名の使者は、続々と鍋島邸を訪れている。時期は迫っていた。

黒田家では、ひそかに各大名に問い合わせてみたが、今回の使者は、べつに何事もなかったという返事である。

「久留米《くるめ》、柳川《やながわ》の両家の使者も、何事もなく帰ったと聞き申す。この分では、鍋島は、当家の使者のみ、手ぐすねひいて待つ魂胆ではござりますまいか」

藩邸の重臣会議の席上、一人がいった。

「いかにも、考えられる」

と、みな合槌《あいづち》を打つ。

黒田家としては、覚えがあった。

一昨年の秋のことだ。

当時、長崎の近海に唐船が頻々と訪れ、数里沖の海上で、御禁制の抜荷買《ぬけにがい》が、しばしば行われた。幕府から異国船焼払いの命令が出て、長崎御番を承る黒田、鍋島の両家が、用意の軍船を総動員して長崎沖に唐船を追ったが、黒田勢は首尾よく二艘《にそう》を焼き払ったのに対し、鍋島勢は、徒《いたず》らに右往左往したあげく引き返した。

当然、幕府の恩賞は黒田家に帰した。

以来、鍋島家は、黒田に対し含むところがある。

「いずれにしても、あまり時期を遅らせては当家が臆していると思われる。正使は主膳と決っているので、問題はないが、副使の人選、今日あたり決めねばなるまい」

江戸家老黒田壱岐が、同席の重臣たちを見廻していった。

上座に黒田家の嫡子大隅守、左右に壱岐はじめ重臣たちが控えている。

その末席に、正使と決った黒田主膳の顔も見えた。朗々と輝くような秀貌《しゅうぼう》である。

五尺八寸の堂々たる恰幅《かっぷく》で、気品もあり、名代使者に欠くことの出来ない度胸もあった。この主膳は本姓を隅田氏といい、かつては二十石六人扶持《ぶち》の小身だったが、いまは三千五百石大番頭《おおばんがしら》を勤め、御一門の黒田姓を許されている。

黒田家の名代使者として、広くその名を他家にも知られている人物だった。

「どうであろう。副使の人選は主膳に一任しては。先日からこの調子では、一向にらちがあくまい」

若いだけに、この件では気負い立っている大隅守が上席から膝を乗りだして重臣たちにいった。

連日の協議は副使の人選に明け暮れている。主膳と比較して、適当な人物がいないのである。

「若殿の申さるる通り、これは、主膳に任せるが上策かも知れぬ」

と黒田壱岐がいい、

「どうじゃ主膳、誰《たれ》ぞ気に入った者はないか」

と末席の主膳に聞いた。

「されば……」

と主膳は、しばらく膝元を見つめ、考えていたが、

「お許しあれば、今回の副使には……」

と壱岐を見て、いった。

「身分の上下にこだわらず、誰ぞ大食の者を選びたいと思いまする」

「なに？」

と壱岐は小首をかしげ、

「大食の者？」

と大隅守が、主膳を見た。

「先年、仙台侯《せんだいこう》のもとへ、某《それがし》、使者として赴きました折……」

落ち着いて、主膳は答えた。

「三汁八菜の馳走を大盛りに盛って饗応《きようおう》され、はなはだ困惑した覚えがござります。一菜を残しても、何かといいがかりをつけ、仙台の馳走に毒はござらぬなぞと申し、それがしはやむなく皆、食しましたが、その折の副使は小食にて思わぬ恥をかき申したことでござった」

「ほう」

「使者のどこにも落度がない折は、かかるいやがらせを致すものでござる」

「なるほど、それで大食の者をと申すのか」

「いや、これは一例を申し上げたまで、今回の意図は別にござる。元来、使者は、主人側の陥穽《かんせい》を恐れ、とかく受身にばかりなりがちで無念でござる。それがし、この度の正使を仰せつかり、当家とは格別の仲にある鍋島家へ参るからには、当方も、進んで先方に赤恥をかかせる意気込みで参りたいものでござる」

「なに！」

と、大隅守の瞳が輝いた。

壱岐はじめ重臣達も、膝を乗りだして主膳を見た。

「主人側の陥穽と申しても、心当りがござるで、別に恐れることもござらぬ。が、使者の方より主人側へ挑むとなると、さしたる上策はござらぬもの。仙台邸の例にならって、饗応の席上が唯一の機会でござる」

「ふむ」

「祝儀の膳部は三汁八菜、必ず眼《め》の下一尺に近い鯛《たい》が出るものでござる」

「鯛？」

「それがし、家人を使って調べさせましたところ、何分《なにぶん》寒中のこと、しかもここ数カ月の悪天候で、市中には数えるほどの鯛もござらぬ」

「そうじゃ」

重臣の一人が、ぽんと膝を打った。

「わしの邸《やしき》で、先日、祝い事があり鯛を求めさせたが、僅か五寸ばかりの小鯛に二両一分を費やしたとか、聞いた覚えがある」

「その通りでござる」

と主膳は肯き、

「鍋島家も大家のこと、この度の祝儀に大鯛を集めてはござろうが、何分、市中に数がござらぬ。それがしが大食の者を選びたいと申すのは、このためでござる」

「その鯛を喰わせようてか」

「いかにも」

と主膳は、大隅守を仰ぎ、

「皿を代え皿を代えして、ある限りの鯛を所望し、先方が音《ね》をあげるまで喰いつくし、溜飲《りゅういん》を下げたい考えでござる」

「面白い」

と壱岐が、膝を叩《たた》いていった。

一座の皆を見廻し、

「誰ぞ、大食の者に心当りはないか」

「それを調べましたが、ひとりござる」

と主膳はいった。

「御馬廻り百五十石の小身ながら、藩中、評判の男でござる」

「星野小五郎ではないか」

とひとりが名を挙げた。

「いかにも、その星野でござる。一度に七升の飯を喰うそうでござる」

「うむ、しかしあれは……」

と、重臣の一人は首をかしげた。

「あまり風采も上らぬ小男で、性分も地味じゃ。果して副使の大役が勤まるかどうか」

「よいではないか、ともあれ、その星野とやらをここへ呼んで見よ」

大隅守が、皆にいった。

「一度に七升飯を喰うとは頼もしい。風采なぞは論ずることもあるまい」

その大隅守の一言で、小姓の一人が、小五郎の姿を求めて邸内に走った。

間もなく、どう見ても七升飯を喰うとは想像もつかぬ小男が、小姓に伴われ、おずおずと重臣たちの座敷へ入ってきた。

三

協議の結果、使者が鍋島邸へ赴く日取りは、十二月五日と決った。

黒田家では、用人を通じ、書面で鍋島邸へこの来訪の日取りを申し送った。

突然に訪問するような卑怯《ひきよう》な真似《まね》はせぬから、どうぞ存分に御準備下さいという挑戦である。

当時、鍋島家の江戸用人は原田勘左衛門《かんざえもん》といい、なかなかの喰わせ者と他家に警戒されている人物であった。

「来おったぞ、来おったぞ」

黒田家の察した通り、手ぐすね引いて待っていた鍋島家では、勘左衛門はじめ一同雀躍《こおど》りして秘策を練った。

元禄八年十二月五日の当日となった。

使者の到着は巳《み》の下刻《げこく》（午前十一時）と判《わか》っていたが、鍋島家では、緊張のあまり、全員早朝に起き出して準備にかかった。

接待役は、勘左衛門を筆頭に三十名という大袈裟《おおげさ》な人数である。

兼ねて申し合わせてあることなので、またたくうちにおよその準備がすみ、さらに点検をすませた後、勘左衛門が、接待役一同を集めていった。

「いまさら申すまでもないが、黒田家には、一昨年、長崎沖で遅れを取った借りがある。一同、あの折の屈辱を忘れまいぞ。それから注意しておくが、本日の使者の一人は、おそらく黒田主膳であろう。この男は、かつて細川侯が日本一の名代使者と折紙をつけたほど老獪《ろうかい》な男じゃ。皆、油断すな」

改めて注意があった後、一同は御用部屋に屯《たむろ》して、使者の到着を待った。

万全の準備が整っていた。

まず使者との応対に当る取次役だが、慎重に人選を重ねた上、相手を威嚇する目的で、多久左伝次《たくさでんじ》、毛利源蔵の二名を選び出した。

多久は六尺二寸、毛利は六尺一寸、いずれも藩中から選《よ》りすぐった、雲つくような大男である。

次に接待役の全員が、服装の点で、半裃《はんがみしも》と長裃の二式の礼服を、いつでも着換えられるように準備した。

長裃とは、裃に長袴《ながばかま》を着けた礼装をいい、武家の最上の式服である。半裃になると、長袴のかわりに半袴を用いた略装で、やや格式が落ちる。

祝儀の使者は、普通、長裃の礼装で来る。

黒田の使者も例外ではなかろうが、その場合、鍋島家の接待役は、揃《そろ》って故意に半袴をつけ、半裃の略装になって、相手を軽く見下す心意気を見せる。

使者にとって、これは大変な侮辱であるから、悶着《もんちやく》がおきることは必定、そこが鍋島家の狙いである。

また、万一相手が半裃の略装で来れば、鍋島家では、揃って長裃に着換え、真向《まつこう》から使者の非礼を咎《とが》め、格式のなさを面罵し、〝出直して来い〟と追い返す魂胆であった。

そのために、鍋島家では、わざわざ黒田邸の周辺に密偵を放ち、使者の服装を盗み見して、逸早《いちはや》く注進にくる手配をした。

次に、原田勘左衛門自身の指揮で、五、六人の武士が袴から裾《すそ》からげ尻端《しりはし》折《よ》りして、玄関の式台の板敷に、べっとりと油を塗った。

その上に、何喰わぬ様子で、一重の薄べりを敷いた。

黒田の使者が一歩式台に上ると同時に、ずでんと辷《すべ》り倒さん企《たくら》みである。

服装の点で悶着をおこし、緊張し切った使者が、このような仕掛けに気づくはずもない。

怒り肩を張って式台へ上り、すてんころりと転がり落ちる使者の有様が、眼に見えるようであった。勘左衛門自身、試みたが、細心の注意を払ってさえ、辷るのである。

こうして、鍋島家では、一同、半袴をはき、半裃の略装で、いまかいまかと使者の到着を待った。

黒田邸に放った町人姿の密偵が、息せき切って走りこんで来たのは、巳の上刻《じようこく》（午前十時）である。

「御注進！」

取次の武士が、床板を踏み鳴らして、接待役一同の集る御用部屋へ駈《か》け込んできた。

「申し上げます。使者はただいま、黒田邸を出駕《しゅつが》、本日の使者の服装は、半裃でござるぞっ」

「なに、半裃？」

一同の中から、原田勘左衛門が訝しい表情で立ち上ったが、やがて、しめたと笑みを浮べ、

「一同、聞いたか、黒田の使者は半裃ぞ」

左右の武士達を見廻して言った。

「ならば、玄関先で追い返してくれん。一同、それ！　着換えい」

半裃の姿で待機していた接待役達は、口々に、

「おう！」

と応え、我先にと隣室に走って、用意の長袴を取り出し、そそくさと長裃に着換えはじめた……。

その頃、黒田邸を出た使者の行列は、家紋を打った黒漆の二挺《にちょう》の駕籠《かご》を先頭に、静々と日比谷《ひびや》御門に向いつつあった。

その駕籠の一つに、星野小五郎が乗っていた。この日は八千石の格式とあって、熨斗《のし》目《め》の小袖に麻裃の盛装である。

だが、小五郎の顔は、緊張のためにひどく青ざめていた。緊張ばかりではない、この日に備えて薄粥ばかり摂《と》っていた無理が、大食の小五郎を弱らせ、表情から生気を削《そ》いでいた。眼ばかり、異様に光っている。死ぬ覚悟であった。

今日の御役目は、鍋島邸で饗応される祝膳の鯛を、限りなく所望して喰いつくすことだと、言い含められている。

しかし、相手も大藩のこと、金にあかせて負けじと鯛を買い集め、その結果、江戸中の鯛という鯛を、意地でも喰わねばならぬ破目になるやも知れなかった。

所望するからには、

「とても喰えませぬ」

と箸を置くことは、出来ないのである。

たとえ数百尾であれ数千尾であれ、命のある限りは喰わねばならぬ。

もちろん、主家の意地とあれば、命を捨てることに何の悔いもない。

が、喰えるだけ喰ったあげく、他家の座敷で口からへどをはいて、ぶざまに倒れている自分の姿を思うと、ぞっと鳥肌立つ思いに襲われる。何がみじめといって、武士たるもの、これほどみじめな死様《しにざま》はあるまい。

「この小五郎、死ぬことは恐れませせぬ。どうか、せめて帰宅した上で死なせて下さりませ」

小五郎は、駕籠に揺られながら、ただそればかりを神仏に念じた。

その駕籠の揺れが、止った。静かに地面におろされる気配である。

徒士《かち》の一人が駕籠脇に歩み寄る足音がして、引戸が開いた。

中間《ちゆうげん》が揃える履物に足を乗せ、かがみ腰で、引戸から一歩、外へ出た小五郎の面前には、堂々たる鍋島屋敷の表門があった。

四

鍋島家の家紋は、茗荷丸《みようがまる》である。

これは、藩祖鍋島直茂《なおしげ》が、まだ竜造寺家《りゆうぞうじけ》の一武将であったころ、大友家との合戦に、敵将大友八郎を討ち、その折の敵の本陣の帷幕《いばく》の紋が茗荷丸であったところから、この大功を記念して定紋としたといわれる、由緒あるものである。

その茗荷丸の定紋を打った表門の両番所の手前に、案内役と思える家士が二、三、黒田家の使者を出迎えていた。

正使黒田主膳、副使星野小五郎の両名は、門前で駕籠を捨てると、わずか四、五名の従者を伴い、家士の先導で、いよいよ鍋島邸の玄関に向った。

使者二人は、鍋島家の密偵の注進に違《たが》わず、熨斗目麻裃に半袴を着けた、半裃の略装であった。

表門から玄関に至る二十間ばかり、玉砂利が敷かれ、両脇は常緑樹《ときわぎ》が並んでいる。

その玉砂利の軋《きし》みを楽しむような悠然たる歩調で先頭に黒田主膳、二、三歩遅れて、これはひどく見劣りのする星野小五郎がつづいた。

堂々たる正面玄関の左右には、おのおの接待役らしい二、三の家士が立ち、いずれも長裃の礼装で、使者を注視しつつ、待ち構えていた。

その手前、七、八間のところへ来て、先頭の黒田主膳が、ふと歩みをとめた。

小五郎も、主膳の背後で足をとめる。

先導の家士が、訝しげに、主膳と小五郎を振り返り、立ち止った。

背後から、若党が二人進み出てきた。

主膳と小五郎の二人は、それぞれ腰の大刀を鞘《さや》ごと抜いて若党へ渡すと、つと上体を折り曲げ、申し合わせたように半袴の裾を、手《た》ぐりあげた。

玄関脇から、何をするのかと背伸びして見守っていた鍋島の家士は、主膳と小五郎の手もとで、たぐりあげた半袴の裾が、ずるずると伸びてくるのに、眼をむいた。

主膳は落ち着き払って、履物を脱ぎ、たぐりあげた裾を二、三度蹴出すと、長袴になった。副使の小五郎も同様にして、左右の裾を蹴出し、長袴であることを見せた上、股《もも》立《だ》ちを取り、履物をつけ、二人は、何事もない表情で歩み出した。

これは、主膳の知恵であった。半袴と見せながら、実は裾の内側にコハゼをつけ、余分を折り込めるように仕立てたのである。

一部始終、眼を瞠《みは》るようにして見守っていた玄関脇の鍋島の家士は、いずれも仰天し、なかの一人が、慌てて、すっ飛ぶように内へ駈けこんだ。

「ご、御注進！」

式台へ一歩足をかけると同時に、ずでんと異様な音が、響き渡った。

着馴《きな》れぬ長裃を着けたこの家士は、慌てたあまり、自ら油を塗ったうすべりの上を、踏んだのである。

辷り倒れた体は、その弾みで、式台の上から、見事に玄関のたたきへ、転がり落ちた。

すでに五、六間の手前に迫っていた主膳と小五郎の眼に、このぶざまな男の姿は、ありありと見えた……。

「これはこれは、御玄関にわざわざうすべりを敷いての御出迎え、御念のいったることと、恐縮でござる。されどわれら、かように結構なるうすべりを歩み、先ほどの御家来同様、不調法にも辷り倒れ、御玄関へ転び落ちては面目もござらぬ。御免こうむって、まず歩き馴れたるほうを通り申す」

黒田主膳は、出迎えた原田勘左衛門にそういうと、小五郎を促して式台に上り、うすべりをさけて、さっさと板敷のほうを歩き出した。背後で勘左衛門が、唇をかむ。着換えるひまもなく、使者と同じ長裃の姿で、廊下の左右に控えた三十名の接待役は、いずれも無念の形相で、黒田家の使者を奥へ見送った。

主膳と小五郎の二人が案内されたのは、表書院の二十畳ばかりの一室であった。

ここで黒田家から携えた進物を、白木の台に載せ直し、主膳と勘左衛門の間に口上がすんだ。お互い言葉尻を警戒して、口数はきわめて少ない。

「このたびの御襲封、祝着《しゅうちゃく》でござる。これは、主人筑前守《ちくぜんのかみ》よりの進物、お納め下さればば、幸いでござる」

と主膳がいえば、勘左衛門が、

「これはこれは御丁重なる御進物、恐縮でござる。主人も、喜んで頂戴致すでござろう。お使者には、まず、くつろいでお過し下されい」

そばで聞いていた小五郎が、こんなものかと感心するほど、簡潔であった。

勘左衛門が、進物を捧《ささ》げて退くと、思わずあっと眼を瞠るような大男が二人、つかつかと入って来て、主膳と小五郎の二間ほど手前に坐《すわ》り、一人が、

「不調法ながら、本日の御用御取次を承る、多久左伝次、毛利源蔵の両名でござる。御用の向きは、何なりと御命じ下されい」

といった。

言葉は丁重だが、頭ごなしに大喝《だいかつ》しているような大声である。

二人とも正面から主膳と小五郎を睨《にら》みすえて、嚙《か》みつかんばかりの顔をしていた。

どっかり腰をすえたところをみると、こうやって一日中でも対座しているつもりであろう。相手のあまりの大きさに、小五郎は、圧倒されるよりも感心して、正面の二人を、しばらく、まじまじと見つめていた。

「これはこれは、御苦労でござる。なにぶん頼み申す」

別に驚いた顔もせず、主膳がいう。

主膳と小五郎の二人は、しばらくこの大男二人と睨み合うようにして坐っていたが、やがて正面の襖《ふすま》が開き、家士が四人、小火鉢《こひばち》と煙草盆《たばこぼん》を捧げて入って来た。

いずれもうやうやしく一礼し、膝行《しっこう》して、それを主膳と小五郎の前に置く。

煙草盆の上には、何か奇妙に細長い、一間ほどの棒切れが、のせてあった。

それが煙管《きせる》だと気づくまでに、小五郎は、かなりの間《ま》を要した。

四人の家士が退くと、正面の大男が、再び破れ鐘《われがね》のような声を張りあげ、

「当家主人が愛用致しおります、摂州服部《はっとり》のお煙草でござる。特別に御使者へ下されましたもの、お嗜《たしな》み下されい」

といった。

無理に大声を出すので、その調子には、子供が書物を読みあげるようなおかしさがあ

まじと見た。

る。しかし、小五郎は、それどころではなく、どうしたものかと、手前の煙草盆をまじまじと見た。

生れてこの方、こんなに長い煙管は見たこともない。鍋島家が、今日のために、わざわざ拵《こしら》えたものに違いなかった。使者が、取扱いに困《こう》じ、もてあます恰好《かっこう》を見て、笑ってやろうという魂胆であろう。

前後左右の襖から、家人が覗《のぞ》き見《み》している気配が明らかに判った。

小五郎が、どうしたものかと、ちらと横の主膳を見ると、主膳は、いかにも何気なく、その長い煙管を取りあげるところだった。

両膝の上に一間余の長い煙管を置いて、しばらく眺めていたが、

「これは結構なもの、頂戴致す」

と主膳は、正面の大男に向って一礼した。

静かに煙管盆を引き寄せて、蓋を取り、煙管の先を手もとにたぐって、その吸口に刻み煙草を詰めた。

どうするのかと、大男達はもちろん、小五郎も横眼で見守っていると、主膳は、膝元の火鉢をたぐり寄せ、火箸で、真赤に燃えた炭の一片を摘《つま》み、いかにも無造作に、ぽいと畳の上に抛《ほう》り投げた。

小五郎が、あ、と眼を瞠る前で、炭火のかけらは、ちょうど、主膳の膝から、一間ほ

ど手前の畳に落ちた。

青畳の焦げる匂いと同時に、その周辺が、みるみる黒く変色した。

主膳は、悠々と煙管を取りあげて口に咥《くわ》え、姿勢を崩さず僅かに上体を伸ばし、その畳の炭火で、一間先の吸口に火を点じた。

紫煙が、主膳の口から、ゆるやかに昇った。

いかにもうまそうに眼を細めて、主膳は、

「さすがは摂州服部の名産、まことに結構なお味でござる」

といった。

正面の大男二人は、度肝を抜かれた表情で、どうしたものかと、畳の焦げばかりを見つめていた。

「星野氏、折角の馳走じゃ、頂戴致されぬか」

主膳に眼で促され、小五郎も、

「では……」

と大男に一礼し、主膳と同様、火箸で炭火を摘み、ぽいと抛った。

一間余の煙管を咥え、火を点じた。

ぶすぶすと畳が焦げるさまと、青くなったり赤くなったりして半ば腰を浮かしている大男達とを見較《みくら》べながら、小五郎は、煙を思い切り胸底へ吸いこんだ。

うまいと思った。同時に、いまのいままで萎縮していた胸中に、はじめて、

「やるぞ！」

と勃々たる闘志が、湧き上ってきた。

五

鍋島家の御用部屋では、原田勘左衛門はじめ、一同が苦り切っていた。

座敷ではすでに饗応がはじまっている筈である。

「馬鹿めっ、こともあろうに、うすべりを踏んで倒れるとは、何たることか」

勘左衛門は苦々しい口調で、数十回も同じ言葉を繰り返していた。

転倒した男は、面目なさに席を外している。

「しかし、あの黒田主膳と申す男、敵ながらあっぱれな奴《やつ》でござりますな」

接待役の一人が、つくづくと感心した口調で勘左衛門にいった。服装の件といい、煙管の件といい、ことごとく主膳にしてやられた形である。畳に炭火を抛って火を点じるなど、誰にしても、想像もつかぬことであった。

無茶には違いないが、こちらが一間余の煙管を出している以上、文句はいえぬ。

「それにしても、いま一人の小男は、何奴でござろう、風采も上らず、さしたる身分の者とも見えず、主膳にくらべ、ひどく見劣り致すようでござるが」

「それじゃ」

と勘左衛門も、首をひねった。

「星野小五郎とか、あまり聞かぬ名じゃ。少なくとも千石以上の家臣ではあるまい」

「一応、調べさせましては」

「む……」

と考えていたが、

「ま、それにも及ぶまい。今更調べたところで、どうということもない。とにかく今日は当家の負けじゃ。それにしても……」

と原田勘左衛門が、再び無念の唇をかみしめたとき、

「申しあげます……」

接待役の一人が、長袴の裾を引きずるようにして駈け込んできた。

「星野とやら申す副使、呆れ返ったる大喰らいでござるぞ」

「なに？」

「当方が念入りに盛ったる祝膳の馳走を、それこそあっとまたたくうちに喰いつくし、そればかりか、鯛の代えを所望致しており申す。いかが致しましょう」

「なに、鯛？」

原田勘左衛門は、相手を凝視して考える風だったが、はっと顔色を変えた。

「作之進！」

と側《そば》の一人に勘左衛門はいった。

「はっ」

と立ち上った武士に、

「おぬし台所へ走って、ただ今、当家に何枚の鯛が残っているか、訊《ただ》して参れ、急げ」

「はっ」

と駈け出していった武士が、やがて引き返して来て、

「十九枚、いずれも眼の下一尺の大鯛じゃげにございます」

「十九枚、そうか」

勘左衛門は、胸算用する表情だったが、

「よかろう」

とうなずき、注進に来た男に、

「望み通り、代えを出してやれ、喰い終ったらすかさず次の皿を出せ、どうしても喰えぬと申せば、残り全部を皿に入れて座敷中に並べるのじゃ。よいな」

「はっ」

「一枚喰うたびに、注進に来てくれい」

と勘左衛門は注意した。

その者が去ると、勘左衛門は見違えるような生々とした表情になり、破顔して、

「馬鹿はどこにもおるわい」

と周囲の者にいった。

「いかに大食でも、十九枚の鯛は喰えまい。当方にはもっけの幸いじゃ。座敷中に鯛を並べ、皮肉の一つも申してやろうぞ」

が、注進は意外に早く来た。

「申し上げます。ただ今二枚目を喰い終り、三枚目を所望致しておりますが」

「む？」

とそのあまりの早さに、勘左衛門は、ちらと不安の表情を浮べたが、

「よい、次を出せい」

「はっ」

とその者が去って、ほんのしばらくの後には、またまた、

「申し上げます」

と注進が来た。

「呆れ返った男でござります。はや三枚目を終り四枚目を所望致しておりまする」

「よい、出せい」

「はっ」

とその者が去ると、また次が来た。

その調子で、十枚目の鯛が消えると、さすがに、勘左衛門の顔色が変った。使いをやって、台所奉行野口新兵衛《しんべえ》を御用部屋に呼んだ。

「新兵衛、鯛じゃ、鯛を集めてくれい」

と勘左衛門はいった。

「いや、その鯛でござるが……」

と野口新兵衛が、困った顔で、

「御存知の通り、何分寒中のこと、しかも時化《しけ》つづきとのことにて、このたびの祝儀には、鯛でほとほと困惑しており申す。市中にも数は少なく、あれだけ揃えるが、やっとの思いでござった。しかも一尾が四両から五両にもついており申す」

「費用のことなら、この勘左衛門が責任を持つ。五両が十両でも集めてくれい。黒田家の使者め、鯛の払底を狙って来たものに違いない。負けては、当家の恥になろうぞ」

「しかし、いかほど大金をもってしても、何分市中にござらぬで……」

と押し問答をしている所に、再び、次の注進が来た。

「申し上げます。十一枚目を喰い終り申した」

注進の者も、さすがに呆れて言葉のない表情であった。

「で、どうじゃ、あの小男め、そろそろ弱ってはおらぬか」

と憎々しげな勘左衛門の問いに、

「外見には、一向に弱った気配もございませぬ。喰い終る早さも、かえって早うなって参る様子で……」

「新兵衛、聞いての通りじゃ。頼むぞ」

「はっ」

と台所奉行も、さすがに緊張した顔で引退《ひきさが》って行った。

間もなく、鍋島邸の裏門から、買物役の下級武士十数名が、市中の魚屋めざして、飛び出していった。

その鍋島家の台所には、当日、黒田鍋島の両家に出入りしている商人、淀屋伊兵衛《よどやいへえ》という者が、下級武士に賂《まいな》いを贈って、入り込んでいた。

二、三人の小僧を引き連れて、台所横の一室に控え、鯛の大皿が運ばれるごとに、小僧を黒田邸に走らせた。

黒田邸の玄関では、取次の武士が待ち構えていて、小僧の手渡した紙片を読む。

——ただ今十四枚、残り五枚……。

その紙片を握って、取次の武士は奥へ走る。邸内の奥には、大隅守はじめ、黒田壱岐ら重臣たちが、固唾《かたず》をのんで待ち構えていた。

紙片が届くごとに、どっと歓声があがる。

「残り五枚でござるぞ」

「十四枚か、喰うわ喰うわ」

と大隅守が、大声でいう。

「わっははは、鍋島の用人めの顔が見とうござる」

すぐに屋敷中にも伝えられ、邸内一同が、手に汗を握って、報告を待った。

が、次の紙片は、黒田側の息をひそめさせた。

——ただ今十六枚、ただし芝土橋より五枚、小田原町より三枚を調えたるにつき残り十一枚……。

「ふーっ」

と紙片を廻しながら重臣の一人が溜息《ためいき》をついた。

「大丈夫か」

と誰の胸にも不安が湧いた。

計二十七枚の大鯛である。しかも小五郎は、ほかに祝膳の馳走を喰いつくしている。

大隅守はじめみな沈黙してしまった邸内に、間もなく、次の紙片が来た。

——ただ今、二十二枚、残り五枚、もはや鯛の新調は、見込みなし……。

再び、どっと歓声が湧いた。

その頃、星野小五郎は、二十数枚目の鯛に、箸を運んでいた。

もう、喰っているという感覚はない。ただ箸を早く動かし、身を引きちぎって口へ運ぶ。その様子を、正面の大男二人と、膳番の武士が二、三人、それに横の主膳が、穴のあくほど見守っていた。

二十枚までは数えたが、小五郎は、数を取ることをやめた。喰いながら、数を思うと、不安に襲われて胸がつかえた。

とにかく喰えばよい。へどを吐いて倒れることも、すでに覚悟した。何枚目かを喰ううちに、小五郎は、あきらめる気持になった。

すると、ふしぎに、手と口が自然に動き、箸の動きは、かえって早くなった。

腹は、満腹なのかどうか、妙に感覚がない。いくらでも喰えそうな感じで、われながら底知れぬ大食に驚く思いであった。

初めのうちは、一枚喰うごとに、舌鼓《したつづみ》を打ち、

「さすがは御大家様なり、寒中の鯛、なかなか珍しゅう覚えまする。恐れながら、帰宅の上、土産ばなしにも致したく、いま一枚、お焼物を……」

と主膳に教えられた文句を、いちいちくり返していたが、後には、それも面倒になり、黙って空皿を眼の高さに捧げ、代えを受けると、

「有難し、かたじけなし……」

と機械的にいって、すぐ箸を動かしにかかった。

喰いながら、小五郎が考えていたのは、妻のしずのことだった。新婚の当時から、今朝自分を送り出したときの不安そうな表情まで、断片的に次々と頭に浮んだ。

正面に坐って、憎さげな瞳をそそいでいる大男も、横の主膳も、膳番達の呆れ返った表情も、眼中になかった。

時折、死んだ母親のことが、脳裡《のうり》に浮んだ。

このまま喰いつづけると、いずれ死ぬに違いないとも、小五郎は思った。

いつか、眼の前の皿が空になり、何十枚目かの空皿を、小五郎は膳番に差し出し、黙って代えを待った。

なかなか、次の皿が来ず、膳番達が、しきりに出たり入ったりして、かなりの時が経《た》った。

もしやと、主膳は眼を輝かせたが、小五郎は、何も考えなかった。

やがて、皿を運ぶ武士の代りに、恥辱と怒りで青黒い顔になった原田勘左衛門が、入って来た。

勘左衛門は、案山子《かかし》のように坐っている大男の一人を、邪慳《じやけん》に突きのけるようにして、小五郎の前に来ると、

「これはこれは粗末なる料理、御使者の御意に召し、幸甚《こうじん》でござった。されど、甚だ申し憎いことでござるが、近頃、鯛は別して少なく、市中の魚屋にも、もはや、一枚もな

しとのこと、はなはだ恥じ入り申すが、もし鮃《ひらめ》でもよろしければ、調えさせますほどに、何分、御勘弁下されい」

といった。小五郎が、信じられない表情で、ただ、勘左衛門を見つめていると、横の主膳が、

「これはこれは、気づかぬこととは申せ、失礼仕《つかまつ》った。何分、この星野は鯛好きにて、御大家様と安心して、つい度を過し申したのでござろう。さようか、御大家様でも集められぬほどに鯛は払底致しておるものでござったか。これはまことに失礼でござった」

ぬけぬけといった。それで、はっと我に返ったように小五郎も調子を合わせ、

「鮃との仰せでござるが、折角の鯛の味を消し申しては、もったいのう存じまする。充分戴《いただ》きましたなれば、結構でござる」

といった。信じられぬような嬉《うれ》しさが、初めてどっと胸中にこみあげ、同時に小五郎は、ここぞと思い、つい調子にのって、

「では、口直しに、膳を少々頂戴致す」

といった。

あっけにとられている勘左衛門の前で、小五郎は、十五椀《わん》の飯をさらに喰い、二升の酒を飲んだ。

もう、死んでもよいという、満足感があった。

六

鍋島邸の玄関を辞し、駕籠に揺られつつ帰路についたとき、はじめて嘔吐感《おうとかん》を、小五郎は感じた。眼の前が、靄《もや》につつまれたように黄色くかすみはじめ、体中が気倦《けだる》く、汗が滲《にじ》み出た。藩邸へ戻ったときは、顔色が土気色に変っていた。

待ち兼ねていた宣政に拝謁し、重臣たちの大袈裟な讃辞《さんじ》をあびたが、どれも耳に入らず、ただ嘔吐を怺えるのが精一杯だった。

さすがに宣政も、小五郎の顔色に気づき、

「恩賞は追って取らせるであろう、養生せい」

といい、銀子二十枚を取りあえず遣わして、小五郎の帰宅を許した。

家の門へ一歩入り、出迎えた妻の顔を見るなり、怺えに怺えていた小五郎の口から、汚物が、噴き出るように奔《はし》った。

しずと中間の二人が、小五郎の体を奥へ運び入れたが、その間も、吐きつづけた。よくもこれだけと、眉をひそめるほど吐いたあと、小五郎は意識不明になり、時々、思い出したように血の交った液を吐いた。

翌日、意識は戻ったが、怖《おそ》ろしい腹痛と嘔吐がつづき、一時は、御典医さえ、匙《さじ》を投げた。黒田家では、いま、小五郎に死なれては鍋島家への面目が立たず、また世間の物笑いにもなろうと、宣政はじめ全員が、小五郎の容態を一喜一憂して見まもった。

小五郎が快癒に向ったときは、家中が、文字通り愁眉をひらく思いであった。

病中の小五郎には、在国中の当主から、二百石加増のお墨付が届けられた。

しかし、小五郎は、ついに全治はせず、半病人の状態がつづき、どうやら常態に戻ったあとも、生涯、胃病に悩まされ、生来の大食も、これを限りで、影をひそめた。

鍋島家からは、その後、星野小五郎について、何度もそれとない探りを入れて来た。食傷で死んだに違いないと考えてのことであった。

当時、飛脚などが、鍋島家へ立ち寄ると、必ず、

「御家中の星野氏は、まだ達者でござるか」

と聞かれたものだが、飛脚などでも、よく心得ていて、

「ええ、ええお達者でござりますとも、食量などは以前にも増して、御丈夫御丈夫」

と答えたそうである。

星野小五郎は、しかし、その後、あまり丈夫ではなく、三十五歳で胃病のために死んだ。やはり、その折の暴食が、たたったのであった。

新鮮なニグ・ジュギペ・グァのソテー。キウイソース掛け

田中啓文

やけにものものしい警戒だ。

入口の左右に立っていたのは、ボーイの制服は着ているものの、どう見ても警備員だ。隠しているつもりだろうが、客に対する鋭い目つきを見れば一目瞭然だ。誰かＶＩＰの客でも来るのだろうか。

私は年老いたボーイの案内で予約しておいた席についた。

このホテルに来たのはちょうど五年ぶりだ。前に来たのも、ヴァレンタイン・デー当日だった。

あの時、私は、毎年二月十四日だけに出されるという特別料理について取材するため、はじめてこのホテルを訪れたのだ。

今でも思い出す。あの時の忌まわしくもすばらしいできごとを。

◇

普通、ホテルのレストランなどはそういった情報誌の取材を歓迎するものだが、電話で事前の許諾を得ようとすると、意外にもフレンチ・レストラン「オールド・ガストロノミ」の総料理長（シェフ・ド・キュイジーヌ）藤川慎太郎はかたくなに拒絶の態度を取った。私がいくら媒体の絶大な宣伝効果について説明しても、
「他の料理のことならいくらでもお答えするが、特別料理だけは……」
の一点ばりで、頑として取材を拒む。納得のいく料理を出したいから、あまり大勢に知られたくないのだそうだ。

結局、取材はできなかったのだが、私は今の時代にここまでこだわりを見せるシェフの姿勢に興味を持ち、個人的にその特別料理とやらがどうしても食べたくなった。その旨、藤川氏にお願いすると、今度は快諾してくれた。

私は胸躍る思いで、指定の時間にレストランに赴いた。

ヴァレンタイン・デーということで、さすがに客は若い男女ばかりだった。皆、健康そうにもりもりと料理を食べ、ワインを飲んでいる。時々、「うまい！　ほんとにうまいよなあ」とか「私、この味、大好き」というような言葉が漏れ聞こえてくる。私の期待はいやがうえにも高まった。

しかし、一人の客というのはほとんどなく、私は軽い孤独感に襲われた。

食前酒を飲みながら、なかなか気のきいた前菜を食べていると、向かいのテーブルに

も私と同様の一人客がいることに気づいた。

四十五歳ぐらいだろうか。黒いスカーフを首に巻いたその横顔を見て、私ははっとした。

グルメ評論家の霧志摩雅之《きりしままさゆき》ではないか。最近はあまり見かけないが、かつては多くの雑誌に連載を持ち、彼が一言でも褒めた店は売り上げが倍増し、逆にけなした店は客が瞬く間に減り、ひどい時は閉店に追い込まれたという。彼の評論の特徴は、けなす時の徹底的な書きっぷりにある。気に入らない店に対しては、料理の味はもとより、ウェイターの態度から店の調度・飾りつけ、お冷やの温度、盛りつけ、値段に至るまでひたすらけちをつけ、「このような店が地球上に存在していることは資源と空間の無駄というだけでなく、戦争やテロと同じく重大な犯罪行為であると考えるものである。一刻も早く、この店が地球上から姿を消すことを切に望む」というおなじみのフレーズで締めくくる。しかし、彼の辛口評論を楽しみにしている読者は多く、今週はどこの何という店がけなされているかというのが彼らにとっては嗜虐的《しぎやくてき》な悦《よろこ》びになるらしい。その店が閑古鳥が鳴く状態になることは確実だからだ。それだけではない。自店を取りあげてほしくないばかりに、ひそかに彼に金品を渡すオーナーも多く、それが結構な副収入となっているとの噂《うわさ》も聞く。

霧志摩の顔を見た途端、シェフに対する同情の念がわきあがってきた。運良く口にあえばよいが、なかなかそうはいくまい。悪評をたてられるよりは金をということになり、いずれにしてもろくな結果にはならない。

しかし、私は、料理を前にした霧志摩の態度が少し異常であることに気づいた。

彼は、食い入るように皿を凝視し、出された料理を一口か二口で食べてしまう。というより飲み込んでしまう。とても、味わっているという感じではない。そして、フォークとナイフで皿の縁をかちかちと叩《たた》きながら、厨房《ちゆうぼう》に向けて燃えるような視線を送り、次の料理を無言で催促する。身体《からだ》がぶるぶる震えており、今にも立ち上がって、

「早く次を出せ」

と叫びそうだ。

あまり人の食事を観察しているのも失礼だとは思ったが、メインの一皿が来たときの彼の興奮ぶりはただならぬものであった。

料理が厨房から出てくるや、中腰になって両手で手招きをし、ボーイが皿をテーブルに置くか置かぬうちにフォークで料理を突き刺し、大口をあいてかなりの大きさであるそれを一口に放り込み、ソースを口の端からだらだらと垂らしながらはぐはぐと数回咀《そ》嚼《しやく》したかと思うと、

「おお……おおおお……」

悶《もだ》えるような感嘆の呻《うめ》きを発して、目を閉じ、ぐったりと椅子の背にもたれて、動か

なくなった。首に巻いていたスカーフがほどけてはらりと落ちたのにも気づいていない様子だった。

スカーフで隠されていたが、霧志摩の顎の下から不気味な肉塊が垂れ下がっていた。長さは三十センチほどでちょうどみぞおちのあたりにまで達している。下にいくほど広がっており、左右が膨らんでいる。中には何か丸いものが二つ入っているようだ。先端にはもじゃもじゃと毛が生えており、全体の印象は、巨大な陰囊《いんのう》のようだ。

そして。

その陰囊の膨らみが、もぞ、と動いた。

私は、思わず顔をそむけた。奇病にでもかかっているのだろうか。

彼は、続いて運ばれてきたデザートには目もくれず、目をつむったまま天井を向いている。

陰囊状の袋の中身は、まだ、蠢《うごめ》いている。

私は吐き気がしてきた。

その時、私の前にメインディッシュが運ばれてきた。

メニューによると、「新鮮なニグ・ジュギペ・グァのソテー。キウイソース掛け」となっている。このニグ・ジュギペとかいうのが何であるか私にはわからなかったが、目の前の料理を見ても、魚なのか獣肉なのか判別しがたい。

純白に近い、真っ白な平たい肉。直径は七センチほど。切れ目も筋もなく、均質であるように見え、肉というよりパテのようでもある。それに、キウイの緑色のソースがかかっており、何とも美しい。

甘酸っぱいソースの匂いに混じって、これまで嗅いだことのないえもいわれぬ芳香が立ちのぼり、食欲を刺激する。その香りは、新鮮な魚の刺身のようでもあり、蟹《かに》や海老《えび》をさっと湯掻《ゆが》いた時のようでもあり、いわゆる焼き肉屋の焼き肉のような力強さもあり、もぎたての果物のように鮮烈でもあり、上質の香水のような気高さも兼ね備えていた。

その匂いの奥深さに引き込まれ、私の手は勝手にフォークとナイフをつかんでいた。

一口目を食べる。柔らかい。しかし、最後にしっかりした歯ごたえがあり、嚙《か》む快感も味わわせてくれる。上質のキャビアのようにぶちゅぶちゅと舌の力で潰れていく時の心地よさは性的な何かを思い起こさせるほどだ。

子供の頃、教会で天使の絵というのを見せられ、

(天使の肉を食べたら、どんなにうまいだろう)

と子供心に思ったことがあるが、その記憶が蘇《よみがえ》った。

(うまい……)

口の中の肉片を嚥下《えんか》する瞬間、それが、ぐにょ、と動いたような気がしたが、そんなことを気にしている余裕もなく、私のフォークは次の肉片を突き刺し、口に運んでいた。

（凄《すご》い……凄い……）

「うまい」は、すでに「凄い」に変わっていた。私は、ライターとしてあちこちで食べ歩きの取材もしたが、このような料理が存在するなどとは思ってもみなかった。味、香り、汁気、温度、歯触り、喉越し……全てが完璧なのだ。その肉片が食道を通過していく時、それが吸盤のように粘膜のあちこちにひたと貼りつき、はがれ、また貼りつくことを繰り返しているのがわかる。身体の内側からキスされているような、かつて経験したことのない快楽の時間であった。そして、その肉片は百万回のキスのあと、私の胃に、花びらのようにはらりと納まった。

「うあ……」

あまりの心地よさに思わず知らず吐息が漏れ、私はそのはしたなさに気づいて口を押さえた。しかし、同じような吐息がそこかしこのテーブルから聞こえてくるではないか。中には、男女の営みの絶頂時に発されるものと酷似した、長く尾を引く、思わず顔を赤らめてしまうようなものもあった。私が奇妙に感じたのはそれらの声がいずれも何となく陰鬱に響いたことであった。美食の悦びを表すというよりも、どこかしら恐怖の要素が感じられたのだ。信じがたい美味ゆえに、自然と畏怖に近い気持ちを抱いているのかもしれないと私は思った。

私は、次の肉片をできるだけゆっくり味わおうとしたが、手がとまらなかった。雪のように白いその肉は、私の手のわななきが伝わってか、命あるもののごとくフォークの先で震え、私の唇を割って口中に飛び込み、口腔《こうこう》を再び至高の美味で塗りつぶしてくれた。

「あああ……」

私は今度ははばかることなく呻きを漏らした。何にたとえればよいのか。突然、床が消え失せて奈落の底に引き込まれたような崩落感と、踏み越えてはならない禁断の領域に足を踏み入れてしまったような後ろめたい征服感が同時に湧きあがってきた。

そのあとのことは覚えていない。

気がついた時、私はその料理を食べおえ、皿に付着した肉の断片をひとつひとつフォークの先でひっかけては口に入れ、しまいには指先でソースに埋没した小片をさぐっているところだった。自分の行為に気づいて赤面した時にはもう皿は舐《な》めたようにきれいになっていた。

(パンでぬぐえばよかったんだ……)

フランス料理のマナーの一つを思い出したが後の祭だった。

私は、食後のコーヒーとデザートを断って、藤川シェフに面会したいとボーイに申し入れた。ボーイはそのような申し出には慣れているらしく、「申し訳ございませんが、本日はお客様も立て込んでおり、シェフは調理中でございますので」と丁寧に拒絶したが、私はマスコミの人間であること、藤川氏には電話で事前に連絡してあること、記事には絶対にしない、ただ料理の感想を一言述べたいだけであることなどを捲《まく》したて、

「だめならだめで構わないから、一度、きいてみてきてくれ」

と強引にボーイを調理場に送り返した。困惑した表情のボーイがそれでも言うとおりにしてくれたのは、私が彼の手に握らせた一万円札のせいであろう。

まもなく彼は引き返してきて、

「藤川がお会いするそうです。ご足労ですが調理場までお出《い》でいただけますか」

私は小躍りし、彼の先導で調理場へと向かった。

入ってすぐ洗い場があり、その隣が主厨房だった。大勢の料理人が忙しそうに働いていた。ボーイが手を挙げて合図すると、ずらりと並べられた皿に盛りつけられた白い肉(さっき私が賞味した肉であることはまちがいなく、私はごくりと唾を飲み、その肉片を皿から失敬したい欲求に苛《さいな》まれた)をチェックしていた人物が顔を上げた。

年齢は五十歳ぐらいだろうか。染み一つない白衣を着た藤川シェフは先に立って歩きだし、主厨房の裏にある料理長室に私を招き入れた。

扉が後ろ手に閉められた。途端、私は靄《もや》の中に放り出されたような錯覚に陥った。まばゆい光に満ちていた厨房とはうってかわって、薄暗く、黴臭《かびくさ》い部屋だった。大きな机と応接セット、他には簡単な調理ができそうなシステムキッチンがあるだけだ。

「お座りください」

シェフは、ラジオのチューニングがあっていないような、甲高い、耳障りな声で言った。

「ありがとうございます。どうしても一言、感想が申しあげたくて。お忙しいのにお時間を割いていただいて恐縮です」

藤川氏は、大仰に手を振ると、

「忙しいなんてとんでもない。本日の私の仕事はほとんど終わりました」

彼のイントネーションは独特で、長い外国生活を感じさせた。

「でも、まだまだお客様があるでしょう」

「ヴァレンタイン・ディナーにおける私の最も重要な仕事は素材の下ごしらえです。これは誰にも手伝わせず、私一人で行うのです」

「ご立派です。肝心なところは人任せにできない。自分でやらねば納得できんというわけですね。お弟子さんたちはまわりを取り囲んで、あなたの腕の冴《さ》えを見つめておられるんでしょうな」

「ノンノン。とんでもない。下ごしらえは私一人でやるんですよ。誰にも見せずに、あの部屋の中でね」

シェフは、料理長室のまだ奥にある小さな扉を指さした。

「あそこは私だけしか入れません。中に入ったら入口に鍵をかけます。下ごしらえはそこで行うのです」

「それは……技術を盗まれないためですか」

「このヴァレンタインの特別料理を作るのは私にとって一つの儀式のようなもの。私はあの部屋の中でたった一人で秘密の祭儀を行っているのです。司祭のようにね」

藤川氏は、薄い唇をにやりと歪《ゆが》めると、ほほほ……という女性のような笑い声を立てた。それを聞くと、なぜか私の全身に悪寒が走った。

「記事にはしないお約束でしたが、個人的に関心があるのです。少し質問させていただいてもよろしいですか」

「記事にはしない……そうですね……そうですね……」

そう言うと、シェフは押し黙った。何か機嫌を損じたかと思っていると、彼は急に大声を出した。

「本当のことを言うと、私も誰かにこの料理のことを言いたくてたまらないのです。胸のつかえをおろしたい。でも、弟子たちには言うわけにはいかない。あなた……あなたならいいでしょう。絶対に人にしゃべらないでくださいね。しゃべったら……」

藤川氏は、私の耳もとでささやいた。

「二度とあの料理は作って差しあげませんぞ」

ただちに私は、死んでも口外しないことを誓った。

「よろしい。では、ご質問をお受けしましょう。何なりときいてください」

「まず……あの料理の素材ですが、ニグ・ジュギペ・グァとは耳慣れない名前なんですが、どのようなものですか」

シェフは再びほほほと笑うと、

「私が名付けたのです。あれに。ニグ・ジュギペ・グァとね」

「名付けた……？　どういうことです」

「鳴くのですよ、それがそう聞こえるのです。ニグ・ジュギペ・グァ……とね！」

私は彼が何を言っているのか理解できなかった。

「それは……鳥ですか？」

「ほほほ……違いますね」

「獣の類ですか」

「いえいえ」

「まさか……野菜ですか」

「ノンノン。ニグ・ジュギペ・グァはニグ・ジュギペ・グァです。鳥でも魚でも獣でも、ましてや野菜でも果物でも茸《きのこ》でもありません。ほほほほ……これは私だけの食材なのです」

「どうやってその食材に目をつけたのですか」

「いい質問です！　それには、あの男……今日も来ておりますが、あの料理評論家の霧志摩雅之が係わっておるのです。この話、聞きたいですか。聞きたいですか」

以下は、この時、シェフ藤川慎太郎が話した内容である。

◇

私（藤川）は、中学卒業と同時にTホテルのKシェフの門を叩き、十八から七年間、フランスの三つ星レストランで修業を積みました。帰国後、三十六歳で名古屋のHホテルの総料理長に抜擢《ばってき》され、四十五歳で東京のFホテルの総料理長になりました。そして、七年前にこのホテルに引き抜かれ、ここ「オールド・ガストロノミ」の総料理長に就任したわけです。

当時、このホテルにあるレストランのうち、和食の「白峰」と中華の「異苑」は好調だったのですが、フレンチのこの店だけが客が激減しており、私はそれをたて直す役目をおおせつかったわけです。私には自信がありました。

ところが、案に相違して店は流行《はや》りませんでした。このホテルの客筋には、私の料理は受け入れられなかったのです。客をつなぎとめるどころか、私が着任してからも、客は減りつづけました。ホテルのオーナーは、この店を閉め、流行のイタリアン・レストランに改造する意向を漏らし、私は断崖に立たされた思いでした。

　そこに現れたのが、あの男です。霧志摩雅之。やつは今から六年前の今日、まさしく聖ヴァレンタインの日に予約もなく現れました。席につくや、やつはボーイを呼んで内装にけちをつけ、BGMが良くないから変えろと言い、ワインリストを見ては手頃なものがないと難癖をつけました。そして、ディナーのメニューを見てこう言ったそうです。

「くだらない料理ばかり並んでいるな。メニューを見れば、そこのシェフの腕や料理に対する見識がわかるものだが、これはひどい。ひどすぎる。こんなものを高級料理でございますと並べ立てて、無知な金持ちから高い金を巻き上げているわけだ。ふふん……ふふふん……」

　ボーイから話を聞いて、とうとう来たな、と私は思いました。彼の噂は同業者からよく耳にしていたからです。

　一瞬、お金を包んで、帰ってもらおうか、と思いました。店の評判を下げたくなかったからです。しかし、それでは料理人としての自分がなくなってしまいます。

　私は、やつのテーブルまで行き、できるだけ冷静に、ていねいに話しかけました。

「お客様、当店のメニューがお気に召さないとのことですが、どうか一度ご賞味いただいてから、あらためて感想をお聞かせくださいまし。食べないうちから非難を受けるのは、我々作り手としては納得のいきかねる話でございます」

言葉を選んだつもりだったのですが、やつは私の言ったことがカチンときたとみえ、声を荒らげました。

「これは詐欺だな。この店みたいに格式ばかり高くて、ろくな料理を出さず、大金をふんだくるような店を潰してあるくのが私の仕事だ。食べてから感想を言え、だと？　食べないうちならおとなしく帰ることもできるが、食べてしまったら、私は感想を雑誌に書くよ。それでもいいんだね」

「けっこうです。まずければまずいとはっきりお書きくださいまし」

売り言葉に買い言葉というやつでしょうか。私はついつり込まれて、言わずともよいセリフを口にしてしまったのです。

やつはにやりと笑いました。

「そうか。まずければまずいと書いてもいいんだね。気に入った。さあ、どんな料理でもいい。この店で今日できる最高の料理を持ってきたまえ」

私はしまったと思いましたが、どうしようもありません。

いくらおいしくても、「まずかった」と書くことはできます。そうなったら、この店はおしまいです。やつの文章が原因で潰れた店はいくらもあります。

「よろしゅうございます。当店の特別料理をご賞味いただきます」

「特別料理？」

やつは鼻を鳴らしました。

「ヴァレンタイン・デーに若い連中を騙《だま》して高い料金を取るための方便だね。特別なんて言ったって、食材も料理法も普段と何も変わっちゃいないはずなんだ。それとも何かね。私のような食通を満足させる珍奇でうまい食材でも用意してあるというのかね」

「――ございます。ですが、特別料理ですのでしばらくお時間をいただきます」

私の口はひとりでに動いていました。

「何時間でも待つよ。珍しいものを食わせてくれるならな」

私は、弟子たちを集めて、メニューを検討しました。しかし、どれも帯に短したすきに長しで、これはという料理はありません。もちろん、珍しい材料など仕入れてはいないのです。その日に仕入れた食材はどれもごく普通のものでした。ありきたりの材料で一流の料理を作り上げることもできますが、やつは、「珍しい料理」と言ったのです。

私は、絶望しました。そして、自分の料理が雑誌でけなされるぐらいだったら、このまま死んでしまおうと思いました。

私は人一倍プライドの高い人間です。公共の場で貶《おとし》められるのは耐え難い屈辱でした。

私は、副料理長に厨房を任せると、一人になるために自室に籠もりました。そう、この部屋ですよ。

今にして思えば、その時、すでにあの臭いは漂っていたのですが、やつのことで頭が一杯で気づかなかったようです。

どうしてこんなことになったのか……私は椅子にずどんと腰をおろし、両手で顔を覆うと、しばらくじっとしていました。

私の料理人人生最大の難関です。失敗したら、私に未来はありません。同時に輝かしい過去も消されてしまう……。

と。

私の耳に奇妙な音が聞こえてきたのです。

……グ……ニグ……ニグニ……グ……

空耳かと思いました。それは、酔っぱらった老人が公園のベンチに座って、何か繰り言を言っている……そんな声でした。

私は顔をしかめて立ち上がりました。

ネズミだろうと思ったのです。

当時の私は、ネズミとゴキブリの存在を許すことはできませんでした。この世から一匹残らず消してしまいたいとかねがね思っていました。私は、この店でゴキブリの姿を一度も見かけたことがないのがささやかな自慢でした。私の厨房にネズミが出るなどということは言語道断です。弟子たちの怠慢です。ところが、数日前から、食材がかじりとられたり、なくなったりしていることがわかったのです。私は、清掃担当の責任者を皆の前で殴りつけました。そして、金属製のネズミ捕りをあちこちに設置するよう命じたのです。ネズミには、最近の駆除道具よりもあれが一番です。

この部屋の隅にも、一つ仕掛けておきましたが、声はその中から聞こえてきたのです。

私は、てっきりネズミがかかったのだと思い、ネズミ捕りに近づきました。

……ニグ……ジュ……ジュジュジュ……ギペ……

グァ……ニグ……ジュギ……ジュギジュギ……ペグァ……

ねばねばしたものがくっついたり離れたりする時のようなぶちゃっぷちゃっという音や甲殻類が箱の中を這《は》いまわる時のようながさごそいう音が混じっていました。ネズミとは思えません。

私は気味悪く感じながら、しゃがんでネズミ捕りを覗《のぞ》き込みました。

黒いものがそこに入っておりました。

最初、感じたのは、視覚よりも嗅覚ででした。

猛烈な悪臭でした。一言で言えば、大便の腐ったような臭いとでもいいましょうか。

もう少し詳しく言うと、よく新宿の歌舞伎町のあたりを昼間歩いていると、立ち小便と野糞《のぐそ》と嘔吐物《おうとぶつ》と生ゴミと男女の体液の臭いが入りまじり、夏の炎天下など脳味噌《のうみそ》を突き刺されるようなひどい臭気が漂っていることがありますが、あれを凝縮して、ぶちまけたようなものでした。

事実、私はその場で吐いてしまいました。あまりの猛臭の直撃に耐えられなくなったのです。昼間食べたターキー・サンドとコーヒーの混じった嘔吐物で、こともあろうにこの私自身が自室の床を汚してしまったのです。

続いて、脳の細胞がぷちんぷちんとはじけるような痛みを覚え、頭がくらくらとなりました。

弟子に命じてすぐに処分させよう、と思った時、ネズミ捕りの中のそれが動いたのです。

グァ……ニグ……ジュギ……ペグァ……

……ペグァ……ニグ……ジュギ……

大きさは二十センチぐらいでしょうか。球形をしています。色は真っ黒。ほら、イカ墨のパスタを食べたことありますか。あんな感じの、ねっとりとした黒さです。それに、数百本の触手がくっついています。イソギンチャクの触手に似ていますが、よく見ると、イカの吸盤のようなぶちぶちがびっしり付いています。そして、驚いたことにその何本もある触手の先端に、手がついているんですよ。いや、そうです。人間の手です。そこだけは急に肌色になって、ちゃんと五本、指がついていて、爪もあります。ただし、大きさは三センチぐらいの小さなもんですよ。それが、むすんでひらいて……みたいに握ったり開いたりしてるんです。先に赤ん坊みたいな手のついたそれらの触手がぬるぬる……ぬるぬる……蠢いているのです。

私は、あまりの気持ち悪さに再び吐きそうになりましたが、袖で口と鼻を覆うと、もう少し近づいてそれをもっとよく見ようとしました。怖いものみたさというやつでしょう。鉄の籠《かご》に入っているという安心感もありました。

黒い球体は、半透明のどろりとした液体にまみれていました。それが、この悪臭の根源かもしれない、と私は思いました。そして、悪臭とともに、何とも名状しがたい瘴気《しょうき》のようなものが立ちのぼっているようで、私の両膝はがくがくと震えました。

ニグ……ジュギ……

グ……ニグ……ニグ……ニグ……

球体の一部に穴があり、開いたり閉じたりしています。ナメクジが糞《ふん》を排泄《はいせつ》するのを見たことありますか。粘液にまみれた身体の一部がひくひくと開閉し、そこからぶちゅっと深緑色の糞が押し出されてくるのですが、ちょうどあんな感じの穴が、その生物にもあいているのです。開いた時、穴の中に米粒のような白いものがびっしりと入っているのが見えました。形は本当にごはん粒に似ていて、柔らかそうです。あ、もう一つ、似ているものがありました。蛆虫《うじむし》です。蠅《はえ》の幼虫にもその粒々はよく似ていました。しかも、その粒々は一つずつぴくぴくと動いていたのです。

そんな穴があちこちに開いていました。時々、そこから、血のような赤い液体が押し出されてきます。黄緑色の、鼻汁か痰《たん》のようなどろりとした液体も排泄されることがあります。その生物が分泌するそれらの液体のせいで、私の部屋の床に小さな粘液の池ができてしまいました。

私は、急に不快さがこみ上げてきて、ネズミ捕りを足先で蹴飛ばしました。中の生物は、「ペグァッ！」と鋭い声で鳴きました。私は戦慄を覚えて跳びのきました。

真っ黒な生物は、籠の中で裏返しになっていました。予想に反して、腹側は黄色の混じった灰色でした。縁日で生きた鰻《うなぎ》をご覧になったことありますよね。あれの腹側……黄色っぽいような灰色のようなところどころに青みのある……何とも気持ちの悪い色ですよね。あんな感じです。繊毛というんですか、細かい毛がいっぱい生えているんですが、じっと見ていると、イトミミズみたいににょろにょろ動いているんです。何だか口の中がむずむずしてきまして、また、吐き気がこみ上げてきましたが、ぐっと我慢しました。

繊毛の一部が、海老をね……そう、大きな大正エビです。今日、仕入れた飛びきり上等のやつ。それを抱え込んでいるんです。やっぱり食材がなくなっていたのはこいつの仕業だったわけです。それと……別の部分の繊毛が何かを巻き込んでいるんで、目を凝らしてみると……ゴキブリなんですね。まだ、触角をひくひくいわせてる大きなチャバネゴキブリ。それも二匹です。そいつは、ゴキブリでも何でも食っちゃうんですな。

裏側の周囲には、小さな切れ込みがたくさんついていまして、環状になってるんです。何だろな、と思いましたが、その時は気にもとめませんでした。

中央に、大きな穴がぱくぱく開閉しています。そこから、何とも汚らしい、人間の下痢便状の汚物が吐き出されているんです。その時、「ゲッ……ゲッ……」と声を立てるんです。

そして、その大きな穴の中一面にぎっしりと歯が生えてるんですね。凄かったですよ。鮫《さめ》の歯を小さくしたみたいな鋭い歯です。何万本と生えてました。奥のほうは赤くて、どこまでも続いているみたいで何だか引き込まれそうになりました。たとえがよくないかもしれませんが、女性のあの部分を連想しました。その穴の中にゴキブリの頭とか、ギザギザのついた脚だとかが散らばってるんです。

穴の一番奥……そこには何だかわけのわからないミミズみたいなものがいっぱい見えました。回虫だかゴカイだかサナダムシだかしりませんが、そういった長細い虫がやたらと棲《す》んでいるみたいなんです。

ニグ・ジュギペ・グァは……あ、これ私が名付けたんです。さっきも言ったでしょ。そう鳴くから。ほほほ……いいセンスしてるでしょ。ニグは、自分の力で元の向きに戻りました。垂れ流す粘液はどんどん床に溜《た》まってきて、机の下がべとべとになってしまったので、私は困り果てました。

その時、私の頭に名案が浮かんだのです。

この生き物を料理して、やつに食わせよう。

珍奇な食材……やつはそう言いました。これ以上の珍奇な食材はないでしょう。

ちょっとした悪戯心《いたずらごころ》でした。

優秀な料理人は、砂漠ではラクダを、アフリカではダチョウを使って、すばらしいフレンチを作ります。その時、身の回りにある食材をどう使うかでその料理人のセンスが試されるのです。人間は悪食です。タコやイカ、カタツムリ、ナメクジ、ナマコ、ゴカイ、ミミズ、蜂の子、イナゴ、ホヤ、サソリ……およそ口に入るものなら何でも食べてしまいます。目の前の生物は一見不気味に見えますが、なに、ホヤやカタツムリが食べられて、これが食べられないということはありません。

毒があったらどうするかって？　その時はその時です。レストランが潰れるか、自殺しようかという時ですよ。私は、気にしませんでした。それよりも、私の頭は、この臭くて気味悪い、汚らわしい生き物を、あの鼻持ちならない霧志摩雅之に食べさせるという素敵な思いつきで一杯になっていたのです。私を追い込んだあの男に対するこれは料理人としての精一杯の復讐《ふくしゅう》でした。もし、やつがそれを食べて、まずいと抜かしたら、調理場に招いて、やつがどんなものを食べたのかを見せて、腰を抜かさせてやろう……

そう思ったのです。

さっそく私は計画を実行に移しました。

まず、この生き物を殺さなければはじまりません。しかし、どうやったら死ぬのでしょう。できればいきなり熱湯でボイルするようなことは避けたかった。食材がどう変質してしまうかわからないからです。

私は、まず、水に浸《つ》けて、ニグ・ジュギペ・グァを殺すことにしました。

ゴム手袋をして、ネズミ捕りの上部にある金属の把手《とって》をつかんで、そっと持ち上げました。

すると、ニグは黒い触手のうちの何本かをすばやく檻《おり》の金属棒の間から伸ばして、私の手をつかんだのです。そう。つかんだのです、小さな小さな手で。

私は悲鳴をあげ、ネズミ捕りを取り落としました。

弟子が数人、私の声を聞きつけて、料理長室のドアを叩きました。

「何かありましたか」

「いや……何でもない。しばらく、この部屋には誰も入るんじゃないぞ」

私は、声に威厳を取り戻そうと努力しました。

それから、今度は細心の注意を払って、ネズミ捕りを先端に鉤《かぎ》のついた長い紐《ひも》で持ち上げると、部屋の隅にあるシンクに張った水に沈めてみました。そうすることによって悪臭は少しましになったようです。

しかし、水中でニグは元気に触手をひらめかしています。粘液で作るのか、時々、灰色の硬いあぶくを放出し、それがあっと言う間にシンクを一杯にしてしまいました。灰色の汚らしいあぶくは、シンクの縁からこぼれて、それ自体が独立した生物であるかのように、流しの側面をつたってゆっくり落ちていきます。

時間はあまりありません。私は、意を決しました。

私は、包丁を研ぐために使うフュジ・ド・キュイジーヌ——三十センチほどの細い鋼の芯に持ち手をつけたものですよ——を取り上げ、逆手に持つと、シンクの上から、底に沈んでいるニグを見下ろしました。私の中に残酷な優越感がむくむく湧きあがってきました。この生き物の生死を自分が握っているのだ、という気持ち……私がいつもオマールなどの生きた海産物を調理する前に抱く気持ちと同じものを、その生物に対しても持ったのです。

私のそんな気持ちを読み取ったかのように、黒い触手のゆらめきが一瞬停止しました。

私はそれに誘われるように、フュジ・ド・キュイジーヌを振りおろしました。棒やすりの先端は、ネズミ捕りの格子の間を通って、黒い生物の頭の中心に真《ま》っ直《す》ぐに吸い込まれていきました。

ずぶずぶずぶずぶ。

病的な肥満体の脂肪にメスを差し込んでいるような、不健康な、柔らかい手応えだけがありました。

そして。

ニグは、叫んだのです。

「ひぎゃあおおおおおっ」

それは……死刑囚の断末魔の叫びというか、霊草マンドラゴラが引き抜かれる時に発する悲鳴というか、とにかく凄《すさ》まじいものでした。同時に、私が穿《うが》った傷から、シンクの水面を突き抜けて、真っ黒な血（？）が天井近くまで噴水のように噴き上がりました。

その液体は、ショックのあまり床に座り込んでしまった私の頭上から降り注ぎ、私は、頭から衣服から下着まで、どろどろになりました。鼻が曲がりそうなほどの悪臭があたりを満たしました。私は息をすることができず、酸欠の金魚のように口をぱくぱく動かして、新鮮な空気を探しました。

「シェフ！　シェフ！　どうしたんですか」

また、扉を叩く音です。

「何でもない。来るなと言っただろう」

「しかし……霧志摩先生のお料理は……」

「もう少し待たせておけ。私が……やる」

私は、シンクの縁に手をかけて、必死の思いで立ち上がり、中を覗き込みました。水は、真っ黒に澱《よど》み、何も見えません。しかし、中で何かが動いているような様子もありません。

(死んだのだろうか……それとも……)

私はしばらく逡巡《しゅんじゅん》しましたが、勇気を奮い起こして、左手でフュジ・ド・キュイジーヌを持ち、右手を黒い水に突っ込みました。ねっとりした水は、いつのまにか寒天のようなゼラチン状に変質しており、私の手にひた、と吸いついてくるようです。硬い金属の感触が指先に伝わりました。ネズミ捕りでしょう。把手に指を引っかけて引き上げようとした時。

何かが私の手首に鞭《むち》のように巻きつきました。痛い。痛い。痛い。痛い。痛い。骨が砕けそうなほどです。

私は、蒼白《そうはく》になりながら、左手のやすりを何度も何度も水中に突っ込みました。ほとんど手応えはないのですが、かすかに「何かを突き刺している」という感触がありました。

何百回その動作を繰り返したでしょうか。途中で、手首に巻きついていた何かから力が抜け、ほどけてしまったあとも私はやすりを振りおろし続けました。全身に腐臭のする黒い血を浴びて、鬼のような形相で、やすりで水を刺しつづけている男。はたから見たら、狂人に見えたのではないでしょうか。

私はやっとその行為を中止し、手の甲で額の汗をぬぐいました。その時気づいたのですが、私の手首には太さ二センチ幅の赤黒い痣《あざ》がついていました。

私は思い切って、ネズミ捕りを一気に水中からざぶりと引き上げました。

ニグは、ぐったりとして、大きさも一まわりほど縮んだようにも見えます。触手もどれ一つとして動いてはいません。

（やっと……死にやがった……）

おそらくその時、私の顔には凶暴な笑みが浮かんでいたにちがいありません。

私は、ネズミ捕りの扉をひらき、シンクの横にある大きなまな板の上に、ニグの死骸を置きました。ニグは、死んだ生蛸《なまだこ》のようにぐにゃりとその身体を横たえました。私があけたあちこちの穴から、じくじくと汚らしい汁が流れだしています。それは例の黒い液体ではなく、黄色っぽく泡立ち、鼻につんとくる臭いまでも、まさに酒を飲みすぎた時の小便そっくりでした。

（これを……調理する……やつに食わせる……）

不意に笑いがこみ上げてきました。私も、長年にわたっていろいろな料理を作ってきましたが、このようなものを食材として扱うことがあるとは思ってもみませんでした。

しかし、私は、自分で自分の思いつきに満足していました。どのような料理になるかわかりませんが、清浄な水で気長に洗い、香辛料を多量に使ってよく煮込めば、臭いの点は何とかごまかせるだろう、と私は踏んでいました。何も知らずにこれを食べる霧志摩の顔を、私は陰からひそかに覗き見し、あざ笑ってやるつもりでした。

何しろ食材への知識が皆無なのですから、おそらくできあがる料理はかなりまずいものになるだろう、とは想像されましたが、ただのげてもの料理にはしたくありませんでした。料理人としての性《さが》とでも申しましょうか。それに、そのほうが霧志摩に対する悪戯として、より洒落《しゃれ》のきつい悪質なものになる、と私は思ったのです。

そろそろ体液が流出しきったのではないかと思った私は、ニグの身体をつかみ、おそるおそる裏返しました。さっきも見たとおり、外縁部には二、三センチの小さな切れ込みが環状に並んでいます。

この黒い肉が、内部までそうなのか、それとも皮の部分だけなのか知るには、まずは触手を切り取って、中をあけてみなければなりません。それには、裏側からのほうがやりやすいような気がしたのです。私は、クトー・ドフィス（ペティ・ナイフ）を、ニグの身体の中央にずぶりと突き立てました。

その瞬間、私は凍りつきました。

外周に並んだ切れ込みが、一斉にひらいたのです。目、だったんですね。ああ、思い出してもぞっとします。いや、嘘《うそ》じゃありません。黒い目玉があり、ちゃんと睫毛《まつげ》やまぶたもついていて、ぱちぱちと開け閉めされています。

私は、悲鳴を必死に喉もとで押し殺しました。また、弟子たちに押しかけられてはかなわんと思ったからです。

私は今でもその時のニグの目つきを忘れません。どう考えても、悪意を含んでいるとしか思えない、私を嘲るような目つき。

しかし、目にはすぐにミルクを沸かした時のような黄色く濁った膜が張り、みるみる生気が失われていきました。今度こそ、やっと死んだのでしょう。私は、ふうーっと大きなため息をつきました。

しかし、休んでいる暇はありません。このグロテスクな異塊を、人間が食べられる食材に変えなければならないのです。

よくあることなのだ、と私は自分自身に言い聞かせようとしました。ナマコやホヤやウニやタコを最初に食べた人はよほど勇気のある人間だとよくいわれますが、同感です。しかし、我々は今ではそれらの食材がいかに美味であるかを知っています。

しかし。

目の前の黒い生物を見ていると、

(これは……人間が食べてはいけないものではないか……)

という思いがこみ上げてきました。人間は悪食です。しかし……この生物だけは人間が食べることが許されていないのではないか……そんな気がしてなりませんでした。

私はそんな思いを振り払うと、気を取り直してナイフをつかみ、ずぶ、と切り裂きました。黒い皮のすぐ下は、水を入れたビニール袋のように、ぐにゃぐにゃで不定形の、半透明の黄緑色の層でした。日本料理で使うタコの卵（海藤花《かいとうげ》といいます）を私は連想しました。私は、その層も切り開きました。ぷちゅっという感触とともに、ミルク色の回虫のような長い虫を数百匹集めたかたまりのようなものが飛びだしてきて、私は思わずびくっと手を引っ込めましたが、どうやらそれは消化器官の一部のようでした。私はその塊を切除して、ゴミ箱に捨てました。続いて、胃だと思われる薄い黄色の袋が出てきました。切り開いてみると、中には糸のように細い茶褐色の髪の毛のようなものがぎっしりつまっていました。私はしばらくそれが何だかわからずに指先でひねくりまわしていたのですが、不意にその正体がわかった瞬間、私の全身に悪寒が走りました。

ゴキブリの触角だったのです。何千匹、何万匹というゴキブリの触角だけがその袋におさめられていたのです。これだけは消化しにくいのでしょうか。私は、私の店にゴキブリがいない理由がわかったような気がしました。

黄緑色の層とその下の内臓を取り去ってしまうと、その奥から、白い肉が現れました。

私は目を疑いました。それまでの、汚らしい部分が嘘のように、その肉は純白に近い色だったのです。

私は、その部分を取り出してみました。直径十センチにも満たない、小さな球状のかたまりを私は得ることができました。付着している汚物などをていねいに取り除き、何度も念入りに水洗いしました。ちっぽけな白い肉塊は、私の手のなかでまるで輝いているようにみえました。

私は、清めたまな板の上で、それを薄く削《そ》ぎ切りにしてみました。ナイフを入れると、ぷん、とほのかな芳香が立ちのぼります。清潔な布で水分をとったあと、八片の削ぎ身を私はバットの上に並べました。

完璧な食材ではありませんか。

船型をした純白の肉片からは、ニグを見た瞬間からつきまとっていた汚らわしく忌まわしい雰囲気は微塵《みじん》も感じられません。思わずこのまま生で食べてしまいたくなるような、食欲をそそる清冽《せいれつ》な気品に満ちていました。しかし、その清々《すがすが》しさの底の底から、一種の邪視というか、皮肉な視線のようなものを感じたのは、今から考えるとあながち気のせいでもなかったようです。

あとは、フレンチ・シェフとしての長いキャリアがものをいいました。ここからはアドリブです、手際と直感が全てです。私は、いかにも壊れやすそうな八つの肉片に白ワインと少量のレモン汁をふりかけ、手早く着替えると、料理長室を出て、主厨房に向かいました。

弟子たちは皆、待ちきれないという顔で私に駆け寄りました。一人が私の捧《ささ》げ持っているバットの中の肉について質問しようと口を開きましたが、私はこういって彼を黙らせました。

「ノン！　今は、ものをたずねる時ではない。創る時なのだ」

私は、シェフ・ソーシエ（ソース担当のシェフ）に命じてキウイソースを作らせ、自身はニグの肉に塩、胡椒《こしょう》、小麦粉をまぶし、大量のバターと少しの油で、一瞬、ほんの一瞬だけムニエルにしました。この技法は私にしかできないものです。素材はほとんど生のまま、しかも完全に火が通っていないといけません。温めることによって素材の細胞の一つひとつが活性化し、うまみが引き出されるのです。その際、凡庸なシェフだと小麦粉臭さが残っているものですが、もちろん私はそんな失敗をしません。

香辛料を加える、自慢のフォンで煮込む、チーズを使う……いろいろ考えてみたのですが、結局は、雪のように白いその肉片の美しさを残すために、私はあえて手を加えることをやめました。

大皿に焼きあがった肉を並べ、四分の一が隠れるぐらいにキウイソースをかけまわします。白と緑。色の調和は見事で、私は付け合わせを置くこともやめてしまいました。どんなに気を配っても、この美に水をさすことになることは必定だったからです。

すぐに運ぶように指示しましたが、私は、この料理がどのような味であるか味見をしてみたい欲求に駆られました。もちろん、ソースの味見はしたけれど、肉そのものを口にはしていなかったからです。

少し考えて断念しました。私の頭には、ニグの全景や、はじめて見た時のあの悪臭、不気味な動きなどがこびりついて離れなかったからです。

私は、料理が厨房から運ばれていくのを見ながら、心のなかで哄笑《こうしょう》しました。あのぐちゃぐちゃで気持ちの悪い、ゴキブリを食べて育つ生物を、高慢な美味評論家に食べさせようというのです。これ以上の皮肉な悪戯があるでしょうか。ほほ……その気持ちが顔に出ていたものか、何人かの弟子が私の顔を怪訝《けげん》そうに見つめていました。

私はひそかに食堂の様子をうかがいにいきました。

さんざん待たされて不快の頂点にあったらしい霧志摩は、料理を運んできたボーイに当たり散らしたあと、料理を一目見て顔をしかめ、横を向きました。やつはしばらく横目で皿をにらみつけていましたが、どうせまずいだろうが一口食ってやるか、というような表情で、フォークの先で皿の縁をひっかけて引き寄せると、不愉快そうに肉にナイフを入れ、一片をフォークで口に運ぼうとしました。

その瞬間、私はふと我にかえりました。

私はとんでもないことをしでかしてしまったのではないだろうか。節には反するが、霧志摩には袖の下を包んで帰ってもらうこともできたはずだ。私は、一時の興奮とプライドのために、料理人として、人間として絶対にしてはならないことをしてしまったのではないか……。

私は、いても立ってもいられなくなり、

「やめろ。食べないでくれ」

そう叫ぼうとしました。

しかし、やつはもう肉を口の中に入れ、咀嚼しています。

やつの口の動きがとまりました。

吐き出すか。皿を引っ繰り返すか。

私は固唾《かたず》を飲んでやつの行動を見守りました。

霧志摩は、皿に正面から向き直り、居住まいを正すと、憑《つ》かれたような、ぎらぎらとした目つきで料理をにらみ据えました。そして、残りの肉片を、ナイフで切りもせずに、口の中に続けざまに放り込みました。そして、あっと言う間に飲み込んでしまうと、ナイフとフォークをテーブルの上にがちゃんと投げ出し、口にソースがべったりと付着しているのもかまわず、大声を出しました。

「シェフを……総料理長を呼べ！」

雷鳴のような声でした。私は、その声につられて、彼の前にふらふらと出ていってしまいました。

霧志摩は、私の手を握ると、予想外の言葉を吐きました。

「凄い……凄まじい……信じられない料理だ……」

私は、彼の真剣すぎる表情に押されて、

「お、お気にめしましたか……」

「気に入ったなんてものじゃない。これは世界一の美味だ。長い間、世界中の三つ星レストランを食べ歩いているが、こんな料理にははじめて出会った。あんたは天才だ！」

「そ、それは……どうも……」

「この肉は何だ。魚でもない、鳥でも、獣でもない……。貝か……いや……」

「これは、ニグ・ジュギペ・グァでございます」

「ニグ……？　何だ、それは」

「一種の……海産物ですが、非常に珍しく、貴重な、高価なものでございます」

「そうだろうな。この私が知らんのだからな……」

彼は、そうやってしゃべっている間もずっと私の手を握りしめて放しませんでした。

私は、勝ち誇った気分でした。この馬鹿な評論家は、ゴキブリを食らう、汚らしい生き物の肉を世界一の美味だといって喜んで食べたのです。私の料理人としての腕が、彼を屈伏させたのです。

「デザートには何をお持ちいたしましょうか。当店自慢の……」

「いらん！」

霧志摩は叫びました。

「この……ニグとかいうやつをもっと食いたいんだ。もう一皿、作ってくれ」

「残念ながらお客様、もう材料がございません。何分、たいへんに貴重で……」

「そんな……」

霧志摩は打ちひしがれた表情になりました。

「悪かった。私の態度が気に入らんのだろう。そうだろうな。謝る。非礼は全て詫《わ》びるから、この料理を食べさせてくれ。頼む」

「そう申されましても……」

霧志摩は、いきなりその場に土下座しました。両目からは涙がこぼれています。

「私を許してくれ！　私は、ちょっと名前が通っているのをよいことに、あちこちの料理人たちをののしり、馬鹿にしてきた。私は、悪人だった！　今日かぎりそんなことはやめる。私は悔い改める。だから……この料理を……」

彼の叫ぶような声は、レストラン中に響きわたっております。

「お客様……嘘ではございません。もし、ここに食材があれば喜んでもう一皿お作りしたいのですが……」

「そうか……ないのか……そうか……」

霧志摩は、床を向いてじっとしておりましたが、突然、顔を上げ、

「他のレストランで、この料理が食べられるところを知らんか。そこへ行って……」

「それはまず無理かと存じます。何しろ貴重な食材のうえ、料理法はきわめてむずかしく、世界中をみてもニグの調理をこなせるのは私一人かと」

言いながら、私の腹は波うっており、それを隠すのに必死でした。

「では、次、いつ入荷する。それぐらい教えてほしい。このとおりだ」

懇願する霧志摩に私は冷たく言い放ちました。

「これはヴァレンタイン・ディナーでございます。幸福を求めてこのホテルに来られる皆様に、口福をお授けしようということで、採算度外視で行っているのです。ニグの料理は下ごしらえだけでも何週間もかかり、とても通常営業の中ではお出しいたしかねます。お作りできるのは、今から一年後……来年のヴァレンタインの日でございますね」

「じゃあ、来年にはまた食べられるんだな、あの料理が！」

「そ、そうですね……」

「その日のディナーを今から予約しておく。よろしくお願いする」

この料理のことは絶対に記事にするなと念を押すと、やつは、

「私の食べる分が減るようなことはしないよ」

と言って、何度も深々と頭を下げ、帰っていきました。

私は、弟子たちとともに厨房で大爆笑しましたが、私の笑いの真の意味は彼らにはわからなかったでしょう。

私は、料理界の糞虫をまんまと撃退したうれしさでその晩はひとりで祝杯をあげ、そのあとはニグのことはすっかり忘れておりました。

しかし、それではことはおさまりませんでした。

霧志摩とは記事にしない約束をしてあったので安心していたのですが、彼が親しい友人数人にしゃべったらしく、そこから口コミで広がったのでしょうか、たちまち問い合わせの電話が殺到しました。私は、あの料理は一年に一度、ヴァレンタインの日にしか出さないのだ、といって全てを断らせましたが、中にはどうしてもすぐに食べさせろとがんばり、拒絶するとののしり声をあげて店の対応を非難して電話を切った者もいるとか。美食というものが人間を狂わせるとよく言いますが、その好例を見た思いでした。

しばらく放置しておけば騒動も沈静化するだろうし、霧志摩の予約分は適当に言い繕って断ろうと思っていたのですが、翌年のヴァレンタイン・デーが近づくにつれて、どこで聞いてきたのか予約が入りだしました。どれも、特別料理目当ての客ばかりです。しかも、霧志摩からは十数回にわたって予約確認の電話があったそうです。結局、ヴァレンタインの予約は半年以上前にいっぱいになりました。霧志摩を除くと、ほとんどがカップルです。

私は、自分がやった悪戯がとんでもない結果を生んでしまったことを痛感しました。特別料理を出そうにも、材料がないのです。あれ以来、ずっとネズミ捕りを仕掛けっぱなしにしてあるのですが、ニグは捕まりません。私は、あの日のことは夢だったのではないか、とすら思いはじめました。

霧志摩から真剣そのものの口調で予約確認の電話が入るたびに、私は追い詰められた気分になりました。いっそのこと、あの食材の正体が何なのか告白してしまおうかとも思いました。しかし、それはできませんでした。苛立《いらだ》ちから弟子にもやつあたりする日々が続きましたが、彼らには私が何に悩んでいるのか想像もつかなかったようです。

ヴァレンタインまであと一カ月と迫ったある日のこと。その日、ワイン通の客の予約が入っていることを知った私は、自ら料理に添えるワインを選ぼうと、エコノマから階段をおりて半地下になっているワイン庫に足を踏み入れました。

久しぶりに入るワイン庫は黴臭い臭いで一杯でした。呼吸するたびに、黴が肺の中に入るような気がして、私は胸がむかついてきました。

お目当てのワインを探している時、私は、ふっとどこかで嗅いだような臭いがすることに気づきました。

糞便の臭いを凝縮したようなその悪臭……私の顔は思わず知らずほころんでいたにちがいありません。

ニ……グ……ニグ……ニグ……

ペグァ……ニグペ……グァ……

懐かしい鳴き声も聞こえてきたではありませんか。

私は狭いワイン庫の中を走りだしました。どこだ……どこにいる……。私は目をきょろつかせました。

いた！　ついに見つけました。あの、真っ黒な、全身を粘液にまみれさせた、触手だらけの姿が。

何と、ニグは、ワイン庫の一番奥の壁から、身体を半分乗り出したような状態でした。つまり……信じがたいことですが、ニグは壁を通過しているところだったのです。薄暗い中、よく見ると、壁の合わせ目のあたりが少し朦朧《もうろう》としていて、霞《かすみ》がかかったようになっています。

そうです。こんなことを申しあげてもお信じにはならないと思いますが、私はその時、確信しました。ニグは異次元の生物だったのです。ワイン庫の壁の一部がどういうわけか異次元とつながってしまっており、そこからこちら側の世界に入り込んできていたのです。

私は、そっと近づくと、ニグに飛び掛かりました。捕まえた！　と思ったのもつかのま。ニグは私の気配を察知して、すぐに壁の中に引っ込んでしまいました。私の手には、黒い触手の切れ端だけが残りました。それは、ぴくぴくといつまでも蠢いていました。ニグはたしかにこの中に消え失《う》せたのです。それはただの壁で、穴もあいていません。ニグが消えた壁を触ってみましたが、それはただの壁で、穴もあいていません。

私は心底から落胆しました。もう少しで食材を入手できるところだったのに……。しゃがみこんだ私の目に入ったのは、ばらばらになったゴキブリでした。今の今までニグはこの虫を食べていたにちがいありません。

その日から私のゴキブリ集めがはじまりました。

弟子たちに命じて、自宅でゴキブリを捕らえさせ、それを生きたまま持ってこさせるのです。夜間、野外で採集したり、ゴキブリの好きそうなビールの飲み残しをわざと厨房内に放置して、集まったところを捕獲したりもしました。

弟子たちは、あれほどゴキブリを嫌っていた私の変貌ぶりに最初は戸惑っていたようですが、私の指示は絶対です。彼らも熱心になってくれて、たちまち数百匹の生きたゴキブリが集まりました。メスからは卵鞘《らんしょう》を集め、広口瓶に入れて人工孵化《ふか》も試みました。小さな小さなゴキブリが生まれ、ビンの中を走り回りました。

私は、数十個のネズミ捕りをワイン庫に仕掛けたあと、私以外のそこへの出入りを禁止しました。餌はもちろん、ビニール袋に入れた生きたゴキブリです。

効果は覿面《てきめん》でした。数日のうちに、四匹のニグがネズミ捕りにかかりました。私は小躍りして喜びましたが、問題は、それらのニグを生きたまま保管しておく方法です。弟子にも誰にも見られてはなりません。

私は、突貫工事で、料理長室の奥に部屋を設けさせ、中に、頑丈な蓋のついた大きな水槽と下ごしらえができる程度の調理場を造らせました。そして、その部屋へは料理長室からしか行けないようにしたのです。もちろん強力な換気扇を取り付けることを忘れませんでした。

私は、水槽に水をはり、その中に四匹のニグを入れました。そして、日に数度、生きたゴキブリを与えることによって、彼らを飼育することに成功したのです。仕事を終えて、自室に入り、水槽の中で、黒い触手を海草のようにひらひらさせている生物をながめていると、私は一日の疲れも忘れる気持ちになりました。あれほど忌み嫌っていたのに、ほほほ……人間変われば変わるものです。

その後、三匹のニグを追加することができ、何とかその年はヴァレンタイン特別料理を人数分そろえることができました。下ごしらえは鍵を掛けた部屋の中で私一人で行い、それを調理場に運んで弟子たちに調理させるのです。

霧志摩も一年待った甲斐《かい》があったといって再び私の料理を絶賛してくれました。他のカップルたちも口々においしいおいしいを連発して満足して帰っていきました。

私は、霧志摩の喉に、何か小さな嚢《ふくろ》状《じよう》のできものができているのに気づきました。

皮膚病か何かだとその時は思ったのです。

やっとヴァレンタインは終わりましたが、問題は次の年です。ネズミ捕りを仕掛けるというような原始的な方法では、それほど大量の捕獲はのぞめません。ニグの繁殖方法はわかりませんでしたが、交尾して増えるにしろ、単性生殖にしろ、水槽の中で飼っているうちに子供を産まないだろうかと期待していたのですが、そんな様子はありませんでした。

次の年のヴァレンタインには、二匹減って、五匹のニグしか入手できませんでした。しかたなく、一皿の分量を減らしたのですが、客は皆、不満を言うこともなく、美食の幸福に満ち足りた表情で帰途についてくれました。

私が気になったのは、その年に来た客のうち、前年も来た数組のカップルの喉に、霧志摩の喉にできていたのと同じ嚢状の異物があったことでした。そして、一年ぶりに見る霧志摩の喉のそれは、前の年よりも遥《はる》かに大きくなり、まるで七面鳥の首の袋のように垂れ下がるまでになっていました。霧志摩は食事が終わると、私の手を握って涙を流し、一年に一度、ここで食べるこの料理だけを生き甲斐にして生きている、と言いました。

私は、何とかニグを繁殖させることはできないものかといろいろやってみましたが、かんばしい結果は得られませんでした。

その次の年、つまり、三年前ですが、ネズミ捕りにかかったニグはたったの三匹でした。向こうの世界にいるニグたちが、私の意図に気づいて警戒するようになったのか、それとも単に乱獲（?）で絶対数が減ってしまったのか……。おかげでその年は、一皿の分量はいっそう少なくなりましたが、客は文句も言わず、うまそうに料理を食べていました。私は、幸福に酔ったようになっている彼らに、下ごしらえ前のニグの本体を突きつけて、

「おまえたちが今食べているのはこれだ。このどす黒い、臭い、おぞましい怪物なんだ」

そう叫びたい衝動にかられましたが、もちろん実行はしません。どうやら、一部の金持ちの坊ちゃん嬢ちゃんの間でこのヴァレンタイン料理が評判になっているらしく、どれだけ金がかかってもかまわないから予約させてくれ、という電話がかかってくるようになりました。何でも「食べると幸福になれる」とかいう噂になっているらしく、彼女に、どうしても食べてみたいとせがまれるんでしょうな。馬鹿なやつら。ほほほ。でも、私の料理を食べている時の彼らの顔は本当に幸福そうではありますが。

この年も、前に来た客の喉には、例の異形の肉袋が垂れ下がっており、中にはそれをスカーフで隠しているカップルもおりました。一番大きく成長した肉塊をぶらさげているのが霧志摩であることは言うに及びません。

年々減っていくニグの捕獲数に、私はこの先どうなるのかと気が気ではありませんでした。このまま、一匹もとれなくなったらどうしよう。その頃の私は、一年に一度、グルメ垂涎《すいぜん》の料理を作る料理人という評判になっており、それならば日頃作る料理もうまかろうということで、店の評判も上々になり、オーナーもイタリアン・レストランへの変更の話をぷっつり口にしなくなりました。ですから、ニグの料理ができなくなることはたいへんな痛手でした。

しかし、次の年……去年ですね、気づいたことがあるのです。

ヴァレンタインの当日、霧志摩が、例年のように私の手を握って、涙ながらに料理のうまさを私に語ってくれた時のことです。

臭いのです。息が。

それも、ただの臭さではありません。

ニグの下ごしらえを毎年続けている私にしかわからない臭い……。そうです、彼の口から漏れてくるのは、明らかにあの、糞尿や生ゴミや嘔吐物の臭いを混ぜ合わせたようなおなじみの臭気だったのです。そして、その臭気は、最初見た時から比べると、見違えるように肥大した彼の喉の肉嚢がしゅるしゅると収縮する時に発せられているのでした。注意深く観察すると、陰嚢に酷似したその袋の、下部の丸い二つの膨らみは、もぞ……もぞ……と蠢いています。

もう、まちがいありません。この嚢の中でニグの子供が育っているのです。ニグの料理を食べた者の喉にできる嚢は、ニグの卵嚢であり子宮であったわけです。

私は、安堵《あんど》しました。涙が出るほどうれしかったです。これで、新しい新鮮なニグをいつでも入手する道が開けたことになります。同時に、私は霧志摩の喉の袋が何ともいとおしくなりました。頰ずりしたくなるほどでした。そこで、ニグの子供たちが育っていると思うと、何とも言えないわくわくした気分になりました。

私は、たくさんのかたにニグの料理を味わっていただき、幸福になっていただきたい。そのために、もっともっとたくさんのニグを育てたい。これが私の使命だと考えております。

◇

藤川シェフの話は終わった。

本当の話か……それとも悪い冗談か。

私には判別つかなかった。

聞いていて私は、胃のあたりがぞくぞくするような感覚に襲われた。そこには、彼の言うニグ・ジュギペ・グァの肉がおさまっているのだ。しかし、私はそれを吐きだしたいとか病院へ行こうとかそんな気にはならなかった。口のあたりには、さっき食べたばかりのニグ料理の至福の味がまだ残っている。そんなもったいないことはできない。何より、私は……幸せだった。

その時、ノックの音がした。

「シェフ、霧志摩先生がご挨拶に来られましたが」

「ああ、お通しして」

「他にも、シェフに会いたいとおっしゃるお客様が数組ございますが」

「はじめての方かね、おなじみさまかね」

「毎年、お越しになる方々です」

「一緒にお連れしなさい」

しばらくすると、霧志摩を先頭に七人の男女が入ってきた。年齢はまちまちだったが、共通する点が一つだけあった。喉にぶらさがっている肉塊である。

霧志摩は、藤川シェフの手を握ると、

「今年も口福を味わわせていただいた。礼を申します」

「ノン、私の手柄ではありません。素材が全てなのです」

「いつまでもこの料理を食べていたいのですが、そろそろ困難になってきたようです……それというのも……」

何か茶褐色のものが床を横切るのが私の視界の端に入った。

ゴキブリだ。

と。

霧志摩の表情が、強い風圧を顔に受けたようにいびつに歪んだ。

彼は倒れ伏すような感じでその場にしゃがみこんだ。

その口の端から、何か黒い、ぴくぴく動くものが顔をのぞかせた。それは……触手だった。先端に小さな手がついている。手は、カメレオンの舌のようにゴキブリに向かってすばやく伸び、茶色い昆虫の胴体をしっかりとつかむと、再び霧志摩の口の中に引っ込んだ。彼はもぐもぐと口を動かし、ごくんと飲み込んだ。

「カエッテ……キタヨ……」

霧志摩は言った。その声は、霧志摩のものとは思えないほど甲高かった。

「え?」

シェフは怪訝そうに霧志摩の顔を見た。

「パパ……」

と霧志摩は言った。

「カエッテ……キタヨ……」

その言葉に誘われたかのように、彼の後ろに並ぶ男女も、一斉に口をひらいた。

「パパ……カエッテキタヨ……」

霧志摩の喉袋から何かが口のほうへ上昇していくのがわかった。彼の口から数十本の真っ黒い触手がぶわ、と飛びだし、さながらイソギンチャクのようになった。彼の頭部のあちこちから皮膚を突き破ってちっちゃな手のついた触手が出現した。私はできの悪いアニメーションを見ているような思いだった。

次の瞬間、霧志摩の頭部は細かい肉片となって飛び散った。そして、今まで彼の頭があった部分には……数百本の触手を蠢かせた、黒く、ぬめぬめした球形の生物が鎮座していた。それも二匹。

「おお……」

藤川シェフは呻いた。感嘆の呻きだった。

「二匹も……おお……」

時を同じくして、残りの六人の男女の頭部も、次々と破裂した。頭を失った彼らの肩の上には、例外なくニグ・ジュギペ・グァが乗っていた。

「よく帰ってきてくれた……私の……子供たち……」

藤川シェフはにっこり笑うと、彼らに向かって両手をひろげた。

「パパ……」

「パパ！」

「パ……パ……ゴキ……ブリ……チョウダイ……」

人間の肩に乗った異形の生物たちは、口々にそう言った。

私は悲鳴を上げた。上げつづけた。

しばらくすると、私の絶叫を聞きつけたのか数人のコックたちが走り込んできたが、彼らも料理長室の惨状を目の当たりにして呆然《ぼうぜん》として立ち尽くしていた。

◇

そんなことがあって、「オールド・ガストロノミ」は店を閉めた。藤川シェフの行方は杳《よう》として知れなかった。事件はホテル側によって揉《も》み消されたらしく、新聞にはフランス料理店で事故があり、客七名が死亡したという小さな記事が載っただけにとどまった。事故の内容には一切触れられていなかった。

私は、もう二度と味わうことができなくなってしまった幻のヴァレンタイン特別料理に思いをはせて、意味のないことと知りつつも、今年の二月十四日――つまり、今日、五年ぶりにこのホテルへと足を運んでみたのだ。店は「オルランド」という、流行のイタリア料理店に変わってしまっており、カンツォーネが流れ、若いカップルがパスタやピザを健康的に頬張っている明るい店内には、あの妖しい雰囲気は微塵もない。

私は、一人のボーイを呼び寄せ、メニューを要求した。やけに年をとった、無表情なボーイだった。

「このヴァレンタイン特別料理というのは何かな」

　私がたずねると、老ボーイは淡々と応えた。

「豚肉のペペロナータ・ソースでございます」

　予想しえたことではあったが、私は失望し、イカ墨のパスタと適当なイタリアン・ワインを持ってくるように言った。

　すると、老ボーイはにやりと笑った。

「失礼ですが、お客様がご注文なさるのは、別の特別料理ではございませんか」

　その表情……私は驚いた。顔だちはまるで似ていないのに、そのにやりとした笑顔は、藤川シェフそっくりだったからだ。

　私は唾を飲み込んだ。

「その……特別料理をくれ……」

「かしこまりました」

　一礼して去ろうとするボーイを私は呼び止めた。

「あ、待って……何だかものものしいけれど、誰かＶＩＰでも来るのかい」

　ボーイはうなずくと、私の耳に口を近づけて、この国の政治の最高責任者の名前を言った。今、この国は国内外に憂慮すべき問題を抱えており、その人物は非難の矢面に立たされている最中であった。

「もちろん……」

とボーイは再びにやりと笑い、

「あなたと同じ、特別料理をご賞味いただくつもりでございます。何しろ、あの方は今、一番『幸福』を願っておられるでしょうし、私どもの使命はお客様に幸福になっていただくことでございますから。ほほほ……」

ボーイはまた、もとの無表情に戻ると、ゆっくりと調理場に引き返していった。その顔は、藤川シェフと似たところはかけらもなかった。

だが、そんなことはどうでもいい。私はあの料理さえ食べられればそれで幸福なのだ。ふと気づいてあたりを見回すと、強い照明の下で陽気に笑いさんざめく男女の中にも、私の同類がかなり混じっているようだ。

私は自分の喉に垂れ下がった、よく育った肉嚢をそっと撫《な》でた。

何かが口の端から飛び出したので、ぶつっと前歯で噛み切ると、黒い紐状のものがテーブルに落ちた。ぴくぴくとミミズのように動くその先端には、かわいらしい小さな手があった。

時代食堂の特別料理

清水義範

1

その食堂はうらぶれた小さな商店街の、そのまたひとつ裏道に面してあって、そのあたりにはもう商店もほとんどなく、工場の塀だとか崩れそうなボロアパートの間にひっそりと開店しているのだった。

開店しているといっても知らない人なら必ず見すごすに違いないささやかな営業である。看板もないし、暖簾《のれん》がかかっているわけでもない。ただ足を止めてよく見れば、色のあせたカーテンが見透かされるガラスのはまったドアの横に、普通の家の表札よりは一まわり大きい板きれが掛けられていて、そこに墨で「時代食堂」と書いてあるのだった。

昭和二十三年生まれの福永信行は、その食堂のどことなく秘密めいた、なんだか入るのがうしろめたいようなところを、比較的好んでいた。これに似た気分はいつか過去に味わったことがあるな、という気がするのである。子供の頃、百円札を一枚か二枚握りしめて近所のはやらない床屋へ行った時の気分に似ているのかもしれない。

彼が初めてこの食堂へ入ったのは、三週間ほど前のことだった。休日といってもはしゃぎまわる子供たちの相手をするのはなかなかに骨で、ちょっとそこから逃れて一人で散歩に出たのだった。陽《ひ》ざしの柔らかさに誘われるようにいつもは通ったことのない裏道をたどり、ふと目にしたのがこの食堂の小さな表札風の看板であった。いかにもはやらなさそうな店だな、という気もしたのだが、腹が減りかけていたこともあって、何気なく入ってみたのである。

それ以来、その食堂へ来るのは今日で四度目であった。休みの日になると、つい足がそちらへ向ってしまうのである。その食堂の特別料理を食べることは彼の秘《ひそ》かな楽しみになっていた。

ガラスのはまったドアを押して中に入ると、店内は薄暗い。照明が白熱電球なので、どことなく家庭的な薄暗さである。

黒光りする木製の床と、素焼きタイルの壁はどことなく未開発国のレストランへまぎれこんだような気分にさせる。テーブルは木製のものが五個あるだけの、小さな店である。

食堂へ入ると奥から、顔を覚えたウエイターが出てくる。客が席につくのを見守ってから、必ず彼はこう言う。

「いらっしゃいませ」

福永信行はウエイターにほほ笑みかけ、小さく頭を下げた。そのウエイターは、ひょっとしたら頭のネジがどれか一本欠けているんじゃないだろうか、と邪推してしまうほど、純粋な笑顔をいつも絶やさないのだった。

「特別料理でよろしいですね」

ウエイターはそう言い、信行はうなずいた。

その時間、彼以外に客はいなかった。

ウエイターがひっこむと、入れ替るようにコックが姿を見せて客に頭を下げる。これもいつものことだった。客が誰であるのかを見て、その人物に合わせた料理を作る、ということであるらしい。

コックは白衣を着て、白い帽子をかぶっている。その上、頭髪も、鼻の下にたくわえたひげも、見事に真っ白である。鼻の頭がやや赤らんでいるのが、かえって調和がとれて見えた。

いつも同じなのだが、コックは客に一礼すると厨房《ちゅうぼう》のあるらしい奥へまたひっこむ。一言も口をきかないのだが、何か素晴しい料理が食べられそうだと客の期待をかきたてる独特のムードを持ったコックであった。

「時代食堂」では客を長く待たせるということがなかった。今日の特別料理は何だろうと胸をときめかせて待つことほんの二、三分で、ウエイターはそれを盆に乗せて運んでくるのである。

信行のための特別料理を、笑顔を絶やさないウエイターが運んできて、テーブルの上に置いた。

「どうぞ、めしあがって下さい」

信行は白い皿に乗ったその日の料理を見た。

今日のは、料理とは言えないな、と彼は思った。皿の上に無造作に乗っていたのは、小ぶりの青い蜜柑《みかん》だったのである。

軽く一礼するとウエイターはひっこんだ。福永信行はその蜜柑を息をひそめるようにして見つめた。

艶のある肌をした、形のいい蜜柑だった。へたの部分が一番緑が濃く、まるくふくらんだ胴のあたりになるとそれがやや浅くなる。尻のあたりではほんの僅か、黄色も感じられた。

早生《わせ》蜜柑だが、と思いつつ、彼にはまだそれが自分をどこへつれていってくれるのか想像がつかなかった。彼はその蜜柑を取りあげた。掌にピタリとなじみ、心もちひんやりとしたその肌の感触は心地よかった。

それが彼の習慣だったので、尻の方から皮をむこうと、その浅黄色の小さなくぼみに爪をたてた。

目に見えない微細な香りの飛沫が散って、信行の鼻に秋の匂いを届けた。それは何年も前の、まだ折り目正しい秋の匂いだった。

蜜柑の皮は薄く、それでいてきれいにむけた。黄色い果汁を半ば透かせた袋は大きさも揃《そろ》って水気たっぷりという印象に並び、白い繊維がひかえめに袋にまつわりついていた。ていねいにその繊維を取ってから、信行はその一袋をつまみ、口の中に入れた。

口の中に、甘酸っぱい果汁が広がった。甘いだけでも、酸っぱいだけでもない、柑橘《かんきつ》類《るい》に特有の、神経組織の末端をくすぐるようなあの軽い刺激がピリリと全身にしみわたって、彼は思わず眉間に皺《しわ》を寄せた。

その蜜柑は、ここ何年というもの、すっかり忘れていたような野生の味をしていた。

ふいに、活気にあふれた行進曲が、性能の悪いラッパ型のスピーカーから流れてきて彼の耳に届いた。

信行はうきうきしていた。彼は蜜柑を持っていない左の手に、しっかりと新品の鉛筆を握りしめていた。

校庭のトラックをぐるりと囲んで設けられた観客席の一角に、彼と彼の弟と、着物を着た母親とがいた。いつもは渡り廊下にあるすのこが校庭に並べられ、そこにむしろを敷いてすわり込んでいるのだ。

むしろの上に、新聞紙が広げられ、いなりずしを包んだ竹の皮が広げられていた。アルミの水筒にはぬるくなったお茶があり、竹の皮の横には青い蜜柑がまだあと三つもある。

周囲には同じような母と子が、何組もすわりこんでいた。どの顔も、幸せそうに笑っている。

信行が握りしめている鉛筆は、徒競走で二等になって賞品にもらったものだった。

「でも、最後によく一人抜いたねえ」

母がほめてくれるようにそう言った。

「その前にも一度抜けそうだったんだ。でも曲る時ちょっと大まわりしちゃってさ」

小学二年生の信行は興奮を抑えきれない口調でそう言った。

だが彼の興奮は、徒競走で二等になったことだけが原因ではなかった。学校の校庭で、母と一緒にお弁当を食べる、というそのことだけでもう、じっとしていられないほど楽しいのである。運動会で一番いいところは、そのことだと彼は思っていた。

信行の弟は中にごはんがぱんぱんにつめられて丸々と太ったいなりずしを食べている。口の横にごはんつぶがついていたのを、母が指でとって自分の口へ持っていった。

「あそこでうまく曲ってりゃ、最後にはもう一人抜いて一等になれたんだけどな」

「二等でも立派なもんだよ。一年の時は四等だったんだから」

信行は力強くうなずいて、蜜柑の袋を口の中に入れた。口の中に秋が広がった。

万国旗が風になびいていた。スピーカーから流れていた曲が終ったが、すぐまた、ほとんど区別のつかない同じような行進曲が始まった。

体操服を着た先生が、消えかかったトラックの線を石灰の粉で引き直している。石灰の線を引く小さな車輪のついた箱のようなものを、一度でいいから押してみたいな、というのは信行の夢のひとつだった。

音楽が突然とだえ、よく知ってる森先生の声が流れた。

「備品係の馬場先生。本部テントまで来て下さい」

そしてまた、行進曲は再開された。

信行の弟が尊敬のまなざしで兄を見て言った。

「二等になると鉛筆もらえるもん。ぼくも来年一年生になったら二等になる」

「バカ。一等だったら帳面もらえるんだぞ。二十円はするやつ」

「ぼく帳面より鉛筆の方がいいもん」

「へえ。だからわざと二等になるのか。そんな都合のいいふうにいくかよ」

「いくもん」

「何でもいいから三等までに入ればいいんだよ。そうすりゃ何かもらえるんだ」

「ぼく、二等がいいもん」

弟は、信行の成績を高く評価している、と本当はそのことが言いたかったのだ。だが信行にはそれがよくわからなかった。

「何でもいいんだよ。一生懸命走ったんだから」

着物の母はそう言った。信行は母の着物姿が好きだった。それを着ていると、いつもより母が立派に見えるからだ。

蜜柑は声援で乾いた喉を快く潤した。信行はその最後の袋を口の方へ持っていった。

「来年の運動会も母ちゃん来るよねえ」

「バカだねえ。今、その運動会の最中なのにもう来年のこと考えてるの」

「うん。運動会好きだもん」

校庭で、母と一緒に弁当が食べられるからだ。それから、蜜柑も。

「来年はぼくも走るもん」

弟がそう言った。信行は蜜柑の袋を口の中に入れた。

スピーカーから流れる行進曲。

乾いた風の匂い。

抜けるように青い空。

福永信行は蜜柑の袋を口から出し、それをむき広げた皮の中へ捨てた。

白い皿の上に、残骸となった青い蜜柑が乗っている。そこは、「時代食堂」の中だった。

ふと気がつくと、テーブルの近くにあの微笑を絶やさぬウエイターが立っていた。

「いかがでしたか。今日の特別料理は」

ウエイターはそう尋ねた。

「うん」

彼は夢から覚めたような顔をし、それから力強く言った。

「素晴しかったよ。満足した」

ウエイターは嬉《うれ》しそうに笑った。

2

休日の昼になると、ちょっと出てくる、と言って「時代食堂」へ行ってしまうのが福永信行の習慣になりつつあった。どこへ行って何をしてくる、ということを説明する気にはならなかった。それは、妻に話しても仕方がない最も個人的な楽しみに思えたのである。

ましてや、妻や子供と一緒にその食堂へ行こうとは夢にも思わなかった。同じ特別料理を食べたとしても、決して彼と妻とが同じ体験をすることはないだろう。それはむしろ二人を遠く引き離すだけのことに思えた。

誰しも同じ思いなのであろう。その食堂へ来る客はほとんどが一人であった。たまに五個のテーブルのいくつかに先客があるような時もあったが、必ずといっていいほど、椅子にすわって特別料理を食べているのはある程度の年配客で、一人だった。

その日、信行が「時代食堂」へ行っていつもの椅子にすわってみると、隣のテーブルに先客がいた。それ自体は珍しいことではない。

微笑を絶やさぬウエイターが、特別料理でよろしいですね、と、いつも通りに尋ねて消えてから、信行は見るともなく先客の方を見ていた。

ようやく老人と呼ばれるのが似つかわしくなってきた、というほどに見える男の客だった。その男のテーブルには、彼のための特別料理が出されていた。

料理は、あちこち塗りのはげた粗末な重箱に入っていた。そしてその中に、まるで手榴弾《しゅりゅうだん》ほどに一個一個が大きなおはぎがびっしりつまっているのだった。

頭に白いものが混じったその客は、痩せて、長身だった。そして彼は、その年には似合わず、背筋をぴんと伸ばして堅く腰かけていた。胸を張り、顎を引いて、姿勢正しくそのおはぎを見つめていた。

その客の目には青年のようなういういしい輝きが宿っていた。まるでそのおはぎが至上の宝であるような感動が、その表情からはうかがえた。

その客は姿勢をくずさず、右手だけをのばして重箱からおはぎを取りあげた。小豆は赤茶けて、少し柔らかく煮すぎたように見えたし、何よりも名菓というには大きすぎるようだった。そのおはぎから思い浮かぶのは田舎の年老いた母、というイメージだった。田舎風の母の手造りのおはぎ、というものなら、そんな風にやけに大きいのではないか。異様に大きなアルミの鍋、というものが想像できる。竈《かまど》でたいたもち米。使い込まれて持つところが黒ずんだ擂粉木《すりこぎ》で米はたたきつぶされる。薄暗い台所に、もち米からたちのぼる湯気が広がる。

ごま塩頭の客はおはぎを口へ持っていき、元気よくかぶりついた。若々しい食欲の感じられる食べっぷりだった。

しかし、姿勢はくずさなかった。そして、彼の食べっぷりには、言葉には表せない感動があるように見えた。

まるで、これが生涯で最後に食べる甘い物であるような、そんな慎重さがうかがえるのだ。この甘さを、永久に記憶しておこうと心に決め、もち米の粒を味わい、つぶされた小豆を味覚に彫《きざ》み込んでいるようだった。

そうやって隣の客の様子を見ていると、いきなりその人は大あわてでおはぎを重箱へ戻し、椅子からすばやく立ちあがった。突然何かの存在に気がついた、という風であった。

その客は直立不動の姿勢をとり、右手を側頭部のところへ持っていき、敬礼した。その手に餡《あん》がついているのに気づき、あわててその手を服でぬぐい、再び敬礼する。しばらくそのままの姿勢でいたが、やがて彼は手を下げた。あたかも目の前から誰かが去っていくかのように空を見つめ、背筋をのばし、両手をズボンの脇の縫い目につけたままペコリと礼をした。

緊張の時は過ぎ、彼は再び椅子に腰かけた。そして重箱からおはぎを取ると、またしてもそれを熱心に食べ始めた。

白衣のコックが出てきて信行に一礼した。そして信行が隣の客を気にしている様子を見てとると、意味ありげな微笑をその顔に浮かべた。

わかりますか、とでも言いたげな表情であった。

信行には正確にわかっていたわけではない。その客とは世代が違い、生きてきた時代背景が異なっているのだ。

だが、おおよその想像はついた。軍隊に入隊する日とか、家族が来ていい慰問の日とか、そういうことですね、と思った。だがその言葉を口にはしなかった。

コックは優しい笑みを浮かべたまま奥の厨房へ消えた。

やがて、信行のための特別料理を持ってウエイターが現れた。その料理は、安っぽいアルミの皿に乗っていた。

横に長い楕円形《だえんけい》の皿で、周囲がわずかにそり返っているだけの浅いものである。それにこれもプレス機でうち抜いただけというような、安っぽいフォークがついてきた。

皿に乗っているのは、一応、スパゲティという名で呼ぶしかあるまい、というものだった。

明らかにゆですぎ、と思われるスパゲティはうどんに近いほど太くふくらみ、皿の上でからみあっていた。ケチャップをからめてあるので毒々しいまでに赤い。玉葱《たまねぎ》の刻んだのと、細切りピーマンが一緒に炒《いた》めてあり、それらを盛った上に皮の赤いウィンナー・ソーセージを斜めに二つに切ったものが飾りに乗っていた。

確かに、これがスパゲティというものだった時代がある、と信行は思った。ナポリタンとか、イタリアンと言った覚えがある。

フォークを取って彼はそののびきったスパゲティをからめた。油とケチャップの混じったものが、銀色の皿にべっとりとこびりつく。

それを口に入れたとたん、店の中に流れるBGMが耳に達した。ボリュームはしぼってあったが、その曲は「ブルー・シャトー」だった。

「まずくないでしょう」

浅田芳江が子供に話しかけるような口調で言った。

「うん」

信行は生返事をした。確かにその食べ物の味は悪くなかったのだが、ケチャップが口の端につきそうで、どうにも始末が悪かった。

「あ、違うのよ。フォークでこうやってくるくる巻いて食べるの」

大きなプリント柄のワンピースを着た芳江は誇らしげにそう教えた。

「こうか。うまくいかんな。おれ、こんなの食べるの初めてだから」

「イタリア料理よ。イタリア人は毎日これを食べてるんだって」

「きみ、よくこれを食べてるの」

浅田芳江をきみと呼んだのはその時が初めてだった。信行は相手の顔をうかがい見たが、彼女は何とも思っていないようだった。

「そうでもないけど、会社の人とお昼を食べに出た時なんか、ときどき食べるわ」

「ふうん」

会社のことが芳江の口にのぼると、信行はつい口ごもってしまう。どんな生活なのか想像がつかないからだ。のん気な学生とは違うのよ、と決めつけられたような気がする。どうもうまくいかないな、と大学一年の信行は感じ始めていた。スパゲティなんて、初めて食べるものを注文して調子が狂ってしまったのだ。やっぱりカレーライスにしておけばよかった。

浅田芳江とこんな風に食事を共にするのは初めてのことだった。いわばこれは、彼女との最初のデートである。それにしては、意気があがらなかった。

さっき観《み》た映画のことでも話せばよさそうなものだが、それもどうもうまくないような気がするのである。ゴダールの「気狂いピエロ」を観て、信行としてはかなり強烈な印象を受けたのだが、映画館を出るなり芳江はうんざりしたような口調で、退屈な映画だったね、と言った。だから、映画の話はまずかった。

信行はピーマンをよけてスパゲティをフォークに巻きつけたが、ずるずると、思いがけない端の方のやつまで引きずり込んで、皿に乗った半分ほどが団子のようにからみあってしまったので、持ちあげるのをあきらめた。はしで食いたいな、と彼は思った。

「ねえ。夏に、杉浦くんたちに会った？」

芳江がそう言った。

「ああ、杉浦。会ったよ。安田も一緒だった」

「本当。それ、いつのこと」

彼女の顔に興味の色が広がった。

「ええと、八月の中頃だったかな」

「どんな話したの」

「どんなって、別に大した話はないよ。高校時代のこととか」

杉浦たちと山へキャンプに行ったことがあった、と信行は全く別のことを思い出していた。高校二年の夏だ。

テントの中で夜中までわいわいと騒いでいて、話はワイ談になったり、好きな女優のことになったり、やけに目がさえてとても眠る気になれなかった。安田が持ってきたタバコを、生まれて初めて吸ったのもあの日だった。

話がぐるりと一周して、いつの間にか好きな女のことを白状しようぜ、ということになった。安田と杉浦が誰を好きだと告白したのか、信行は覚えていない。確か安田は一年生の、まだ名前を知らない子が好きなんだと言って、杉浦と二人でさんざんに笑ったような気もする。

とにかく、問いつめられて信行も結局は白状させられた。

「浅田芳江……」

「へえ。浅田とは意外な線だなあ」

「ああいう大人しそうな女は本当は好き者なんだぞ」

そう言ったのは安田だった。冗談とわかっているのに、内心でムカッ、としたのをよく覚えている。

「似合いだよ。ああいう地味なのと、福永は合いそうだ」

杉浦の口調には軽く見るような響きがあった。その時の信行は鋭敏にそれを感じ取ってしまう。

「浅田って、ブスかなあ」

「ブスじゃないよ。よく見ると、割にととのった顔してるじゃないか」

杉浦は機嫌をとるようにそう言った。

「出しゃばるタイプじゃないし、案外いいと思うよ、おれは。ただ、パッと輝くような華やかさはない奴《やつ》だよな」

「存在感が薄いのな」

そう言ったのは安田だ。結局のところ、信行は存在感の薄い、地味な、輝くようなところのない女が好きなんだということにされてしまった。そしてその相手はお前に似合いだよ、と決めつけられた。

その浅田芳江は、今、信行の目の前で器用にスパゲティをフォークにからめて食べている。地味で華やかさのない女だなんて、とんでもなかった。

白地にプリント柄のワンピースの彼女は、はっとするほど輝いていた。話ぶりにも、確かな自信が感じられる。

半年の会社勤めが彼女に大人を自覚させ、自信をつけさせたのだろうか。信行は自分が上から見下されているような気がした。

もう一度スパゲティのぐるぐる巻きを試みて、彼はべちゃべちゃとした赤い団子状の塊を口に入れた。

3

「東京の話は出なかったの」

　芳江は興味深そうな顔をしてそう尋ねた。

「出た出た。二人とも、それぱっかりだよ。新宿のジャズ喫茶の話とか、アングラ芝居を見に行っただとかさ」

「そりゃあ、文化の中心だもんね」

　うっとりしたような声だった。

「だけど、格好いいところだけ言ってるんだと思うぜ。あいつらだもんなあ。いろんなところで田舎者だとバレて、恥かいてるんじゃないかと思うよ、本当は」

「そんなことないのよ。東京って、全国から集ってきた若者のエネルギーが新しいものを生み出していく街なんだって。東京本社から来てる課長さんがそう言ってたわ」

　芳江は熱っぽくそう弁護した。

　いつの間にか店内に流れているＢＧＭは変っていて、「世界は二人のために」になっていた。信行の今の気分からはほど遠い歌だった。

「だけど、杉浦なんて新宿へ行って、そこにごろごろ寝ているフーテンと仲よくなって、一晩いろんなことを語りあかしたって言うんだぜ。どうも作り話だと思うんだがなあ」

「すごいじゃない、それ」

芳江の目が輝いた。

「東京だもん。そういうハプニングが本当にあるんだと思うわ」

流行語を使って彼女は断定した。

信行は、どうしてこんな話をしてるんだろう、と思っていた。ゆうべ床の中で夜遅くまでこのデートのことを考えていた時には、話題がこんな風になるなんて全く予想していなかった。彼が考えていたのはこんな話題だった。

高校二年の時、クラス委員の選挙できみに一票入ったの覚えてるだろ。あれ、おれがいれたんだよ。

もしくは、
三年になるためのクラス替えの時にさ、本当はおれ、理科系へ行ってもいいな、とも思ってたんだ。だけど、きみが文科系だったんでそっちにしたんだよ。

または、
修学旅行の時、列車の中でトランプやってたら安田たちにひやかされたじゃないか。でもあの時、そう悪い気分じゃあなかったんだよ。

しかし、浅田芳江は高校時代などなかったような顔をしていた。とてもそんな話を持ち出せるものではなかった。

信行はフォークでウィンナー・ソーセージの半かけを突き刺して食べた。

「夏にね、私、杉浦くんたちに誘われたのよ」

芳江は秘密をうちあけるような口調でふいにそう言った。

「へえ」

「直接誘われたんじゃないんだけど。池上さん知ってるでしょう、池上典子さん」

「うん。テニス部だった奴だろ」

「そう。彼女からね、杉浦くんたちに一緒に海に行こうって誘われてるんだけど、来ない、って電話かかってきたの」

「うん」

信行はなんとなく口が重くなっている。

「車二台で行くから人数多い方が楽しいんだって言われたんだけど、私、仕事忙しいから行けないって断っちゃった」

「そう」

浅田芳江は信行の顔をちらりと見て、ぽつりと言った。

「本当は、行こうと思えば行けたんだけど」

「どうして行かなかったの」

「だって、なんとなく気おくれしちゃったのよ。相手は、東京の女子大生なんかと、喫茶店でジャズの話とかをいつもしてるわけでしょう。アングラ芝居だって見てるし」

「そんなこと関係ないだろ」

「そうじゃないと思うわ。やっぱり地方にくすぶってる人間は、あか抜けないなあとか絶対に思われると思うの」

おれには、そういう気持を正直に打ちあけられるってわけか、と信行は思った。それは少しも楽しい気分ではなかった。それどころか、食べているスパゲティの味がさっぱりわからなくなった。

私立へやる余裕はないからね。親もとを離れて下宿生活するなんて、うちでは面倒みてやれないよ。

そう親に言われて、特別に不満に思ったことはなかった。確かにその通りだろうと思い、地元の公立大学一本に狙いをしぼって、そこに合格した。東京の大学じゃないから格好悪いなんて、考えもしなかった。

ところが、夏休みに杉浦や安田に会って話しているうちに、彼らが妙に以前とは変ったような印象を抱いた。二言目には、東京では、新宿では、を連発する彼らに、ついていけないな、という感想を持った。

寂しくもあり、胸の中に奇妙な焦燥も生じるという、複雑な気分だった。

そうか、と信行は思いあたった。

おれが、これまで幾度となく頭の中だけで思い描いて実行できなかったこと、すなわち、浅田芳江を呼び出してデートする、ということに今度いきなり踏み切れたのは、そのせいなのかもしれない。

頭の中のどこかに、地方にくすぶっている者同士なら話もあって、うまくいくだろうという考えがあったのではないだろうか。

そして、現に芳江は東京組に対して感じた気おくれのことを、信行にはうちあけた。

しかし、これじゃあ仕方がない、と信行は思った。

こんな風に意見が合うことを望んでいたんじゃあないんだ。それに、芳江の言っていることと、信行が杉浦たちに感じたことは、似ているようで微妙にずれていた。

歯車がかみあっていない、と彼は思った。

「それに、杉浦くんから直接誘われたわけじゃないんだもん。私が行ったら、どうしてこんなのが来たんだ、って顔されるかもしれないでしょう」

「そんなことはないだろうけど」

そう言いながら彼は、こんなデートしなければよかったと考えていた。これが、三年近く夢に見続けていたことだったのか、と思った。

信行は皿にへばりついていたスパゲティの最後の一本を、フォークに巻きつかせず、すくいあげて口にほうり込んだ。

「世界は二人のために」の曲が消えた。福永信行は、ゆっくりとフォークをアルミの皿の上に置いた。

そこは、薄暗い「時代食堂」の中であった。

ふと気がつくと、抜けるような微笑を常に顔に浮かべたウエイターがテーブルのむこうに立っていた。

「いかがでしたか。今日の特別料理は」

信行は一瞬、答えに窮した。今味わったばかりの気分を、ゆっくりと頭の中で反芻《はんすう》してみる。

やがて、今では妻も子もあり、東京に生活して中年の域に達している福永信行は、満足そうな笑みをその顔に浮かべて言った。

「懐しかったよ。ちょっとほろ苦くて、何もかもがどろどろと混じって整理がついていないような不思議な重さがあるんだが……、うん、でも懐しかった」

ウエイターは嬉しそうな顔をした。

4

その次に「時代食堂」へ行った時、ちょっとした事件があった。

信行がいつもの席についてみると、隣のテーブルに先客がいた。それは、この店には場違いな感じの、恰幅《かっぷく》のいい紳士だった。

着ている背広の生地といい仕立てといい、半端なものではない。見る人が見れば一目で相当に高級なものとわかる英国風のスーツであった。そのほか、靴やベルトからも、着るものに金がかかっていることがうかがわれる。

そこそこの会社の社長か、重役か、という風情であった。このさびれた食堂に姿を現すこと自体、奇異な感じの人物である。

その客は、その日の特別料理を両手で握りしめていた。

彼が両手で握っているのは、子供のスリッパほどの大きさのコッペパンだった。社会的地位を得た人間の身に自然にそなわる貫禄と余裕。自信に満ちた態度と、無意識に出てしまう優越感。そんなものをその客は漂わせていた。個人的につきあえば信行など、思わずたじたじと圧倒されてしまうであろう。

その人物が、どう見てもあまりうまそうとは思えない、粗末なコッペパンをしっかりと握って熱い視線をじっと注いでいた。

その客はコッペパンを口へ持っていき、夢中でかぶりついた。ほかの一切のことを忘れて、パンをかみしめることだけに全神経を集中しているというような様子だった。

むしゃむしゃとむさぼり喰《く》う、という表現がぴったりの食べっぷりだった。よほど腹が減っていたに違いない、という印象であった。

その食べっぷりに引き込まれるように、信行は風格ある客の方をじっと見ていた。

パンがあと一口で終りという時、客はやっとひと息ついて残ったひとかけらを見つめた。そこまでは無我夢中だった、とでもいうように。そこでやっとほかのことを考えるゆとりを取り戻したかのように。

客の顔に、何とも言われない悲しそうな表情が現れた。彼がそれまで漂わせていた優越感も、余裕も、すべて消えうせてしまっていた。

今にも泣きだしそうな顔で、その客は残ったパンのかけらを見つめていた。そして、それをぽいと口の中にほうり込んだ。

しかし、さっきまでとは食べ方が違っていた。にわかにそのパンが砂でできているものになってしまったかのように、紳士はまずそうにかんでいた。

いきなり、恰幅のいいその紳士の両眼から、涙がこぼれ落ちたのを見て信行ははっとした。そんな人物が涙を流すことがあろうとは、想像もできないことだった。

その客はテーブルの上に両手をついて、ガクリと首をたれた。テーブルの上にぽたぽたと涙が落ちている。その人の肩は小きざみに震えていた。

どうかしたのですか、と声をかける状況であったかもしれない。だがそれよりも、あまりに意外な進行のため黙って見ていることしかできなかった。

堪《こら》えに堪えた感情がとうとう抑えきれなくなって爆発した、という感じに、その人はいきなり、低く押しつぶされたような嗚咽《おえつ》をもらし始めた。初めそれは動物の呻《うめ》き声のようであった。

両手をテーブルについたまま、肩を揺すってその人は呻き続けた。やがてその呻き声は、あたりをはばからぬ号泣に変っていった。大人がそんな風に泣き声をあげることがあるとは信じられないほどのものであった。

異様な泣き声は「時代食堂」の中に響きわたり、何事かとウエイターが姿を現した。

「お客様、どうしたのですか」

抱き起こすようにしてウエイターはそう言ったが、客はおうおうと泣き声をあげ続けるばかりだった。

白衣を着たコックも出てきた。店の二人で紳士をかかえるようにして、両側から声をかけるのだった。

「泣くことはありません。もう終ったことです。全部すんだのです」

温かみの感じられる落ちついた声でコックはそう言った。

「おれは……」

紳士は呻くように言った。

「おれは人でなしだ。おれは鬼のような人間なんだ」

「いいんです。いいんです」

紳士の背中に手をあてて、コックはそう言った。

「おれは人間のくずだ。軽蔑してくれ。おれは生きていく値打ちのない人間だ」

「そんなことはありません。誰だってそうなのです」

コックの言葉はすべてを承知しているように、慈愛に満ちていた。

「おれは病気で寝ている妹のパンを奪って喰ってしまったんだ。ろくにものを喰ってなくて、妹だってふらふらになるくらい腹をすかしていたというのに。その妹の手からパンを取りあげ、それを喰ってしまった鬼のような人間なのだ」

紳士はそう言うとひときわ大きな泣き声をあげるのだった。

「いいのです。すんだことです」

コックは同じ言葉をくり返した。

紳士はしゃくりあげながら、なおも言葉を続けた。

「そのために妹は……、そのために病気だった妹は……」

コックは客の背中を優しくさすって言った。

「それでいいのです。そういうことがあってあなたはこうして生きているのです。誰だってそのようにして生きているのです」

紳士は全身から力を抜いて椅子にへたりこんでしまった。彼の号泣はまだ続いていた。

善人そうなウエイターはおろおろしたような顔をして、紳士の肩に手をかけていた。

　コックはゆっくりと何度もうなずきながら、紳士を見つめていた。すべてを承知して、すべてを赦《ゆる》すというような態度だった。

　それからコックは、体の向きを変えて信行の方を見た。小さく頭を下げて、すまなさそうに彼は言った。

「申しわけありませんが、こういう事情ですので今日のところは……」

　信行は椅子から立ちあがって素直に言った。

「はい」

「どうも申しわけありません」

「いや、いいんです。また来ます」

　そう言うと信行はその日は何も食べず、「時代食堂」を出たのであった。

5

　そのことがあって以来、福永信行は不思議に思うようになった。

「時代食堂」の料理についての不思議ではない。それは、信行にはどうでもよいことのように思えるのだった。

　彼が疑問に思ったのは、どうしてあの食堂があるのか、ということだった。何のためにあんな食堂があり、ああいう特別料理を客に出すのだろうか。そのことにはどんな意味があるのだろうか。

特別料理を食べて号泣した紳士を見て以来、彼の頭からはその疑問が消えなくなった。そのことには何か深い意味があるのかもしれないと彼は思った。そしてその意味を知りたいと思った。

数日後、信行はまたそのうらぶれた食堂へ足を運んだ。それはもう彼にとってほとんど習慣化した行動であった。彼は「時代食堂」の特別料理の味に蠱惑《こわく》されたようになっていた。

その日、いつも通り愛相のいいウエイターに迎えられていつもと同じ席につくと、隣にはまたしても先客がいた。これまで一度もそこで会ったことのない人物であった。

その人を見た時、信行は、知っている人だ、とまず感じた。よく顔を見かける、身近な人物のように思えたのである。

そのくせ、それが誰であるのか具体的には思い出せなかった。ごく親しい人のような気はするものの、名前や、その人の仕事を急に思い出すことはできなかった。

その客のための料理が出て、その人がおもむろにはしを取りあげた時、彼はその人が誰であるのかようやく思い出した。

実際に会ったことのある人物ではなかったのである。その人のことは、写真で顔を見たり、テレビで観たりして知っていたのだ。

それは、最近、料理研究家として有名な人物であった。料理食べ歩きの本を何冊も出し、テレビのグルメ番組に出てむつかしい顔で解説をし、有名レストランへ行っては私の舌を満足させてくれる料理はひとつもなかったなどと断定している、そういう人物であった。

世の中の誰もかれもが、料理について一家言を持ち、うまいものを食べさせる店を紹介さえしていればテレビ番組ができるという、そういう現代の風潮を代表しているような人間であった。

信行は一瞬、とうとうこの人がこの食堂のことを耳にし、その舌で実態を探りに来たのだろうかと思った。一部の人々の間でこの「時代食堂」のことは知れわたっていて、その噂《うわさ》がこのグルメの耳に達したのであろうかと。

そして彼はどこかの雑誌にこんな風に書くのだ。

照明が薄暗く、テーブルの上を正しく照らしていないのには失望した。視覚に訴える料理の色や姿が、味を大きく左右するものであることに気づいていない料理人は私に言わせれば一格落ちるからである。ただし、ウエイターが必要以上に近寄ってこないところと、コックが客の顔を見るために姿を現したことについては、なかなかやるぞ、と私は思った。食べる人間がいて初めてひとつの料理が完結するのだ、という点から言えば、一体どんな客が食べるのかということを知っておくのは一流の料理人の当然の心遣いだからである。

とかなんとか。

しかし、それにしては妙なものを食べようとしているな、と信行は思った。

その有名人の前に置かれた料理は、たった一品だけ。それもふちの欠けたような丼に入った汁っぽいどろどろしたものだったのである。

汁の中には何かわからないがきざんだ青い紐《ひも》のようなものが浮かんでいた。どう見てもうまそうなものではない。

料理評論家は、その丼を左手で持ちあげ、首を前へ突き出して口をその器へ寄せていき、中の汁をずるずるとすすった。そしてその時、彼の顔にはえも言われぬ幸福そうな表情が浮かんだのである。

雑炊、なのだろうか、と信行は思った。

それにしては、水気ばかりで米がほとんど入っていないように見える。それに、あのきざんだ紐のようなものは何だろう。

昭和二十三年生まれの福永信行は知らなかったが、実はそのきざんだ紐のようなものは芋の蔓《つる》だった。芋ではない。通常人間が食べるところではない芋の蔓を、水っぽすぎるその雑炊の量ふやしにしているのだった。

その粗末な雑炊を、その客はガツガツと夢中で食べるのだった。彼の顔は至福の輝きをはなっていた。

いつもは、「うさぎの背肉蒸焼・サンテュベール風は傑作であった。背骨についている肉がよかったことはいうまでもないが、うさぎの血が使われたソースが絶妙で、これには舌を巻いた」とか「ほろほろ鳥のローストは、ほろほろ鳥そのものには文句がないのだが、ソースにやや力がないのが残念だった」などと書いているその人物が、芋の蔓の入った雑炊を夢中でむさぼり喰っているのである。

何かが喉をくすぐって食道へおりていくという、そのことだけで無上の快楽だという世界がそこにはあった。量あるものが腹にたまっていく、それこそが歓《よろこ》びであった。

料理評論家は丼を傾けてその中に顔を突っ込みそうにして、はしをカチャカチャ鳴らせてガツガツと食べ続けていた。

信行は隣のテーブルから目をそらせた。何か非常に安心できる光景を見たように彼は感じていた。

その時、信行の顔を見るために奥からコックが姿を現した。姿を認めてニコリと笑うと、静かに一礼した。

これまで福永信行はそのコックとほとんど言葉を交したことがなかった。先日の、社長風の紳士が泣きだした事件の時に初めてコックの声を聞き、ほんの一言二言話したことがあるだけである。

信行はほとんど無意識のうちに右手をその人物の方にさしのべていた。

「あの……」

コックの顔にものを問うような表情が現れた。

「何か」

「あの。お忙しいですか。ちょっとお話したいんですが」

白衣を着て、白い帽子をかぶり、髪もひげも真っ白なコックは一歩テーブルの方へ近寄った。鼻の頭が人柄のよさをしのばせるようにほの赤い。

「この間は、どうも失礼しました」

コックはそう言った。

「いえ、それはいいんです。それよりも、もし邪魔でなければ、少しお話を」

「何でしょうか」

コックは落ちついた声でそう言った。その人の目は優しそうな輝きをはなっていた。どうしてこんなことをしているのだろう、という疑問を心の片隅にわかせながら、それでも信行は言いかけたことをもう中断するわけにはいかないと思った。

「教えてもらいたいことがあるんです」

コックは微笑を浮かべたまま小さくうなずいた。

6

料理評論家が、金を払って「時代食堂」から出ていった。その人の顔には、重い飾りを脱ぎ捨てたような素直な喜びの色が出ているように見えた。

「教えてもらいたいのはこの食堂のことですよ」

信行はそう言った。

「いえ、特別料理の秘密が知りたいとか言うんじゃありません。ぼくが知りたいのは、もっと別のことです」

「ほう」

とコックは興味深そうな顔をして言った。

「あの特別料理はどうしてああなのか、ということや、それを作るあなたは一体誰なのかということは、むしろ知りたくないような気がするんです。そんなことを知らなくても、現にぼくがここであういう体験をしたという、そのことだけでいいんです」

「では、何を知りたいのですか」

「それは、どうしてこの食堂があるのかということです。どういう考えで、この店をやっているんですか」

コックは満足そうな表情を顔に浮かべてしきりにうなずいた。

「なぜこの店があるのかを知りたいというのですか。ここの特別料理の秘密ではなく」

「それはもうわかっていることです。もちろん、その作り方はわかりませんが」

「私が何者かということも知ろうとは思わないのですね」

「それも、一番重大なことではないという気がします」

「なるほど」

コックは目を細めて信行を見た。

「どういう考えで、こういう食堂をやっているのか、ですか」

そう言うとコックは、首をひねってしばし考え込んだ。信行は口をはさまずじっと次の言葉を待った。

ぽつりと、コックは言った。

「思い出してもらいたいんですよ」

信行は考え込む表情になった。

「それだけです。ほかに大した理由はないんですよ」

「思い出す、のですか」

信行は沈んだ声で鸚鵡《おうむ》返《がえ》しに言った。

「忘れてしまった昔の人生を思い出せ、ということですか」

「いや、私が思い出してほしいのは食べ物のことです。食べ物とは、食べるとは、どういうことだったのかを、思い出してほしいという気がしましてね」

コックの口調はあくまでも優しいものだった。

「食べ物とは、なんだったのか……」

「そうです。いや別に、むつかしいことを言っているわけではありません。当たり前のことを言っているだけなんです。つまり、人間は、いや、人間だけでなくすべての動物が同じなのですが、生きるために食べるのだ、ということです」

信行はもの問いたげな顔をした。彼には相手の言うことがよく理解できなかった。

「生きるために食べる……」

「そうです。単純な、当たり前のことでしょう。そんな当然のことを、思い出してもらいたくてこんな食堂をやっているわけなのです。確かにほんのちょっと前まで、生きるために食べていた時代があったということを、忘れてしまわないでほしいと思ったのです」

「ああ……」

信行はこくん、とうなずいた。彼には彼の世代なりの、そのことに対する思いがあることに気がついたのだ。

自分の子供たちのものを食べることへの態度、というものを彼は思い出した。そして、時々自分がそれを苦々しい気分で見ていることがあるのを思い出した。

「この頃の人間は、その一番当たり前のことを忘れてしまっているのではないか、と言いたいわけですね。腹が減ればいつでも食べ物がふんだんに目の前にある。そしてそれを、うまいだのまずいだのと言って食べ散らかし、本当の味というものを忘れてしまっているのではないかと」

信行の言葉には勢いがついてきた。

「高級料理の味だとか、珍しい民族料理の味だとか、本当の食べるということの意味からどんどん人間は離れていってしまっていると言いたいんでしょう。子供だってそうです。味覚の幼稚な者が、これはうまいだの、あれは食べたくないだのと、好き勝手を言いすぎている。そんなことに世の中全体が振りまわされすぎている、というわけです」

一気にそう言った信行の顔を、コックは微笑して見ていた。

「いろいろと腹立たしく思っていらっしゃることがあるようですね」

その落ちついた口調で、信行は興奮をさまされた。

「ええ。まあ」

コックは静かに言った。

「でも、私は別に、何かを批判しようとか、警告しようとか思っているわけではないんです。どんどん新しい、より高級な味を求めたいというのならそれはそれでいいではないかと思っているんです。ただ、私は時には思い出してほしいなと思っているだけです」

「生きるために食べるのだということを、ですね」

「そうです。そんな時代があったということをです。ですから、先日の客に出した特別料理は私の失敗でした」

「あの、風格ある紳士のことですか」

「そうです。あの人に人生の中で一番重い傷のことを思い出させてしまったのは私の間違いでした。そんなむごいことをするつもりはなかったのです。あの人には気の毒なことをしたと思っています」

　信行はコックの顔をじっと見つめた。しかし、その顔からは無限の善意、というようなものしか感じ取れなかった。

「ぼくは、あの事件があってから考えるようになったんですよ。あれはあの人に、今の自分がどうしてあるのか、ということを反省させるための料理ではなかったんだろうかと。そして、『時代食堂』がどうしてあるのかということを考えたんです。つまりそれは、ぼくたちに何か大切なことを教えようとしているのではないかと思ったわけです」

　コックは恥じたような顔で首を横に振った。

「そんなつもりはないんです。あの時は、私の間違いだったのです」

「そうですか」

「私がこの食堂をやっている理由は、さっき言ったことがすべてでそれ以上のものはありません。食べるとは、何だったのかを思い出してほしいだけなんです。もうおわかりでしょう。食べるということは、〈生きる歓び〉なのですよ。それを思い出してほしいというわけです」

そう言うとコックは、ニコリと笑った。

信行は黙って考えていた。わかるような気もするし、本当のところがわかっているのかどうか半分は自信がなかった。

「それでは、今日の特別料理を楽しんでもらいましょう」

コックはそう言って、小さく一礼すると奥の厨房の方へと歩いていった。

信行はその人の頭の上に、ぼうっと光る丸い輪のようなものが浮かんでいるのを見たような気がした。

しかし、薄暗い店内のことでもあり、それは単なる錯覚かもしれなかった。そして彼は、どちらでもいいことだ、と思った。

彼は一人テーブルに取り残され、夢の中にいるような顔をしていた。なぜという理由もなく、薄暗い「時代食堂」の中を見まわす。

白熱電球が古めかしいかさの中で鈍く光っている。木製の床は油がしみ込んだように黒光りし、素焼きタイルをはった壁はどことなく人の心を和ませる。

粗末だがどっしりとしたテーブルはなぜか彼に、父親、という言葉を連想させた。

それほど待たされずに、いつものウエイターが盆を持って現れた。決して笑顔を絶やすことのないそのウエイターは、信行の方を見てひときわ抜けるような微笑をした。

「今日の特別料理です」

そう言ってウエイターは盆をテーブルの上に置いた。

「どうぞ、めしあがって下さい」

テーブルの上に置かれたものを見た瞬間、信行の顔にぱっとういういしい喜びの色が広がった。

それは、奇妙な形のものであった。

見たところ、化学の実験に使う試験管が三本、寝かせてころがっているような具合である。そしてその試験管には、それぞれ別の色の何か透明なものがつまっていた。

一本は赤、一本は緑、もう一本は黄色。どれも、ギクリとするほど鮮かな原色であった。

よく見ればそれが試験管でないことは明白だった。もっとずっと質の悪いガラスでできているのである。この頃はあまり見かけなくなった、牛乳瓶とか、透明のビー玉を思い出させるようなガラス管であった。そしてそのガラス管には、両端に穴があいていた。

管の中につめられているものは、原色をつけられた液体のように見えるのだった。

だが信行は、それが液体でないことを知っていた。色水のように見えるそれは、管の一端に口をつけて吸い出し、口の中に入れるとぷちゅぷちゅと歯の間で砕けていくゼリーのようなものなのである。

ゼリー、というほど高級なものではない。実際のところそれは、甘味をつけた水っぽい寒天、と呼ぶべきであろう。

ずいぶん小さな時、駄菓子屋にあった食べ物だ、と彼は思った。確か、くじのついているようなのもあったのではないか。寒天の中に紙のくじが刺さっていて、当たりが出るともう一本もらえたりした。

夏の日の、子供たちの好きな菓子のひとつだった。実際には少しも冷たくなどないのだが、寒天のつるりとした舌ざわりが、麦わら帽子の子供たちに涼を感じさせたのだ。

福永信行は思わず表情をゆるめていた。それを見ただけで彼の顔には、あどけない喜びの色がいっぱいに広がっていた。

芋粥

嵐山光三郎

平安朝食品の菊池幸平課長、四十五歳は、体重九十五キロの巨漢で、デブおじさんとしてテレビに出演していた人気者だ。二十代のころはひょろりとやせていたが、商品開発をするうちに太ってしまった。ひょんなことから平安朝食品のテレビCMに出演して人気者になった。そのうち、会社公認のタレント社員としてバラエティー番組に出演したものの、このところ、出演することはなくなってきた。

菊池課長へ永井専務から声がかかった。新橋の料亭谷崎で内密の話があるという。料亭谷崎の玄関をくぐりながら、菊池課長は、内心、リストラの通告だろうと腹をくくった。平安朝食品は、業界では準大手メーカであったが、このところ業績不振で、アメリカの食品会社SRF（ストロング・ランボー・フーヅ）と合併することがきまった。合併というものの、実態はSRF社に吸収されたのである。

永井専務は菊池課長と同期入社で、出世頭だ。会社公認のタレントであることが許可されたのは、永井専務のひきたてがあったからだ。しかし、テレビで人気が出たことへ反感を持つ社員もいた。それを知って、菊池課長も、出演を断るようにしたのであった。

料亭には永井専務がさきにきており、

「また太ったようだな。みっともねえな」

と酒の酌をした。

「つい食べすぎますんで……」

菊池は巨体を縮めて正座し、おしいただくように盃《さかずき》を差し出した。

「きみには、いままで新商品をいくつも開発して貰《もら》った。ジャガカマはジャガ芋のカマボコ。里コロは里芋のコロッケ。キク芋サラダはヒット商品だった。あとは……」

「芋川うどん。西鶴の『一代男』に出てくる芋川のうどんです。うどんにコンニャクをまぜます。アカメ芋の焼売《シューマイ》。ブタタンシチューはよく売れました。ツクネ芋だけを食べさせたツクネ豚を使ったんです」

「芋飯。芋の葉飯。芋名月。芋ガラの焼きそば。芋ガラってのは里芋の茎だろう」

「ズイキってやつです」

話がはずんだ。ヒットした商品もあれば、売れなかったものもある。レトルト食品はいずれも短期勝負の食品で、半年もたてば消えてなくなる運命にある。そんななかで長く売れているのが里コロだった。

昔話に花が咲くのは、クビになる前ぶれである。ひととおり思い出話が出たところで、リストラの話となるはずなのに、なかなか本題に入らない。そういえば、一週間前、いきつけの寿司屋《すしや》で永井専務に会ってぷいと横をむいたことがある。女連れの永井専務に気をつかったつもりだったが、そのことを根にもっているのかもしれない。連れの女のことを秘密にしろということなのだろうか。しびれをきらして、「で、話とはなんですか」と菊池課長が聞くと、土鍋に入れられた粥《かゆ》がはこばれてきた。

「芋粥だ。味を見てくれたまえ」

と永井専務が蓋をとった。

(なんだリストラじゃないのか)といぶかりながら、皿に盛って一口すすった。

「まずい……です」

「やっぱり。商品にはならんかね」

「甘味が舌に残ります」

「昔はヤマ芋を使い、『食経』には五臓をおぎなうとあるのがこれである。『宇治拾遺《うじしゅうい》』には藤原将軍が、五位の者に食わせようとして、京都からわざわざ任地の敦賀《つるが》まで連れていった話が出てくる。良質のヤマ芋を用いて、まず薄く皮をむいて切り、味醂《みりん》をひとふりして白粥に炊きこむ。しかし、いまは乾燥して粉にしたものを使って、サツマ芋で代用するため味が落ちた」

永井専務はひとしきり講釈をして、自分もひとさじ食べてから、「やはりまずいな」

と、あいづちをうった。

「芥川龍之介が、その故事をもとに『芋粥』という小説を書いたんですよね」

「そうだ。これが、その初版本だ」

永井専務が差し出したのは黄色い箱に入った冊子で、芥川龍之介著『羅生門』とタイトルがついていた。箱から、パラフィン紙に包まれた紺色布貼りの本が出てきた。表紙には絹金地に筆文字で「羅生門」と書いたタイトルが貼りつけてある。扉ページのつぎに黄色い和紙に、大きく「夏目漱石先生の霊前に献ず」と印刷されていた。

「エラそうな本ですな。目次が終りのページにあって、『羅生門』以下、『鼻』、『父』、『猿』と短篇《たんぺん》が十四つありますよ。『芋粥』は最後で二三七ページか」

パラパラとめくりながら、「これは芥川賞をとれますかね」と菊池課長が訊《き》くと、

「あいかわらず、バラエティー系のギャグがお上手だな。この本が刊行された大正六年五月二十三日は、まだ芥川賞はできてなかった」

永井専務は苦笑いして小指で、奥付を示した。

「発行所の阿蘭陀書房《おらんだしょぼう》は、北原白秋が弟の鉄雄と大正四年に創立した会社だよ。発行人の北原義雄は白秋の一番下の弟だ。本が刊行された大正六年は白秋は三十二歳、芥川は二十五歳か。芥川の処女短篇集である」

永井専務は講釈が長い。『羅生門』出版記念会が催され、谷崎潤一郎や佐藤春夫ら新

進作家二十三名が出席した様子を、見てきたように話した。ひと通りの話が終ったところで、

「敦賀に芋粥屋という小料理屋がある」

と切り出した。

「芋粥屋で出す芋粥は、そりゃ、悶絶《もんぜつ》するほど旨《うま》いという評判で、ひと口すれば脳味噌《のうみそ》がコチョコチョとくすぐられ、二口で血液がグツグツと沸騰して、三口で喉がうちふるえ、四口で舌が踊り出し、五口で涙腺がゆるみ、六口で全身が骨ごと揺れ動き、七口で開いた口がふさがる、らしい」

「妖術卍固《まんじがた》めの味ですな」

「さらに、食べ終ったあとは脇下をくすぐられる快感が走って、欠伸《あくび》が出る。その欠伸の味がしびれる、というんだな。その芋粥サンプルを盗んできてもらいたい」

見覚えのある小さなガラスの薬瓶が机の上に置かれた。菊池課長は、いままで、全国の人気ラーメン店へ行って、スープをこの薬瓶に詰めて、隠し持ってきた。盗んだスープを、食品研究所で成分を分析して、再現するのである。それが平安朝食品の新製品となった。パクリ味である。スープを盗んだことを見つかって、袋だたきになったこともたびたびあった。

リストラどころか、専務特命課長の指名であったから、菊池課長は胸をなでおろした。

「芥川の『芋粥』に登場する主人公は、『ナニガシの五位』という。きみも五位だろう」

と言われて、ようやく真意がわかりかけた。菊池幸平と同期入社は五人いた。なかで一位の出世は永井専務だ。二位は局長、三位、四位は部長となり、ビリが菊池課長で、五人中五位となる。

「五位という男は平凡で、風采があがらず、赤鼻で、眼尻が下って、だらしがないけど愛敬《あいきょう》がある。そこが菊池君に似ておるな」

菊池課長は、「こりゃまた、きついお言葉」とギャグをとばして頭をパチーンと叩《たた》いた。永井専務とは仲がよいから、腹をわって話しあえる。テレビのバラエティー番組に出ていたころは、新商品説明会では、菊池課長が人気者で、いい思いもした。出世が遅れたぶん、どこへ行っても女性にもてて、一回三十枚の色紙にサインしたこともある。

「五位という男はだな、皆から馬鹿にされるところもあるが、きみみたいに人柄がいいんだ。もうテレビに出ないんであれば、もとのボンクラに戻ればいい。こういうキャラはざっと社内を見わたして、貴君しかいない。それで頼むわけだ」

「私もそれは自信があります」

「しかし、この芋粥屋は、ただ者ではない。裏に暴力団がついているらしく、芋粥のサンプルを盗んだことがばれれば、生きて帰れないかもしれない。用心ぶかい相手だから、何回か通って、店が油断したところを見はからって盗みとるのだ。まあ一カ月はかかるだろう」

菊池課長の前に三〇〇万円の札束が置かれた。

「この金は出張費で精算しなくてよい。ひとりで極秘調査していただきたい。あくまで、きみと私だけの契約だ。明日より、きみは専務付調査役という肩書きになる。うまく盗み出せば、さらに報奨金三〇〇万円を出す。すべて機密費としての扱いだからな。ただし相手につかまったときは、あくまで個人的事件ということにする」

虫がいい話だが、そのぶん報酬がよい。

「心得ております」と頭を下げると、永井専務はぽーんと手を叩いた。若年増《わかどしま》の芸者が、三味線を手にして部屋に入ってきた。

「これより、菊池幸平君を送るドドイツを一曲贈りましょう」

トトテン、シャーンと三味線の弦を鳴らした芸者は、せんだって寿司屋で会った女だった。

〽芋は煮えたかお粥はまだかいな、あたしゃあんたの芋がよい

と鼻声で歌って、芸者は永井専務の肩に寄りかかった。調子に乗って菊池課長は、

〽たかが芋でも相手は極道、粥のひとしずくは命がけ、あーよーいよい

と塩辛声をあげた。それから屏風《びょうぶ》の前に立って記念写真を撮った。

敦賀へ行くには、東京から京都までは新幹線に乗り、京都からは特急雷鳥に乗って一時間だ。北陸本線の敦賀駅に到着した足で国道八号線を北へ一キロほど進んだ。そこに気比《けひ》神宮がある。

なにはともあれ気比神宮へお参りして仕事の成功を祈願した。おみくじをひくと凶と出た。それから敦賀市歴史民俗資料館へ行き、この地の歴史をひととおり調べ、書店で芥川の文庫本を買った。

ビジネスホテルの部屋で裸になりだぶついた腹に紐《ひも》をまいて二つの薬瓶をくりつけた。薬瓶の口にビニールのチューブをとりつける。チューブのさきは、ひとつは口もと、ひとつはワイシャツのポケットにつなげた。手なれた作業であった。

下着をつけてシャツを着ると、そんな仕掛けは見えなくなる。手っとり早い盗み方は、口に含んだ芋粥をチューブを通して吐き出すのである。しかし、この方法は唾液がまざってしまう。芋粥だけを採集するには、ワイシャツのポケット内にとりつけたアクリル製の漏斗《じょうご》に流しこめばよい。簡単なことだ。

菊池課長がテレビ番組に出ていたころは、道を歩けば、通りすがりの人がふり返った。しかし一年間も出なくなると、だれもふり返らなくなった。それが、この仕事にはかえってよかった。

電話帳で調べると、芋粥屋は、繁華街のビルの二階の店であった。その夜は店の前までいって様子をうかがった。ちょっと見た目は、どこにでもある居酒屋である。五人連れの客と三人連れの客が二組入り、三十分ほどたってから、やくざ風の背広組四人が入っていった。

菊池は、芋粥屋の前にある中華料理店の窓ぎわに坐《すわ》って、三日間観察をつづけた。四日目に七人の団体客が入った。みな大柄の客でデブが二人いた。チャンス到来である。

菊池は七人連れについて入り、ざっと店内を見渡した。五つの客席とカウンター八席ほどの天井の低い煤《すす》けた店であった。カウンターの一番奥は、常連客が坐っていた。菊池は隅の二人用客席に坐った。テーブルに品書きはない。

仲居が、小皿に盛った鼈甲色《べっこういろ》の大根漬けを「お通しです」といって持ってきた。大根を干してサイコロ型に切り、醤油《しょうゆ》、味醂、酢、砂糖に漬けこんだもので芥川家の正月料理である。

「コースでよろしいですか」

と仲居が差し出す品書きには、

白和《しらあ》え（こんにゃく、人参《にんじん》、なます）

竹の子煮（鳥肉そぼろと白隠元《しろいんげん》）

鰤《ぶり》の照り焼き（天然もの）

野菜揚げ物（ごぼう・そら豆）

いわし（目刺し）
シャブ（鰤薄切り）
栗の含め煮
芋粥（天然自然薯《じねんじょ》使用）
とあって、六〇〇〇円であった。

「コースをお願いします。あとお酒」

菊池課長は、いずれも芥川の好物だな、とほくそえんだ。コースに目刺しが入っているのは芥川の句「木がらしや目刺に残る海の色」からの連想と思われる。店の主人はやせているが目玉が大きくギロリと光っており、手足は手長エビのように長い。芥川が描く河童《かっぱ》の絵に似ている。極道とは思えない柔和な顔であった。

栗の含め煮を食べると、いよいよ芋粥が出てきた。白い皿に、どんよりとして不透明な、鉛をとかしたように重苦しい粥が盛られていた。一口すると甘い。なんだ、これなら新橋の料亭谷崎で食べた粥と大差ない、と首をかしげた。そう思った途端に、脳味噌をなでられるぬるい快感が走った。目玉がかゆくなって、耳たぶがほてり、じんわりと汗が出てきた。

甘い芋粥が喉へのみこまれるまでは、たいしたことはなかった。けれども舌へまとわりついた粥から春風が吹き、胃がだらりとゆるんだ。芋粥の香りが胃からゆりもどり、食道がマッサージされた。涙腺がゆるみ、舌さきがメロメロに溶けてくる。

これであったのか。魔法の味としかいいようがない。膝小僧が震えてきた。菊池課長は周囲を見わたして、だれも見ていないことを確かめてから、背広の襟の裏にとりつけたビニールチューブのさきをくわえ、一息で芋粥を流しこんだ。それからスプーンですくって、ワイシャツのポケットに隠したアクリルの漏斗へそそいだ。

皿にはまだ芋粥が残っている。薄くスライスした自然薯は、背広のポケットにしまっておいたビニール小袋へ入れた。

口全体にふくらんだ自然薯の甘い味から汗ばんできた。旨みが指さきにまで届き、背骨がスウィングした。背広を着たまま、湯舟につかる快感があった。便意を催した。鼻の穴がふくらんだ。行き倒れの味がした。

菊池課長が覚えているのは、そこまでであった。耳のあたりに蚊が飛ぶような羽音がして目覚めると、丸太小屋のベッドの上に寝かされていた。立ちあがろうとしても手足に力が入らない。

「おめざめですかな、デブおじさん。あんた、昔、テレビに出てたでしょう。覚えてますよ」

ベッドの横にたっているのは、手長エビのような老人であった。それは河童の顔に似た芋粥屋の主人で、やわらかい声であった。

「芋粥屋の企業秘密を盗もうとしましたな。しかし、サンプルを持ってったって、そう簡単に分析はできませんぜ」

芋粥屋主人は菊池課長の腹にまかれていた薬瓶を持っていて、

「ついでに、これも飲んじまいなさい」

と口元から流しこんだ。

菊池課長は歯をカチカチとさせて拒んだが力が入らない。ぬるい芋粥は、たら〜りと喉を通って胃へ落ちていった。目の前を半透明の歯車が移動していくようである。幻覚である。

「芥川の生母フクは芥川の生後八ヵ月めに突然精神の病を発し、芥川が十歳のときに死にました。それ以来、芥川は、自分が母と同じ病気になるのではないかと恐れていたのです。そのころは、精神病はもっぱら遺伝によると考えられていたので、芥川はこの不安をぬぐいきれなかったんですな。被害妄想ですよ。その被害妄想で芥川は胃を弱めていきました」

芋粥屋の主人は、朗読するように話し、「さあ、水を飲みなさい」とペットボトルの栓をカリカリと開けて差し出した。

「これは市販のミネラルウォーターですよ。なにも悪い水じゃないから心配することはない。ただし一本一万円です。ここは高級クラブですからな」

部屋の入口のドアに、「レクレアシオン・ド・イモガユ」という文字が見えた。

「レクレアシオンはフランス語で、英語ならばリクリエイション。命の洗濯です。芋粥で命を洗濯するってわけですな」

部屋の壁に、芥川の「のっぺらぽう」の絵がかけてあった。芥川自筆の「化物帖」の絵を複写したものであった。

「芥川家の宗旨は日蓮宗で、お会式《えしき》の日は一家をあげて料理を作ったんです。手間がかかる料理らしい」

芋粥屋主人のかったるい話をきいているうちに菊池課長は眠くなり、欠伸をした。飲まされた薬瓶に入っていた成分は、店で食べた芋粥とは違って、なにか幼虫が入っているようであった。そのまま意識が遠くなり、また眠りについてしまった。

こんな状態が一週間つづくと、このクラブのおぼろげな様子がわかってきた。クラブは大きな芋畑のなかにある一軒屋で、四方は山に囲まれていた。

「南の窓から見えるのが烏帽子《えぼし》岳で北側が、鼻岳です」と看護婦が教えてくれるが、いずれも聞いたことがない山であった。「鼻岳の奥にはトロッコ池がありますが、そこへ行くまでに遭難死する」と看護婦は他人事のように言った。

一週間の食事は、一日二食、すべて芋粥であった。ようやく立ちあがることはできても、二、三歩進むと足がよろけた。

一週間めに芋粥屋主人が、にこやかにやってきて、

「デブおじさんはやせたかな」

と訊いた。

「私を軟禁すれば、おまえ、誘拐罪でつかまるぞ。どうするつもりなんだ」

「なにをおっしゃる。あなたはスパイをしただろう。私が極道だったらデブおじさんを日本海へ放りこんで、魚の餌にするところだ。ま、三〇〇万円の現金が鞄《かばん》にあったので、そのぶんを療養代としていただく。一日の基本料金は一〇万円ですから、一カ月はいられます。そのあとは御自由になさっていただいて結構」

「それで、毎日、芋粥ばかり食べさせる気かね」

芋粥屋主人の顔が意地悪くゆるんだ。

「いや、芋粥は今日までですよ。明日からは断食というメニューとなってる。当施設はもとは断食道場であったのを、ダイエット・クラブに変えたんでね。デブおじさんは実験対象として魅力がある。なにしろ九十五キロもあるんだから、サンプルとしては申し分ない。なにも殺そうっていうんじゃない。ダイエットさせてやろう、っていう親心だ」

その夜は、たっぷりと芋粥が出された。菊池課長は意地になって食べた。食べながら、(脱出するのは今夜しかない)と自分に言いきかせた。

夜の十二時になると、這《は》いずりながら部屋のドアを押してみた。ドアは簡単にあいて、看護婦も事務員も眠っているようであった。玄関をさけて、北側の窓をこじ開けて、そこから外へ飛びおりた。

夜空にはこうこうと月光が差していた。

菊池課長は一目散に細い山道を走った。目ざすのは県道だ。県道へ出れば、バスやトラックが来るから助けを求められる。山道は迷路となっていた。四月に入ったのに、山はまだ寒く、冷気が肌を包んだ。逃げながら、菊池課長は、

「おや、私は走っている」

と気がついた。ここ十年間というもの、菊池課長は走ったことがない。走ろうにも、軀《からだ》が重く、走るという気になれなかった。坂道を登るだけで、はあはあと息が荒くなった。それなのに、走っているのが自分でも不思議だった。山小屋の部屋ではよろけていたのに、足だけが勝手に走り出した。身が軽くなったように感じた。

十分走っては休み、追手がこないことを確認してまた十分走った。一時間走ったところに松の木があり、へたりこむように腰をおろすと、全身の力がぬけた。松の背後から、

「よくがんばりましたね、デブおじさん。今夜はこんなところまででしょう」

と涼しい声がした。松の木のかげに、白いワゴン車が止められ、二人の事務員と看護婦が、注射器を持っていた。腕に注射がうたれた。

「中味はブドウ糖の栄養剤で、一本三万円いただきます。このままここで眠ったら、死んでしまいます。それにバス通りまでは二百キロ。一晩中走ったって行けませんよ」

菊池課長は担架に乗せられて、山小屋のレクレアシオン・ド・イモガユまで運ばれて点滴をうけて眠ってしまった。

つぎの日から断食がはじまった。それは拷問に近い苦しみであった。一日のうち与えられるのは水とビタミン錠剤と中味のわからぬ栄養剤だけだ。目まいがして、腰の力が抜け、びしょびしょの便が出た。これほど苦しむのならば、いっそのこと殺してくれたほうがましだ。強制収容所に収容された捕虜でも、これほどひどい仕打ちはうけないだろうと思われた。

断食が一週間つづいたあと、芋粥屋の主人がやってきて、

「あんたの会社と交渉してるところだ。おまえさんは人質だから、殺すわけにはいかない。永井って専務から、金は払うから、生きてる証拠の写真を送れ、といってきた」

と言うと、菊池課長を壁ぎわに立たせて、オートカメラを構え、

「笑え。笑わないと、おまえを虐待してると思われるんでな」

と命令した。

「笑えば、今日から芋粥を食わせてやる」

命じられるまま、菊池課長は、顔をひきつらせて笑った。

「Vサインしろ。チーズと言ってみろ」

「は、はい、チーズ」

写真を撮り終ると、芋粥が盛られた鍋が床に置かれた。菊池課長はしゃがみこんで、犬のように食べた。けれども、思ったほどは食べられずに半分残してしまった。食べたいと気はせくのに食べられないのであった。

「胃が縮んでしまったんだ。無理して食べると、かえって軀に悪い」

芋粥屋の主人は冷笑を浮かべて帰っていった。さらに一週間たつと、胃のあたりがもぞもぞと動いた。腹のなかに、なにか生き物がいるようなのだ。眠っているときに、腸のあたりがぴくりと振動するのだった。

看護婦が、

「赤ちゃんが生まれるんですよ」

と言ったときは、

「俺は妊婦じゃない」

と飛びあがった。

「ここにきた最初の日に、粥のなかにサナダムシの幼虫をいれたのです。そのサナダムシが育ってきました。暴れると、サナダムシが腸に嚙《か》みつきますよ」

菊池課長は絶句して、この山小屋がダイエット施設であることを、改めて思いなおした。

「サナダムシ・ダイエットの生体実験です。おなかのなかのサナダムシが、栄養分を食べてくれるので、いくら食べても太りません。あと一週間たったら、虫下しをさしあげますから」

そしてまた一週間がたった。腸のなかでサナダムシが成長して動いているのがわかった。腸に象の鼻を突っ込まれたようで、たるんでいた腹が波を打った。芋粥屋の主人は「交渉している」と言ったきり、二週間もやってこない。交渉がうまくいかないのかもしれない。菊池課長はすでに怒るほどの気力も消えうせてきた。

そのいっぽうで、軀が宙に浮くような恍惚感《こうこつかん》がめばえてきた。軟禁されて、神経がゆるみきって、わずかに細い一本の糸によって生きているばかりだが、その糸より青い光が放たれる。青い光の先に突かれると、浮いていた軀が沈んで、その浮遊感に身をまかしているうちに腹がむず痒《がゆ》くなり、S字状に痙攣《けいれん》した。

「そろそろ虫下しを処方しましょう。サナダムシが大きくなりすぎたようだわ」

看護婦が緑色の薬を差し出した。

菊池課長は降りしきる雨の音をゆめうつつに聞きながら薬を飲み、やせてたるんだ腹をなぜながら、サナダムシが出てくるのを待った。強くなった雨のしぶきが窓の敷居を濡らしていた。

その翌日、強い便意を催した。

白い特別製の移動式便器が持ち出されたのは、便と一緒に出てきたサナダムシをサンプルとして採集するためらしい。

出てきたサナダムシは、長さ一メートルもあり、真田紐に似た扁平《へんぺい》の条虫で節が幾重にもつながっていた。サナダムシの節は、うしろへうしろへと増えていく。体中から本物の腸が出てくるのではないか、と思われた。

うんうんと唸《うな》りつつ、十分かけてサナダムシを出しきると、菊池課長は、力つきてベッドの上に横たわり、荒い息を吐いた。

部屋へ芋粥屋の主人が入ってきた。芋粥屋主人の横に永井専務が立っていた。永井専務はにこやかにほほえんで、

「おつとめ御苦労であった。ちょうど一カ月がすぎた。一カ月でダイエット二十五キロとはさすがだ」

とほめ、芋粥屋主人と親し気に話をしていた。

「きみをここへ連れてきて、芋粥ダイエットの生体実験をさせたのはじつは私なのだよ。

だいぶスマートになったじゃないか」

「だましたんですか」

「そういうつもりはないが、あのまま放っておけば肥満による成人病になっているところだった。こうでもしなけりゃ、きみは言うことをきかんだろう」

永井専務は、菊池課長の腹の皺《しわ》を指でつかんでから、ぱちーんとはじき、

「腹の皮はリフティングして、切りとったほうがいいな」

と芋粥屋主人に言った。

看護婦は、菊池課長のパジャマを脱がせ、上半身を裸にして、臍《へそ》から尻にかけてマジックインキで線を引いた。

そこへ超音波デジタル脂肪計測器が持ちこまれて、脂肪度が調査された。

「あと二十キロは減らせますな。脂肪吸引やってみましょうか」

みぞおち周辺に麻酔剤がうたれ、さらに血管収縮剤が入ったカルテル液が注入された。

「カニューレは二・五ミリ管にしますか」

「もっと太い五ミリ管がいいだろう」

カニューレとは脂肪吸引管をいう。カニューレを腹にさして、余分な脂肪を吸いとる。

ウィーンと吸入音が響いて、菊池課長の腹から脂肪が血と一緒に吸いこまれた。

「あと、一カ月で退院できます。こってりと脂肪吸引して一週間養生すれば、出勤可能です。これが芋粥パワーってところです」

二カ月後、体重五十キロになった菊池課長は、昔と同じように出勤し、新橋料亭谷崎へよばれた。料亭には平安朝食品を吸収合併したSRF社のストロング・ランボー社長がきていた。

「アメリカの会社ではデブはクビになるんだよ。自己管理ができない男は、ビジネスマンとして失格だからな。きみは合格だ」

永井専務は、話のあいだ、ときどき英語でランボー社長と会話し、そのたびにランボー氏はヤーヤーヤーとうなずいた。

「ランボー社長は、日本文学に詳しく、とくに芥川のファンだ。それで、『イモガユ』という健康フードを開発しろ、とのお達しがあった。敦賀の山間地で栽培した山芋を主原料として、中国の薬草と虫と乾燥サナダムシの粉末などをブレンドしたダイエット食品だ。それがこれだ」

机の上に、白いプラスティックの瓶が置かれた。「スリムキング・イモガユ」という名がついている。「スリムキング」の宣伝チラシがあり、そこには二カ月前に料亭で撮影した菊池課長の写真が使用前九十五キロとして掲載されていた。その横には、敦賀のダイエット施設で撮った写真が「一カ月後七十キロ」として掲載されていた。

「おーい、カメラ持ってこい。それから洋服のセットも。あとタスキ」

「二カ月後五十キロ、の写真を撮らなきゃいけないからな。洋服を新しいのに変えなさい。なにしろ二カ月で四十五キロもダイエットできたんだからな」

菊池課長は、新しいワイシャツを着て赤いネクタイをして、新品の背広で永井専務の前に立った。肩からは「スリムキング」と書かれたタスキをかけられた。

「チーズ、キューリ、シーツ」

と笑って写真を撮り終えたところで、ランボー社長が大きな手で握手をしてきた。

「そのタスキをかけて、全国を販売活動でまわっていただく。きみを、デブおじさんというキャラで売り出したのは私だ。これからは、デブおじさんはスリムキングとなる。デブおじさんのころを知ってる人は、スリムキングにショックをうけるだろう。きみは、これでまたスターになる。だれのおかげかな」

「永井専務のおかげです」

「よーし」

永井専務は、機嫌よく手をうち、ランボー社長にペラペラペーラと話してから芸者を呼んだ。

「おい、スリムキング。ジャパニーズ小唄を一曲歌いなさい」

菊池課長が正座すると、テケテーンと三味線が鳴って、菊池課長は、
〽芋食や屁《へ》が出る虫食ややせる、スリムキングは命がけ、
と渋い声でうなったのだった。

餓《が》鬼《き》魂《だま》

夢枕　獏

餓鬼魂（がきだま）
こんなにひもじいのは
鬼が棲《す》んでいるからなのだ

岩村賢治詩集『蒼黒《あをぐろ》いけもの』
「餓鬼魂」第三節

1

眠れなかった。

三沢秋男《みさわあきお》は、シュラフの中で、何度も寝返りをうった。

飢えている。

たまらなく腹が減っていた。

今日一日で腹に入れた食べものは、インスタントラーメンをひとつとサラミソーセージを一本、あとはレモンを一個だけである。

インスタントラーメンが朝食、一本のサラミソーセージを半分に切り、半分を昼食に、残りの半分を夕食にあてた。レモンは、昼間、歩きながら皮ごとかじって食べた。

食べたとは言えないが、眠る前に、蜂蜜をたっぷり入れた紅茶を飲んだ。

水以外に腹に入れたものというのは、たったのそれだけである。

一日中、シュラフの中で眠っていたわけではない。

三〇キロの荷物を担いで、山の中を歩いていたのである。

三十二歳——どちらかといえば大柄な三沢にとっては、今日一日分の食事を全部合わせても、普段の一食分にさえ満たない。

ライター大のチーズがふたつ。紅茶二杯分を甘くすることができる程度の蜂蜜の袋が半ダース。紅茶のティーバッグがみっつ。チョコレートが一枚。ひと握りほどの干し葡《ぶ》萄《どう》。

残っている食料は、あとそれだけであった。

飢えてはいたが、それを食べるわけにはいかない。

明日中に、人里に出られるかどうか、わからないからである。人里に出られないまでも、どこかの山小屋に出るか、他の登山客に会うことができれば、なんとか食料は確保できるだろうが、それをあてにするわけにはいかなかった。

明日一日も、今日と同じ状態が続く可能性があるからである。

明日中には——と、三沢はそう思っている。

明日の午前中には、蔵六岳小屋から、蔵六沢出合まで下る登山道のどこかに出るはずであった。

たとえ、小屋と蔵六沢出合との中間に出たとしても、二時間下れば蔵六沢出合まではたどりつける。

下から登ってくるバスの終点が、その蔵六沢出合であった。

そこが、蔵六岳への登山口で、バス停の前には、一軒だけだが、山菜そばやカレーライスくらいは喰《く》わせてくれる売店がある。

そこまではたどりつけるだろうと、そう思っている。

だが、確信はない。

なにしろ、今、自分がどこにいるのか正確にわかっているわけではないのだ。

おそらく、雪見岳から蔵六岳へ続く稜線《りょうせん》の蔵六岳寄りの東側の斜面であろうと、そのくらいしかわかってはいない。

三泊四日の予定で、山に入った。

一泊を山小屋で、二泊をツエルトでするつもりだった。

それが、ひどい雨にやられ、中日《なかび》の山小屋泊が二泊になってしまった。

奥の深い山である。

予定通りのコースを歩いていたら、どんなに急いでも、予定の日には帰れそうにない。

サラリーマンである三沢には、たとえ一日でも、無断欠勤は許されない。

そこで、尾根の途中から、蔵六岳へ向かうのをやめ、直接蔵六沢出合まで下ることにしたのである。

尾根から、下へ出る道がある。

地図には記されてない道である。

蔵六岳バットレスと呼ばれる岩場が、蔵六岳の東面にある。この山系では、かなり知られている岩場である。

その岩を専門に登る者たちが利用する道であった。普通の縦走には使用されない道だ。

蔵六沢出合から蔵六岳へ登る登山道の途中から、その岩場の真下にまで、細い道ができている。

整備された道ではない。

その岩場を利用する者が通ううちに、自然にできた道である。

獣道に近い。

ガレ場や草の中でふいにとぎれ、獣道と交わり、迷い易《やす》い。

山の専門書には載っているが、普通の地図には記されていない。

山小屋の主人に、簡単な地図を描いてもらい、三沢はその道を下ることにした。

尾根からの下り口はすぐにわかった。

岩をやるつもりのクライマーが、途中で雨にやられた場合、岩を登らずに、岩を巻いて尾根へ出るための道である。

地図状の苔《こけ》の付いた大きな岩の表面に、ペンキで〝○〟印がついていた。

下り口はすぐにわかっても、その先は、慣れた者でも迷い易いから、やめた方がいいと小屋の主人は止めたが、そうですかと予定通りのコースを歩いたのでは、仕事に間に合わない。

危険を承知の下山であった。

仮に、迷ってどこかでビヴァークすることになったとしても、翌日には帰ることができる。予定通りのコースを歩いたのと結果的には同じである。

迷ったとしても、まず、死ぬような山系ではない。

夏である。

ひと通りのビヴァーク用品はそろっている。

いよいよとなれば、上に登ればもとの尾根道に出る。しんどい作業ではあったが、迷った時には上に登るのが山の鉄則である。

そこまで決心しての下山であった。

朝早く小屋を出た。

朝食は、二時間ほど歩いたあたりでとる腹づもりであった。

三沢が、小屋の主人に用意させた朝食と昼食の握り飯を忘れてきたことに気づいたのは、朝食のためにザックを下ろした時であった。ザックの中のどこを捜しても、新聞紙に包まれたふたつの包みが見当らなかった。

その包みを渡されたのは、登山靴をはいている時である。

「ここに置いておくよ」

と、小屋の主人が、三沢が腰を下ろしている玄関の板の上に置いたのまでは覚えている。

靴のヒモを締め終えた途端に、三沢は、すっかりその包みをザックの中へ入れたつもりになって、そのまま小屋を出てしまったのである。

もどるのが最良の方法であったが、それをしていては四時間のロスになる。その時点では、まだ道に迷ってはいない自信があった。

このまま下れば、最終バスに乗る前に、そばくらい食べる時間は充分にある。

手持ちの食料は少なかった。

今日一日分がいいところである。

念のために節約して食事をとることにした。

ラジウスでコッフェルに湯を沸かし、インスタントラーメンを食べた。

三沢が、自分が迷ったことに気づいたのは、昼近くなってからであった。予定通りなら、すでに、蔵六岳から蔵六沢出合まで下る登山道に、一時間前に出ていなくてはならない。

これまで、下る途中に何カ所か道が途切れている場所があった。

そのどこかで、獣道に迷い込んだらしい。

眠れずに、寝返りをうちながら、三沢は、己れの不用心さを呪った。

蔵六岳の頭でも見えれば、なんとかその角度で自分の位置もわかろうが、その山の懐に入り込んでしまっていては、かえって山の頂は見えない。

それに、トウヒやモミの原生林は、海のように溜め息《たいき》が出るほど果てしがなかった。

シュラフの中で、暗くなってからも歩いたことを、三沢は後悔していた。

気づかぬうちに、登山道に出て、そこを通り過ぎてしまったことも充分に考えられる。

一度迷い出すと、自分の行動の全てに自信がなくなってしまう。あらゆることに疑念が湧く——。

眠れなかった。

腹が減っている。

だいぶ風が出てきたらしかった。

ツエルトの上方の闇の中で、ブナの梢《こずえ》が騒いでいる。

その音が、そのまま三沢の心のいらだちを表わしているようであった。

深い山の奥へ、ずんずんと背中から引き込まれていくようであった。

やけに寒かった。

三沢は、自分の身体《からだ》が小刻みに震えていることに気がついた。

おそらく、今自分がいる場所は、標高一五〇〇メートルから二〇〇〇メートルの間くらいであろうと三沢は思っている。迷ったとはいえ、トウヒやモミ、ブナの植物層と、これまでの状況からそのくらいの判断はつく。

八月の下旬——。

高山の夜とはいえ、まだ夏である。

シュラフの中にも潜っている。

寒さを覚えるのはおかしかった。

よほど自分の身体が疲労しているのかと思う。

充分な食事もせずに、しかも極端に疲労が激しい場合、そんな時に雨に濡《ぬ》れたりすると、夏山でも疲労凍死をしたりする。

しかし、自分の肉体がそこまで追いつめられているとは思えなかった。

——糞《くそ》。

と、思う。

バケツほどのでかいどんぶりの中に、五~六人前の熱いラーメンをぶち込んで、その中に顔を埋めるようにして貪り喰ってみたかった。

一度、そういう映像を頭の中に描いてしまうと、あとはとめどがなかった。

湯気をあげている白い飯に、たっぷりネギを刻んで入れた納豆をのせ、さらにその上に焼きたての海苔《のり》をもんで食べる。

醤油《しょうゆ》の味や、納豆の歯当りまでが口の中に蘇《よみがえ》る。

次はビールだ。

ステーキ。サラダ。アイスクリーム。味噌汁《みそしる》。焼き魚。天ぷら――。

三沢が好きなものも好きでないものも、次々に現われて消える。

寒い。

外の闇を吹く風の音のようにも思えた。

低いどよもしが地を揺すり、その後を笛のような高い音が追いかけ、樹々《きぎ》の梢が鳴る――。

三沢は、たまらずに、ザックに手を伸ばした。

チーズをひときれだけ腹に入れるつもりだった。

ザックから取り出したチーズを、貪り喰った。

一度何かを口にした途端、とても、チーズひとつではすまなくなっていた。残りのチーズ、干し葡萄、チョコレート――ザックの中にあったものを全部たいらげた。

それでも飢えは収まらなかった。

どこか異常であった。

寒い。

風の音がはっきりと吹雪《ふぶき》の音に変わっていた。
山の闇の奥から、ひしひしと自分を押し包んでくるものの気配がある。
何者かが、ツエルトの上に爪先立ちをして踊り狂っているようでもあった。
誰かが、ツエルトの入口を揺すっていた。
風の動きとは別の動きで、ツエルトの布地が大きく内側にたわむ。
誰かが入ろうとしているのだ。
「誰?」
三沢は声をかけた。
ぞくぞくと首筋の毛が立ちあがっている。
小さな、音がした。
その音が、何の音であるのか、三沢にはわかった。
ツエルトの入口のファスナーが、外側から、ゆっくり上に引きあげられてゆく音だ。
その音が止《や》んだ時、入口が大きく内側に割れた。
そこから白い塊りが、ごうと三沢の全身に叩《たた》きつけてきた。
吹雪の冷気の塊りであった。
無数の雪の飛礫《つぶて》が、三沢の顔を叩いた。

2

三沢が自力で蔵六沢出合のバス停までたどりついたのは、翌日の夕方であった。

荷は背負ってはいなかった。

空身《からみ》である。

ふらふらになって売店までたどりつき、そばを注文した。

大盛の山菜そばを五杯。

カレーライスを三人前。

ビールを四本。

それが、その時三沢が腹に入れたものの量である。

山から、ふらふらになって下りてきた人間が、いきなり腹の中に詰め込む量としては、異常なものであった。

四杯目のカレーライスを食べようとしたその時、突然三沢はそこにぶっ倒れた。

倒れると同時に、鼾《いびき》をかいて眠り出した。

獣のような鼾であった。

その売店は、登山センターも兼ねていた。

売店の中に、小さな箱と用紙が置いてあり、登山者は、その用紙に、入山する山名と、予定のコース、自分の住所と氏名を書き入れ、箱の中に入れて入山する。

登山センターといっても、それくらいのものだ。

一日に二回、上の小屋と無線で連絡を取りあい、上の気象状態をバス停前の掲示板に記す。

他《ほか》にやることと言えば、そのくらいである。

遭難者が出た時でもなければ、特別にいそがしくなる時などめったにない。

売店の主人が、店で貪るように食事をしている男が、三沢秋男ではないかと気がついたのは、三沢がふいに倒れて鼾をかき出した時であった。

つい一時間ほど前、地元の警察から連絡があったのだ。

三沢秋男が、予定を一日過ぎても帰って来ないと、その妻から警察に電話があったのである。勤め先にも、連絡が入っていないという。

上の小屋に連絡をとり、三沢という男が、尾根の途中から下に下るつもりで小屋を出たことまでがわかった。

その先はわからない。

予定通りならば、昨日中にバスに乗り、山を下っていることになる。しかし、バスに乗る人間の名前までチェックしているわけではない。タクシーを利用する者も、マイカーを利用する者も、バスに乗らずに林道を歩いてゆく者もいる。

三沢秋男は、すでに山を下った可能性もある。

しかし、家に帰っていない以上、まだ山の中にいる可能性が強い。

山小屋の人間が、三沢が利用するはずであった道を、とにかく下まで下ってみることになった。

それで手懸りが得られなければ、もう少しまとまった人数の捜索隊を出さねばならない。

――どうするか。

そんなことを考えている時に、三沢が売店にやってきたのである。

まさか、つい今電話で話題になっていた本人とは気づかずに、注文通りの品を出した。

だいぶ腹が減っているらしく、次から次へと男は注文をした。

もしかしたらと考えた時に、いきなりその男が倒れて鼾をかき出したのである。

電話で聴いた服装や人相も一致している。

ポケットのサイフの中に本人の名刺もあった。

それで、この男が三沢秋男だということがわかったのである。

この事件のことは新聞に載った。

むろん、小さな記事である。

山の中で、張ったままになっているツエルトや、三沢のザックが、小屋から下った男によって発見された。

そのコースで道に迷った人間が、自然に入り込んでしまう谷がある。もしかしたらそこへ足を伸ばしたら、そこに三沢のものらしいツエルトやザックがあったのだという。

何年か前の冬にも、同じ谷に登山者が迷い込んで死んでいる。

新聞の記事には、それだけのことが短く書かれてあった。

3

三沢安江《やすえ》は驚いていた。

夫の食欲にである。

以前より二倍——いや、三倍は食べるようになった。間食などを入れると、もっと食べているかもしれない。

以前——つまり、夫の秋男が山で遭難しかけた時以前に比べてのことである。

茶碗《ちゃわん》を大きいものに代え、それに、飯を山盛りにして、四杯は食べる。

四杯といっても、どんぶりに近い大きさだ。

四杯食べるうちには、おかずがなくなる。

その時には、飯にカツオブシを乗せ、それに醬油をかけて食べる。

それで四杯食べ終えても、三沢はまだ不服そうであった。

さらに食べたいのを、無理に抑えている——そんな風であった。

食事がすんだ時には、胃が大きくなり、腹がぱんぱんにふくらんでいる。

苦しそうだった。

しかし、腹がふくれた苦しさよりも、もう飯が無くなって喰えないことの方が、もっと苦しいらしかった。

「こんなに喰っても、糞の量は前とおんなじだ——」

笑いながら、そんなことを言ったこともある。

奇妙な男から電話があったのは、九月に入ってからであった。

安江が洗濯をしている時に電話のベルが鳴った。

安江は、まだ半分濡れた手で受話器を取った。

「三沢さんのお宅ですか——」

ハスキーな、低い男の声がした。

喉が割れて、だみ声に近い。

しゅうしゅうとどこからか空気の洩《も》れるような擦過音が、その声に混じっている。

「はい」

安江は答えた。

「どちら様ですか」

「黒滝《くろたき》といいます――」

答えて、その黒滝と名のった男は、沈黙した。

「どういうご用件でしょう?」

その沈黙がわずらわしくなり、先に安江が口を開いた。

男はすぐには答えなかった。

ふふ――という含み笑いに似た息づかいがまず聞こえ、それに遅れて男の声が響いてきた。

「御主人のことです」

「主人の――」

「ええ」

答えて、男はまた黙った。

不気味だった。

何かのいやがらせとは思えないが、もしそうであったら、すぐにも電話を切る覚悟が安江にはある。

だが、三沢の知人の誰かであれば、そうはいかない。

安江には、黒滝という名前に心当りはなかった。

「主人の知り合いの方ですか――」

「いいえ」

男が言った。

ぼそぼそと、紙でできた言葉をちぎりながら話すような男だった。

小さな含み笑いのようなものが、また響いた。

「お宅の御主人——」

安江が電話を切ってしまおうかと、考えた時、男が言った。

「——最近お太りになったんじゃありませんか」

「太った？」

「よくめしあがられるようになったんじゃありませんか——」

安江の心臓が、一瞬どきりとするような響きが、その声にはあった。

「——」

どう答えていいのかわからなかった。

「やっぱりそうなんですね」

安江の沈黙を、男は、肯定と受け取ったらしい。

静かな黒い男の声の中に、嬉々《きき》としたものが混ざっていることに、安江は気がついた。

「ご用件をおっしゃって下さい」

安江は、語調を強めて言った。

「今、言いましたよ」

変わらぬ口調で男が言う。

「今?」

「たくさん食べるようになったんでしょう、ってね――」

「あなたはどういう方なんですか」

安江の問いに、男は答えなかった。

別のことを言った。

「たくさん食べてるんだろうなあ」

低い声だった。

「食べても食べても足りなくて、また食べるんでしょう」

「何をおっしゃりたいんですか」

「いえね、あなたが、御主人の食欲に驚いていらっしゃるんじゃないかと思いまして
ね――」

「――――」

「心配することはありません。好きなだけ食べさせておあげなさい――」

「それが用件なら、電話を切らせていただきます」

「それにはおよびません。私の方からじきに切りますから。でも、最後にもう一度だけ

言わせて下さい。何も心配はいらないのです。御主人には好きなだけ、いくらでも食べさせてあげなさい」

「切ります」

そう言って安江が受話器を置こうとした時、ふいに、向こうの方から電話が切れた。

4

九月に入っても、まだ暑かった。

陽射《ひざ》しは、少しも弱まろうとしなかった。

さすがに、夜にはいくらか涼しい風が吹くようになったが、日中は、真夏日とほとんど変わりがない。

夜には涼しくなるとはいっても、それでもクーラーを入れねば寝苦しい。

だが、九月に入ってからは、三沢は、クーラーのスイッチを入れさせなかった。

「だって暑いじゃないの」

安江が言うと、

「そんなことはない」

怒ったような顔で三沢が言う。

クーラーを入れると寒い、というのである。

クーラーを入れなくてさえ、今日はなんだか寒いと、ふいにそんなことを言い出して、安江にタンスの奥からセーターを出させ、それを着る。

他の人間が、半袖のシャツを着てさえ、まだ暑いと言っている時期に、三沢だけが、長袖のシャツにセーターを着る。

しかし、セーターを着ている三沢の額には、明らかな汗さえ浮いているのである。

その汗をぬぐいながら、

「寒い」

と、三沢は言うのである。

眠る時も、安江は、簡単にタオルの掛《か》け蒲団《ぶとん》をかけるだけなのに、三沢は、毛布に普通の蒲団を重ね、冬と同じようにそれを自分の上に掛けて眠る。

凄《すご》い汗をかいているのがわかる。

翌朝、三沢が起きた後、そっと蒲団の中に手を差し込んでみると、シーツがぐっしょりと濡れているのである。最初、安江は、三沢が眠っている間に小便を洩らしたのかと思ったほどである。

夜に替えた下着を、朝、出勤前にもう一度替えて家を出る。

その下着も、三沢の汗でずくずくになっている。

「汗をかいているのに、何で寒いのよ」

安江が言うと、

「寒いものは寒いんだ」

三沢が怒る。

こうなると、もう、奇行の部類に入る。

山から帰って以来、自分の夫はどこかがおかしくなってしまったのではないか。

翌日、冷蔵庫の中のものが、極端に減っている時もあった。

夜中に、ひそかに三沢が起きて、中のものを食べているのだろうと思う。

〝寒い〟

〝寒い〟

夜、横で眠っている三沢が、うなされたようにつぶやいているのに気がついたこともあった。

〝寒い〟

そう言いながら、全身が汗で湯を浴びたようになっている。

――すぐ横で眠っている夫が、だんだんと別の何ものかに変貌してゆく。

その恐怖がある。

夫に、何かの狂気がとり憑《つ》いているらしかった。

その狂気が、日に日に、夫の精神を蝕《むしば》んでゆく。

たまらなかった。

夫の三沢が三十代の初め。

安江は、まだ二十九歳である。

三年前に見合い結婚をした。子供はまだいない。

ほどほどのところでと、人生に妥協しての結婚である。

ケンカはするが、かなりうまくやっている夫婦ではないかと思う。

結婚当初にはなかったはっきりとした愛情も、三沢に対して抱き始めている。女とはこんなものかと思う。

肉体を合わせ、一緒に暮らすうちに、夫の肉体や生活状態に、いつの間にか自分の肉体の方が慣れてしまっている。そのことに不満もない。

だが、その慣れたはずの夫が、安江の知らないものに変わってゆこうとしているのである。

——その晩。

安江はふいに眼覚《めざ》めた。

浅い眠りの中で、微《かす》かな物音がしたのである。

冷蔵庫の扉の開く音である。

すぐに隣に眼をやった。

三沢の姿が消えていた。
蒲団が人形《ひとがた》にふくらんでいるが、その中が空になっている。
頭の上にある小さな電球に、灯《あか》りが点《つ》いていた。
寝室に使っている和室の入口の戸が、細く開いていた。
そこから、物音が洩れてくる。
台所の方角からだった。
夜行性の獣が、ひそひそと闇の中で夜の食事をとっている音だ。
かつんかつん、という歯のぶつかる小さな音。
舌がたてる湿った音。
安江は立ちあがっていた。
ネグリジェのまま、素足で畳の上を歩き、戸の前に立った。
ゆっくり、戸を引いて開ける。
廊下に足を踏み出した。
みしりと、板が軋《きし》む。
夜気に冷えた廊下が、素足に、ひんやりと冷たかった。
台所のドアが開いていた。
板の上を滑るように、灯りが洩れてくる。

安江は、息を殺していた。

台所のドアを、ゆっくりとくぐった。

やはり、冷蔵庫のドアが開いていた。

見えていた灯りは、冷蔵庫の灯りであった。

冷蔵庫のドアの陰に、一匹の獣がうずくまっていた。

ドアの陰になって、全身は見えない。

パジャマを着た尻が見えている。そして、大きく丸められた背中の一部。

三沢であることはすぐにわかったが、その見えている背の形が異様であった。不気味なまでにふくらんでいるのである。

その理由はすぐにわかった。

三沢は、冬山で着る羽毛服――それも極寒地用の特別に羽毛の多いものを着ているのである。

山の好きな三沢が、結婚する前から持っていたものであった。

最近はほとんど使用していないが、昔はよく使ったものだと、安江に見せてくれたことがある。

「あなた……」

安江は、思わず、小さくつぶやいていた。

三沢は、答えなかった。

まるで、安江に気づいていないのだ。

懸命になって、冷蔵庫の中に頭を突っ込んで、中のものを貪っているのである。

「あなた！」

大きな声で言った。

一瞬、見えている三沢の背と尻が、びくんとすくみあがるのがわかった。

「なにをしているの――」

自分でも、驚くほど冷静な声が出た。

よく聴きとれる澄んだ声であった。

ドアの上に、ゆっくりと、三沢の頭が持ちあがってきた。

まず、髪の毛、額、そして眉――。

顔が、安江の方を向いている。

額には、無数の汗の玉が光っていた。

冷蔵庫の灯りが、斜め下方からその顔を照らしている。不気味な影がそこにできていた。

赤く充血した眼が現われた。

これまで見たこともないほど、その眼が大きく見開かれている。ほとんど円に近い。

眼尻が吊《つ》りあがり、その瞳に獣の光が宿っていた。

三沢の頭部の全てが姿を現わした時、安江は、悲鳴を放っていた。

三沢は、大きく唇をむいて、その上下の歯の間に、生《なま》の肉を咥《くわ》えていたのである。

5

「それが二日前のことか――」

巨大な体軀《たいく》の男が、向かい側の、細《ほ》っそりした、色の白い女に向かって言った。

「はい」

女が、白い、尖《とが》った顎を小さく下にひいてうなずいた。

癖のない髪をした、瞳の大きな女であった。

頰のあたりに、やつれが見えている。

そのやつれは、眼元から頰、首筋、薄い肩にまで及んでいた。

そのやつれが、女を、かえって艶《いろ》っぽく見せていると言えなくもないが、そのやつれを取り去った時の笑顔の方が、もっと魅力的だろうと想像できる。

テーブルをはさんで、女と向き合っている巨漢は、女の体重の三倍以上はあろうかと思われた。

ジーンズに、モスグリーンのTシャツを着ている。

Tシャツの両袖を、肩までめくりあげているため、逞《たくま》しい肩と腕の筋肉がむき出しになっていた。

よく陽に焼けた、太い腕であった。

人の肉というよりは、岩か何かのように見える。

顔の造りも、大きかった。

眉が太い。眼も太い。鼻も太い。唇も太かった。

荒削りの岩。

それがこの男の印象であった。

造りが大きいといっても、大まかという意味ではない。

せこくないのである。

むろん、美男子《ハンサム》と呼ぶにはほど遠い顔であったが、充分な魅力がその顔にはあった。

十人の美男子よりは、この男がその太い口元に浮かべる笑みの方が、よほど魅力的であろう。

この男が身にまとっているのは、鍛えた肉体が持つ、熱気にも似た雰囲気であった。

手を伸ばせば、眼を閉じていても、この男の肉体の数センチ手前で、その肉体の感触を手に感ずることができそうなくらいであった。

九十九乱蔵《つくもらんぞう》であった。

乱蔵の前に座っているのが、三沢安江であった。

乱蔵は、喫茶店の、ふたりがけの椅子の中央に座っているのだが、それでもまだ窮屈そうだった。

テーブルが低すぎて、前に出した乱蔵の膝が、テーブルの下に潜り込まないのである。

乱蔵は、己れの巨体をもてあましていた。

乱蔵の左肩に、一匹の猫が座っていた。

子猫ほどの大きさの、黒猫であった。

純黒である。薄く緑色の光沢を帯びているのかと思えるほど、黒い。

なりは小さいが、それでも成獣であった。

面構《つらがま》えには、子猫の可愛《かわい》さもひ弱さもない。

猫科の大型肉食獣である、虎や獅子《しし》と同じ面つきをしている。

燃えるような金緑の眼が、安江を見ていた。

乱蔵が、シャモンと呼んでいる猫であった。

漢字では沙門と書く。

仏教でいう修行僧を、その名で呼んでいる。

むろん、ただの猫ではない。

霊喰い専門の猫又である。

乱蔵が飼っている——というよりは、シャモンの方が、乱蔵に勝手にくっついているらしい。

シャモンは、乱蔵とは対等の友人づき合いをしているつもりなのだ。時には乱蔵の役に立つこともあるが、そんなことはめったにない。

乱蔵が危なくなれば姿を消し、安全となればまたすぐにもどってくる。

気まぐれな猫なのだ。

まるで、蜘蛛《くも》のようであった。

乱蔵という灯りの周囲に蜘蛛の巣を張っておくと、喰いっぱぐれがないのである。灯りに吸い寄せられる昆虫のように、食い物の方から乱蔵の周囲に集まってくるのだ。

「どうなんでしょうか——」

腕組みをしている乱蔵に、安江が言う。

「何か、憑いてるな、それは——」

「憑いているのですか、やはり」

「山だな。そこで、たちのよくないものと出会ったんだろうよ」

「そうですか」

「場所はわかってるんだろう」

「場所？」

「あんたの御主人が、山でビヴァークした場所さ」

「ええ」

不安の色が、安江の眼の中にある。

「明日――いや、あさっての晩だな」

乱蔵がつぶやいて、胸の前で組んでいた太い腕をほどいた。

「――――」

「その場所まで、出かけてくる。調べてみたいこともあるしな。その後で、直接お宅に顔を出すことにするよ。それが、あさっての晩くらいだろうということさ――」

「でも――」

安江が、父親が遠くへ出かけてしまうのをいやがる子供のような視線を、乱蔵に送った。

「どうした」

「今日、また電話があったんです」

「電話？」

「さっきお話しした、いつか電話のあったおかしな男の人からの電話です」

「ほう」

乱蔵が、その眼を軽く細めた。

安江は、電話のことを話し始めた。

電話があったのは、今日の午後、昼食がすんだ後だという。

食器を洗っていると、電話が鳴った。

洗いものの手を休め、濡れた手をタオルでぬぐいながら、安江は受話器に手をのばした。

「いかがですか、御主人のぐあいは――」

受話器をあてた耳に、いきなり、低い、ぼそぼそという男の声が響いてきた。

いつかの電話の男だということがすぐにわかった。

「また、かなりお太りになられたんじゃありませんか」

しゅうしゅうという、呼気の抜ける音。

「主人を、見たのですか――」

「はい。時々、通勤なさるお姿を拝見させていただいてます」

不気味な声であった。

声とは別に、男の口から洩れた呼気が、受話器に当っているらしい。

マイクに唇を近づけ、息を吹きかけた時のような、ぼうぼうという音が、男の声に混じって、安江の耳に届いてくる。

「かなり、お腹《なか》が出てきましたね」

含み笑いに似た呼気が洩れる。

「あなたはどういう方なんですか」

「どうもこうも——」

「主人の知ってる方なんですか」

「まあ、いいじゃありませんか。それよりも前に私が言ったことは、忘れてはいないでしょうね——」

「——」

「心配することはないと言ったことですよ」

「——」

「御主人には、好きなだけ食べさせておあげなさい。そうすればするほど、早くけりがつくんですから」

「切りますよ」

「もうすぐです。どちらにしてもね。ほんのちょっと、ほんのちょっとだけ、痛い思いをするだけなんです。その後は昔のまま、これまで通りの生活にもどります——」

「切ります」

「その日にはね、私の方から、お宅にうかがうことにしますよ。それからね——」

「切ります！」

「色々と〝拝み屋〟をあたっておられるようですが、おやめなさい。彼等《かれら》の誰も、こいつばかりはどうしようもないと思いますよ」

そう言って、前回と同じように、向こうの方から電話が切れた。

「どうしようもないと、その男はそう言ったのか」

話し終えた安江に向かって乱蔵は言った。

「はい」

「何者なのかな、その男」

「――――」

「心当りは？」

「いいえ」

「旦那の方には訊《き》いてみたかい」

乱蔵が言うと、安江は、薄いまぶたを伏せて、テーブルの上に視線を落とした。

そこには、まだひと口も飲まれないまま、喫茶店の空気と同じ温度になったコーヒーを入れたカップが、置いてあった。

安江は、下を向いたまま小さく首を振った。

「三沢には、電話のことも、今日、ここであなたと会うことも、話してはおりません」

「そうかい」

乱蔵は、すでに空になっている自分のカップに掌《て》を伸ばし、その縁を軽く指先ではじいた。

乱蔵の掌が近くに来ると、やや大きめのそのコーヒーカップも、ぐい呑《の》みくらいの大きさにしか見えない。

「だが、おれが旦那と会う時まで内緒にというわけにもいかんだろう」

乱蔵が言うと、安江がこくんと、幼女のような仕種《しぐさ》でうなずいた。

「ここでカウンセラーをするだけで、旦那の具合が良くなるってわけじゃないんだからな」

「――――」

「なんなら、別の用件で会うということにしてもいいんだぜ――」

「別の？」

「北海道あたりの土地を売り込みに来た、不動産屋のセールスマン――そんなところでもいいんだが、できることなら、本人にはきちんと全部話しておいてもらった方が、面倒がなくていい。本人が承知かどうかで、この仕事は、やり易さが大分違うんだよ」

「明後日の夜までには、三沢に話してみます」

「旦那がどうしてもいやだと言うようなら、電話をもらえるかい。おれがいない時には、留守番電話に入れといてくれればいい」

安江が、小さくまたうなずいた。

6

——夕刻。

この季節の街が、一番美しく見える時間帯であった。

陽が沈んで、大気からは熱気が抜け、涼しい風が吹いている。

まだ、本格的に暗くなるには時間がある。

街を流れている人間や、建物の形がまだはっきりと見えている。昼の街の色、形、匂いがまだ残っている中に、商店の灯りがきらきらと目立ち始めている。

夜と昼とが溶け合う、ほんの三十分くらいのこの時間帯が、空気が一番透明に見える。

勤め帰りのＯＬ。

これから出勤する、バーやクラブのホステスたち。

サラリーマン、学生——。

そういった男や女たちが、品良く透明な夕刻の時間の中に、混ざり合い、溶け合っている。

この銀座を歩く人間たちの歩調は、同じ時間帯に新宿を歩く人間たちに比べ、どことなくゆったりとしている。

新宿の雑踏も嫌いではないが、乱蔵は、こういう雰囲気もまた好きであった。

都会の夜は、飲み屋が軒を連ねる路地の奥から始まる。

そこから流れ出した夜が、すでに、街を歩く人間たちの足元に漂い出している。

雑踏の中を、肩から頭ひとつ飛び抜けた乱蔵の巨体が、悠々と歩いてゆく。

五分ほど前に、喫茶店の出口で、三沢安江と別れたばかりであった。

新橋から、有楽町の方向に向かって歩いている。

もう少し歩けば、四丁目の交差点である。

その手前で、乱蔵は足を止めた。

ゆっくりと、後方を振り返る。

喫茶店を出た時から、後をつけてくるものがあるのだ。

喫茶店を出て歩き出した途端に、乱蔵はすぐその気配に気がついた。

奇妙な気配であった。

特別に気配を断とうとしているわけでもなく、特別な気を乱蔵に向けているわけでもない。

街を歩いている他の人間の気配と、ともすれば混ざり合い、判別すらつかなくなりそうであった。

ただ後をつけてくる——つけてくるからその気配のことがわかるだけで、そうでなければ、乱蔵にすら、その気配だけを、この雑踏の中から見つけ出すのは困難であろう。

乱蔵が止まった途端に、その気配の主も止まっていた。

後方を振り返った乱蔵の眼に、ひとりの男の姿が眼に止まった。

距離にしておよそ六メートル余り。

乱蔵とその男との間を、川のように、人間たちが流れてゆく。

その流れの中で、乱蔵とその男だけが、岩のように動かない。

奇妙な男であった。

まだ九月だというのに、黒い、膝下まであるコートを着ていた。

女のように長い髪をしており、頭には黒い帽子をかぶっている。

度の強い、縁の丸い眼鏡をかけていた。

黒い、大きなマスクをかけていた。口から耳元まである、横に細長いマスクだった。

どんな人相をしているのか、まるで見当がつかなかった。

ひょろりと背が高く、やや前かがみに背が曲がっていた。

その男の姿の中に、一番異様であったのは、男自身というよりも、その男が右手にぶら下げている鳥籠であった。

よく、オウムなどを飼ったりする、紡錘形《ぼうすいけい》の、あの鳥籠である。

紡錘の頂部に、針金の輪があり、男は、その輪の中に、右手の人差し指と中指を入れて、その鳥籠をぶら下げているのだった。

男が、乱蔵に向かって雑踏の中を歩き出した。

細い、高い、金属のこすれ合う音が、男が歩を踏み出す度に響く。

キイ
キイ
男が歩くと、右手に下げた鳥籠が揺れ、鳥籠の金属と針金の輪が触れ合っている部分がこすられ、その音をたてているのである。

キ
キ
乱蔵のすぐ前まで歩いてくると、その男は立ち止まった。

「何の用だい」

先に口を開いたのは乱蔵であった。

「いえね、あなたに、お願いしたいことがひとつ、ありまして——」

ぼそぼそという、かすれた声であった。

マスクの内側で、唇が動くのがわかる。

「おれに？」

「三沢安江のことですよ」

「ほう」

「彼女は、きっと、亭主のことで、あなたになんとかして欲しいと、そう言ってきたのでしょう」

「よく知ってるじゃねえか。三沢安江に電話を入れた黒滝とかいう男は、あんただな」

男は答えなかった。

マスクの向こうで、男は微笑したらしかった。

「あなたのことも、知っておりますよ。九十九さん——」

「へええ——」

乱蔵の眼が、すっと細まった。

「あなたのお能力《ちから》については、時おり耳にしておりまして——」

「光栄だな」

「腕力でも、そちらの方の能力でも、とてもあなたにはかないそうもありませんからね、こうしてあなたにお願いしにきたのですよ」

「言ってみろよ」

「あれは、私にまかせていただきたいのです」

「あれとは？」

乱蔵は、そこに突っ立ったまま、言った。

ふたりの横を通り過ぎてゆく者たちが、この奇妙なとり合わせのふたりに、視線を向けてゆくが、立ち止まる者はいない。

「三沢秋男に憑いているあれのことです」

「あんたは、その正体を知っているのか」

ゆっくりと、大きく、黒滝がうなずいた。

マスクの奥から、湿った音が響いた。

口の中にあふれてきた液体が、外にこぼれようとするのをすすりあげる音であった。

「あれについてはね、九十九さん。この私が一番よくわかっているのです。他のことはともかく、あれについてだけは、この私が誰よりもよく知っているのですよ。もちろん、あなたよりもね――」

「自信たっぷりじゃないか」

「――この三十年以上もの間、あれを追って、あれのことばかりを考えて生きてきたのですからね」

「ご執心だな」

「あなたほどの方ならね、あれを落とすこともできるでしょう。すぐにというわけにはいかないでしょうが、それほど時間をかけずにね。でも、落とせばあれが――」

そこまで言って、黒滝は、また口中にあふれてきたものをすすりあげた。

「――あれが駄目になってしまうのですよ」

「駄目にだと？」

「それだけではありません。あれを無理に落とすと、かなりの確率で、消化器系の内臓に癌《がん》を生じさせてしまうのです」

乱蔵は、押し黙った。

男の言葉に、真実味がこもっていたからである。

男が、癌という言葉を、かなり大きく発音したために、通り過ぎた数人の通行人が、ふたりを振り返った。

「癌か——」

「癌です」

　きっぱりと、低い声で男は言った。

「何だ、あれというのは——」

「それはねえ、この私だけの秘密です。誰にも教えられませんよ」

「まさかおまえ——」

乱蔵の眼が、凄みを帯びた。

男が、軽く後方に身を引いた。

「考え違いをしちゃいけません、九十九さん。あれは、私がやったのではありませんよ。私だって、新聞であれのことを知ったのですから——。始めはね、つまり、新聞で読んだだけでは、あれかどうかはわからなかった。それでね、いろいろと調べてみたんですよ。あなたが、たぶんこれからなさろうとしているようなことをしてね。三沢の家にも電話を入れてみました。それで私は確信したのですよ。七年ぶりに、ようやくまたあれに巡り会う機会がやってきたことをね――」

「――――」

「私の首を締めてでも、あれのことを白状させますか。おまえがやったのだろうと腕でもねじりあげますか」

すっと、黒滝が、曲がった背を乱蔵に向けた。

黒いマスクをした顔の半分が、まだ乱蔵の方に向いていた。

「なんにもしないことです。あれにはそれが一番いいのです――」

黒滝が歩き出した。

そして振り返る。

「何か連絡がある時には、ここに電話を下さい」

乱蔵にむかって、何か白いものを投げてよこした。

名刺であった。

名前と電話番号だけが書いてある。

キイ

キイ
という細い音が、黒滝の背とともに、雑踏の中を遠ざかってゆく。

脅されたわけではない。

黒滝という男は、ただ、乱蔵に頼みに来ただけなのだ。

「どうしたものか」

黒滝の姿が消えた後、乱蔵は、低くつぶやいて、右手の太い人差し指で、左肩の上の、シャモンの喉を撫《な》であげた。

喉の奥で、シャモンが小さな雷の音をたてた。

7

深山の青みを帯びた気が、乱蔵の肉体を包んでいた。

肌になじみ易い、浸透力を持った気であった。

蔵六岳からのびた、複雑な山襞《やまひだ》が造った谷のひとつである。

ブナ、トウヒ、モミの巨樹が、この谷に深い森を造っている。

乱蔵が立っているのは、湿った土の上であった。眼の前に、家ほどもある巨岩が、大地から森の空間へせりあがっている。

岩の上は、苔におおわれ、小さな灌木《かんぼく》や、草が繁《しげ》っていた。

柔らかな土の中に、ダナーのワークシューズが、浅く沈んでいる。

永い歳月をかけて、積もった落葉が、キノコや小さな菌類に分解され、できあがった土である。

その表面を、まだ葉や枝の形を残したものがおおっているのだ。

さらにその上に草が生え、灌木があり、樹が生えている。

深山に入れば、どこにでも見られる光景がそこにあった。

「この場所か――」

乱蔵はつぶやいた。

乱蔵の足元の草の中で、おもしろくなさそうな顔のシャモンがあたりの風景を眺めている。

この暗い森のこの岩の前で、四年前の冬、四人の凍死者が出たのであった。

尾根で吹雪《ふぶ》かれ、下る途中でこの谷に迷い込んだのであった。

悪天候とはいえ、二〇〇〇メートル以下の森の中である。吹きっさらしの稜線ではない。

雪洞を掘ってビヴァークすればなんとか寒さはしのげるはずであった。

四人が死んだ主な原因は、食料の不足によるものであった。

雪山で、重い荷を背負う労苦をいやがったための事故である。ほんのわずかの非常用の食料しか持たずに、四人は山に入ったのであった。

そのことが、四人の死体とともに発見されたノートからわかった。

そのノートには、山に持って入った食料がきちんと記されていた。

四人の人間が、ほそぼそと喰いつないで、わずか一日分あるかどうかという、非常食の量であった。

ノートの最後の方には〝寒い〟ということと、〝腹が減った〟ということが、エンピツの文字で記されていた。

冬山の経験者はひとりという、高校生のパーティーであった。

ノートの最後は、食べたいと思う食べ物の名前のみが、数ページにわたって書き連ねてあった。

その文字が、四つの筆跡で交互に入れ替わっていた。

四人が、雪洞の中で、かわりばんこに、思いつくまま、食い物の名前を書いていったのであろう。たいくつをまぎらわす、ゲームであったのかもしれない。

それでも、文字を書く体力が、最初のうちはあったのだ。

最後には、その体力さえなくなってゆく。

直接の死因は、凍死だが、原因の半分以上は飢えにあった。

極寒の地で、体温を保つには体力がいる。その体力を保つには食料が必要なのだ。

飢えた人間の体温は、寒さのため急速に奪われてゆく。体温を奪われるということは、体力——つまり、生命そのものを奪われるということであった。

四人の死体のうち、三人が雪洞で発見され、一人が、雪洞から二〇〇メートル下った雪の中で発見された。

山を甘く見た結果の痛ましい事故であった。

その、四人が雪洞を掘ったのとほぼ同じ場所に、三沢は、ツエルトを張っていたという。

ツエルトを発見し、それをたたんで下まで持って下りた山小屋の人間がそう証言している。

乱蔵は、心気を澄ませて眼を閉じた。

樹々や、植物の発するエネルギーが、肌に感じられた。

肉体を開けば、それらがどっと乱蔵の中に入り込んでくるに違いない。

しかし、そこまでする必要はなかった。

特別な瘴気《しょうき》や、気の濁りは感じられなかった。

乱蔵が感じたのは、ごくささやかな、とても人にはとっ憑くパワーもありそうにない、ふわふわとした黒っぽい気だけである。

それが、二十や三十も寄り集まれば、心気の弱った人間に幻聴くらいは聞かせることもできようが、ひとつひとつではほとんど無害に近いものばかりであった。こんな山の中であれば、どこにでもいるたあいもないものばかりだった。

「ふむ」

乱蔵は眼を開いた。

さっきと同じ風景が見えている。

もともとここには何もいなかったか、それとも、つい最近まではいて、それがどこかへ消え去ったか——そのふたつが考えられる。

消えたとするなら、むろん、あの三沢にとっ憑いて消えたのだ。

それにしても、もしそうであるなら、何かの痕跡くらいは残っていてもよさそうであった。

なにものかがいた周辺の、樹や岩に、その瘴気の染みくらいは残っているはずである。人間でさえ、何年か生活をした場所には、その痕跡を残してゆく。そういった痕跡は、なんとか消しようもあろうが、霊的な気の痕跡は、水や、洗剤で完全に洗い落とせるものではない。

もし、この場所に何かがいたとするなら、それは、まるまる三沢にくっついてしまったことになる。

わかっていることは、三沢がこの場所でやはり腹をすかせていたことと、死んだ四人もやはりこの場所で腹をすかせていたことであった。
意識の波動が、最も同調しやすい状態にあったと言える。
〝あれについてだけは、この私が一番よく知っているのですよ〟
黒滝の言葉が、まだ乱蔵の耳の奥に残っていた。

8

呻《うめ》き声が、聴こえていた。
苦しげな呻き声であった。
微かに、咳込《せきこ》むような音が、それに混じる。
三沢安江は、悪夢の中で、それを聴いていた。
夫の三沢秋男に、生きながら内臓を喰われる夢である。
横で眠っていた三沢が起きあがり、眠っている自分の服を脱がす。
自分はそれを知っているのに、起きあがることができない。
三沢が、裸になった自分の胸に、いきなり歯をあててくる。
痛みはない。
ただ、その感触だけがある。
みりみりと、骨から肉がひきはがされる音。

夫の舌が、ぞろりぞろりと、自分の心臓や肋骨《ろっこつ》を舐《な》めあげる感触までが、おそろしくリアルに伝わってくる。

その舌のざらつきまでがわかるほどだ。

穴をあけられた腹の中に、自分の身体から流れ出した血が溜《たま》ってゆくのまでがわかる。

その、腹の血溜りの中に、夫が顔を埋《うず》め、はらわたを噛《か》み、ちぎり、ずるずると血をすするのである。

たまらなかった。

こつん、こつんと、夫の歯が骨にあたる感触。

胃の内側を、ざらついた舌で舐めあげられる感触。

痛みがない分だけ、それらの感触が鮮明であった。

その悪夢の中に、呻き声が聴こえている。

自分の声かと思う。

そうではなかった。

自分は、唇さえ開くことができないのだ。

誰かが咳込んでいる。

喉に何かがつかえているらしい。

苦しそうだった。

そして、ふいに、三沢安江は眼を覚ましていた。

湯のような汗を全身にかいていた。

眼覚めた瞬間に、悪夢は消えていた。

だが、あの呻き声だけは、まだ聴こえていた。

横からだ。

横には、夫の秋男が眠っている。

ぞくり、怖気《おけ》が安江の背を疾《はし》った。

上半身を起こし、隣の蒲団に眼をやった。

小さな灯りが点いている。

それまで閉じていた眼にとっては、それでもかなり明るく感じられる。

夫の寝顔を見た。

小さく唇を開いていた。

すごい汗が、三沢の額に浮き、こめかみを伝って枕に染みを造っていた。

アノラックを着込み、さらに冬用の蒲団を掛けているため、蒲団が大きく盛り上がっている。

三沢の唇が、もこり、と動いた。

内側から何かに押されたように、小さく盛り上がったのである。
「ひっ」
と、安江は息を呑んだ。
三沢の唇が、もう一度動いた。
自分で動かしているのではない。何かが内側から動かしているのだ。
安江は、声をあげようとした。
だが、その声が喉に張りついて出てこない。
眼も、三沢の顔からそらすことができなかった。
呻きながら、三沢が大きく咳込みかけた。
しかし、もはや、咳が出る状態ではなかった。
よほど大きなものがつかえているのであろう。
三沢は、苦しそうに、小さく身をよじっていた。
ふいに、三沢の唇から、ぬっ、と、細い肉色をしたものが伸びてきた。
指であった。
人の指の形そのままのものが、三沢の唇の端から、這《は》い出てきたのだ。
おそろしく細い指であった。
そして、小さい。

生まれたての赤ん坊よりも、さらに小さいくらいであった。

その指が、三沢の上唇をなぞるように動き、続いて、その指の左右に、さらに指が這い出てきた。

手であった。

その手が、三沢の上唇をつかむ。

見ているうちに、もう一本の指が、三沢の下唇をめくり返しながら出てきた。数本の指が、その後に続く。

もも色の手であった。

上唇をつかんでいるのが右手で、下唇をつかんでいるのが左手であった。

三沢の顎が、ゆっくりと開いてゆく。

何かが、両手で、上下に三沢の顎を開きながら、三沢の口の中から這い出ようとしているのである。

三沢の口が、三センチほど開いた時、その内部で、何かが蠢《うごめ》いた。

ぎろぎろと、ふたつの光る眼球が、三沢の口から、安江を睨《にら》んだ。

もうたまらなかった。

肉体のどこかで、それまで悲鳴を抑えていたものが、ぷつんとちぎれていた。

「ひいいいいいいっ！」

安江は、その口から、おもいきり絶叫を解き放っていた。

その途端、寝室の戸がいっきに引き開けられた。

ふたりの男が部屋に入ってきた。

乱蔵と、黒滝という、あの男であった。

9

「どうした！」

乱蔵が叫んだ。

安江は、顎をがくがくとさせながら、尻で蒲団の上を後方に這いながら、頭を壁にぶつけていた。

ネグリジェの裾がめくれ、艶《なまめ》かしい太股《ふともも》が見えていた。

三沢が、両手で自分の顔面を抱え、蒲団の上を転げ回っていた。

その顔面を押さえている三沢の両手を、何かが下から押し上げている。

そのため、顔面を押さえた三沢の両手が、ゆっくり顔からはなれてゆく。

その指の間から、血が、幾筋もの赤い糸を引いて流れ出している。

乱蔵は、呻いている三沢の両手をつかみ、強引にその顔から引きはがした。

「むうっ」

乱蔵が、思わず声をあげていた。

血まみれの三沢の口の縁に両手を突っ張って、不気味なものが、三沢の口の中から這い出ようとしていた。

大きな眼球。

細い手。

——人間の赤ん坊？

そうではなかった。

人の子供が、このような姿であるはずはない。

ぎふっ
ぎふっ
それが、小さな歯をむいて哭《な》いた。

乱蔵を睨みつけながら、口の中から外へ這い出した。

それは、まさしく餓鬼《がき》であった。

『地獄草子』に見る、餓鬼そのままの姿のものが、三沢の口から這い出てきたのだ。

突き出た眼。

細い手脚。

異様にふくれあがった腹。

それは、蒲団の上に這い降り、四つん這いになって、きりきりと小さく歯を鳴らした。

しゃーっ

しゃーっ

たまらない瘴気を吐き出し、蜘蛛の速度で畳の上を動き、壁を這い登った。

それが天井に移動した時、黒滝が、枕を拾ってそれにぶつけていた。

蒲団の上に落ちたそれが動き出す前に、そいつの背を黒滝がつかんでいた。

きいきいと、それが、黒滝の手の中で吠《ほ》えた。

子猫ほどの大きさもない。

黒滝は、持っていた鳥籠の扉を開け、鳥籠の中に、それを放り込んだ。

それは、鳥籠の格子を手でつかみ、不気味な声をあげて哭いた。

「やっと捕えましたよ」

黒滝が言った。

「三十年以上前、私もこいつにとっ憑かれたことがありましてねえ――」

安江を見た。

「早く御主人を医者に見せなさい。すぐに手あてをすれば、傷は軽くてすみます。そうでないと、こんな顔になってしまいますからね――」

黒滝は、泣いている安江に顔を向け、顔のマスクをひょいととって見せた。

安江がもう一度大きな悲鳴をあげた。

黒滝の口が、両耳の下近くまで、大きく裂けているのを見たからである。

10

「あんたを呼んでおいて、やはり良かったのだろうな」

乱蔵は言った。

三沢の家の前であった。

山から降りた乱蔵が、黒滝に電話を入れ、今夜、三沢の家まで呼んだのである。三沢夫婦の寝室の隣の部屋で、ふたりは待機していたのであった。

すぐ帰るという黒滝を送って、乱蔵は家の外まで出てきたのである。

三沢の口から出てきたものを、ヘタに他人に見せて、面倒なことになりたくないというのである。

安江は、口を裂かれた夫のそばについている。

「もちろんですとも」

黒滝が言う。

職業も何もかもが不明であった。

奇妙な男だった。

「これで、やっと四匹目です。毎日毎日、こいつがどこかに出やしないかと気をつけてるんですが、次は何年先になりますか——」

「餓鬼魂《がきだま》か——」

「はい。餓鬼魂——飢えて死んだ人間の気が凝り固まって、人の体内に入り込み、育ったものがこれです」

救急車のサイレンが遠くから響いてきた。

黒滝は、顔を夜の空に向かってあげ、小さく息を吐いた。

乱蔵が考えていたよりも、かなりの年齢のようであった。

「わたしが、餓鬼魂《こいつ》に最初にやられたのは、戦争中、ボルネオのことでしてね——」

ぽつりとつぶやいて、背を向けた。

背を向けた黒滝に、乱蔵は声をかけた。

「そいつを、あんた、いったいどうする気なんだい」

黒滝が振り返った。

にっと、マスクのむこうで笑ったようであった。

「あなたになら教えてもいいでしょう」

低い声で言い、さらに声を低め、あの、空気の抜けるような声で囁《ささや》いた。

「喰うんですよ」

乱蔵の眼を見つめた。

「生《なま》でね。最初にこいつにとっ憑かれて、こいつが出てくる時、思わず嚙んじまって、それ以来のやみつきですよ。食べてみますかね。たまらなく美味《うま》いんですよ——」

ひっそりと笑い声をあげ、黒滝は背を向けた。

「生きている間に、次のを喰えますかねえ……」

つぶやいた。

キ
キ
という、針金と鳥籠の金属の触れ合う音が、夜の街に消えてゆくまで、乱蔵はそこに立っていた。

乱蔵には、もちろん、餓鬼魂などを食べてみるつもりはなかった。

美食倶楽部

谷崎潤一郎

一

恐らく、美食倶楽部《クラブ》の会員たちが美食を好むことは彼らが女色を好むのにも譲らなかったであろう。彼らはみんな怠け者ぞろいで、賭博を打つか、女を買うか、うまいものを食うよりほかに何らの仕事をも持ってはいなかったのである。何か変った、珍らしい食味に有りつくことが、美しい女を見附《みつ》け出すのと同じように彼らの誇りとするところ、得意とするところであった。そういう食味を作り出す有能なコックがあれば――、天才のコックがありさえすれば、彼らは一流の美妓《びぎ》を独占するに足るほどの金を出しても、それを自分の家の料理番に雇うかも知れなかった。「芸術に天才があるとすれば、料理にも天才がなければならない。」というのが、彼らの持論であった。なぜかというのに、彼らの意見に従うと、料理は芸術の一種であって、少くとも彼らにだけは、詩よりも音楽よりも絵画よりも、芸術的効果が最も著しいように感ぜられたからである。彼らは美食に飽満すると――――、いや、単に数々の美食を盛ったテエブルの周囲に集まった一刹那の際にでも――――、ちょうど素晴らしい管絃楽《かんげんがく》を聞く時のような興奮と陶酔とを覚えてそのまゝ魂が天へ昇って行くような有頂天な気持ちに引きあげられるのである。美食が与える快楽の中には、肉の喜びばかりでなく霊の喜びが含まれているのだと、彼らは考えざるを得なかった。もっとも、悪魔は神と同じほどの権力を持っているらしいから、料理に限らずすべての肉の喜びも、それが極端にまで到達すればその喜びと一致するかも知れない。……………

で、彼らはいずれも美食のためにあてられて、年中大きな太鼓腹を抱えていた。勿論《もちろん》腹ばかりではなく、身体《からだ》中が脂肪過多のお蔭《かげ》ででぶでぶに肥え太り頬や腿《もも》のあたりなどは、東坡肉《トンポウニヨ》の材料になる豚の肉のようにぶくぶくして脂《あぶら》ぎっていた。彼らのうちの三人までは糖尿病にかゝり、そうしてほとんどすべての会員が胃拡張にかゝっていた。中には盲腸炎を起して死にかゝったものもあった。が、一つには詰まらない虚栄心から、また一つには彼らの遵奉する「美食主義」にあくまでも忠実ならんとする動機から、誰も病気などを恐れる者はなかった。たとえ内心では恐れていてもそのために倶楽部から脱会するほどの意気地なしは一人もなかった。「われ〳〵会員は、今に残らず胃癌《いがん》にかゝって死ぬだろう。」と、彼らは互に笑いながら語り合っていた。彼らはあたかも、肉を柔かく豊かにするために、暗闇《くらがり》へ入れられてうまい餌食《えじき》をたらふく喰《く》わせられる鶩《あひる》の境遇によく似ていた。餌食のために腹が一杯になった時が、彼らの寿命の終る時かも分らなかった。その時が来るまで、彼らは明け暮れげぶともたれた腹から噫《おくび》を吐きながら、それでも飽食することを止《や》めずに生きつゞけて行くのである。

二

そういう変り者の集まりであるから、会員の数は僅かに五人しかない。彼らは暇さえあると、——暇はいつでもあるのだから、結局毎日のように、——彼らの邸宅や、倶楽部の楼上に寄り合って昼間は大概賭博を打った。賭博の種類は花合わせ、猪鹿蝶《いのしかちょう》、ブリッジ、ナポレオン、ポーカー、トウェンティーワン、ファイヴハンドレット、……ほとんどありとあらゆる方法で金を賭ける。彼らはこれらの賭博の技術にいずれも甲乙なく熟練していて、皆相当なばくち打ちであった。さて夜になると賭博によって集まった金が即座に饗宴《きょうえん》の費用に供される。夜の会場は会員たちの邸《やしき》の一つに設けられる折もあるし、市中の料理屋へ持って行かれることもあった。但し、市中の料理屋といっても、彼らは大抵東京の町の中にある有名な料理には喰い飽きてしまっていた。赤坂の三河屋、浜町の錦水、麻布の興津庵、田端の自笑軒、日本橋の島村、大常盤《おおときわ》、小常盤、八新《はっしん》、なには屋……と、まず日本料理ならそんなところを幾回となく喰い荒して、この頃ではもう有り難くも何ともなくなっていた。「今夜は何を喰うことにしよう。」——

という一事が、朝起きた時からの彼らの唯一の心がゝりであった。そうして昼間賭博を打ちながらでも、彼らは互に夜の料理のことに頭を悩ましているのである。

「己《おれ》は今夜、すっぽんの吸い物をたらふくたべたい。」

と、誰やらが勝負の合間に呻《うな》るような声をあげると、い、考《かんがえ》が浮ばないで弱っていたほかの連中の間に、忽《たちま》ち激しい食意地が電気の如《ごと》く伝染して、一同はいかにも感に堪えたように直《す》ぐと賛成の意を表する。その時から彼らの顔つきや、眼つきは、ばくち打ちの表情以外に一種異様な、餓鬼のような卑しい凄《すさま》じい光をもって充《み》たされる。

「あゝすっぽんか。すっぽんをたらふく喰うのか。………だが東京の料理屋でうまいすっぽんをたらふく喰うことが出来るかなあ。」

するとまた誰かゞ心配そうにこんな独りごとを云う。この独りごとは口の内でこそこそと囁《ささや》かれたにもかかわらず、せっかく食意地の燃え上った一同の元気を少からず沮喪《そそう》させて、自然と骨牌《かるた》を打つ手にも勢《いきおい》がなくなって来る。

「おい、東京じゃあとても駄目だ。今夜の夜汽車で京都へ出かけて、上七軒町のまる屋へ行こう、そうすりゃあ明日《あした》の午飯にたらふくすっぽんが喰えるんだ。」

一人が突然こういう動議を提出する。

「よかろう、よかろう。京都へでもどこへでも行こう。喰おうと云《い》いだしたらとても喰わずにゃいられないからな。」

そこで彼らは始めてほっと愁眉を開いて、さらに勢いを盛返した喰意地が胃の腑《ふ》の底から突き上げて来るのを感ずる。わざわざすっぽんが喰いたさに夜汽車に揺られて京都へ行って、明くる日の晩にはすっぽんのソップがだぶだぶに詰め込まれた大きな腹を、再び心地よく夜汽車に揺す振らせながら東京へ戻って来るのである。

三

彼らの酔興はだん〳〵に激しくなって、鯛茶漬《たいちゃづけ》が喰いたさに大阪へ出かけたり、河豚《ふぐ》料理がたべたさに下関へ行ったり、秋田名物の鰰《はたはた》の味が恋しさに北国の吹雪の町へ遠征したりする事があった。追い追いと彼らの舌は平凡な「美食」に対しては麻痺《まひ》してしまって、何を舐《な》めても何を啜《すす》っても、そこには一向彼らの予期するような興奮も感激も見出《いだ》されなくなって行った。日本料理は勿論喰い飽きてしまったし、西洋料理は本場の西洋へ行かない限り、始めから底が知れているし、最後に残った支那料理さえ、——世界中で最も発達した、最も変化に富むといわれている濃厚な支那料理でさえ、彼らにはまるで水を飲むようにあっけなく詰まらなく感ぜられるようになった。そうなって来ると、胃の腑に満足を与えるためには、親の病気よりも一層気を揉《も》む連中のことであるから、いうまでもなく彼らの心配と不機嫌とは一と通りでなかった。一つにはまた何かしら素敵な美味を発見して、会員たちをあっと云わせようという功名心から彼らは頻《しきり》に東京中の食物屋《くいものや》という食物屋を漁《あさ》り廻《まわ》った。それはちょうど骨董好きの人間が珍らしい掘り出し物をしようとして、怪しげな古道具屋の店を捜し廻るのと同じであった。会員の一人は銀座四丁目の夜店に出ている今川焼を喰ってみて、それが現在の東京中で一番うまい食物だということをいかにも得意そうに、発見の功を誇りがおに会員一同へ披露した。またある者は毎夜十二時ごろに烏森《からすもり》の芸者屋町へ売りに来る屋台の焼米《シュウマイ》が、天下第一の美味であると吹聴《ふいちょう》した。が、そんな報告に釣り込まれてほかの連中が試してみると、それらは大概発見者自身があまり思案に凝り過ぎて、舌の工合《ぐあい》がどうかしていた結果だということになった。実際彼らは食意地のために皆少しずつ気が変になっているらしかった。他人の発見を笑う者でも、自分がちょっと珍らしい食味に有りつくと、うまいまずいも分らずに直ぐと感心してしまうのであった。

「何を喰ってもこうどうも変り映えがしなくっちゃ仕様がないな。こうなって来るとどうしてもえらいコックを捜し出して、新しい食物を創造するよりほかにない。」

「コックの天才を尋ね出すか、あるいは真に驚嘆すべき料理を考え出した者には、賞金を贈ることにしようじゃないか。」

「だが、いくら味が旨《うま》くっても今川焼や焼米《シュウマイ》のようなものには賞金を贈る値打ちはないね。われわれはもっと大規模な饗宴の席に適《ふさわ》しい色彩の豊富な奴を要求するんだ。」

「つまり料理のオーケストラが欲しいんだ。」

こんな会話をある時彼らは語り合った。

そこで、美食倶楽部というものが大体どんな性質の会合であり、目下どんな状態にあるかということは、以上の記事でざっと読者諸君にお分りになったであろうと思う。作者は次ぎの物語を書くために、予《あらかじ》めこれだけの前書きをしておく次第である。

四

G伯爵は倶楽部の会員のうちでも、財力と無駄な時間とを一番余計に持っている、突飛な想像力と機智とに富んだ、一番年の若い、そうしてまた一番胃の腑の強い貴公子であった。僅か五人の会員から成る倶楽部のことであるから、別段定まった会長という者がある訳ではないけれども、倶楽部の会場がG伯爵の邸の楼上に設けられてあって、そこが彼らの本部になっている関係から、自然と伯爵が倶楽部の幹事であり、会長であるが如き地位を占めている。従って、何かしら素敵な料理を発見して思うさま美食を貪りたいという伯爵の苦心と焦慮とが、ほかの会員たちよりも一倍激しかったことはこゝに改めて陳述するまでもあるまい。またほかの会員たちにしても、平生から誰よりも創造の才に長《た》けている伯爵に対して、最も多く発見の望みを嘱していることは勿論であった。全くもし賞金を貰《もら》う者があるとすれば、それはきっと伯爵だろうと皆が期待していた。賞金ぐらいは出してもいゝから、何か伯爵が素晴らしい割烹《かっぽう》の方法を案出して、沈滞しきった一同の味覚を幽玄微妙な恍惚《こうこつ》の境へ導いてくれる事を、心の底から祈らずには居られなかった。

「料理の音楽、料理のオーケストラ。」

伯爵の頭には始終この言葉が往来していた。それを味わうことによって、肉体が蕩《とろ》け、魂が天へ昇り得るような料理――それを聞くと人間が踊り狂い舞い狂って、狂い死《くるじに》に死んでしまう音楽にも似た、――喰えば喰うほどたまらない美味が滾々《こんこん》と舌にもつれ着いてついには胃袋が破裂してしまうまで喰わずにいられないような料理、それを何とかして作り出すことが出来れば、自分は立派な芸術家になれるのだがと伯爵は思った。それでなくてさえ空想力の強い伯爵の頭の中には、いろ〳〵の料理に関する荒唐無稽な空想がしきりなしに浮んでは消えた。寝ても覚めても伯爵は食物の夢ばかりを見た。

……気が着いて見ると暗い中から白い煙が旨そうにぽか〳〵と立っている。恐ろしい好い香《におい》がする。餅を焦《こが》したような香だの、鴨《かも》を焼くような香だの、豚の生脂《なまあぶら》の香だの、韮《にら》蒜《にんにく》玉葱《たまねぎ》の香だの、牛鍋のような香だの、強い香や芳しい香や甘い香がゴッチャになって煙の中から立ち昇って来るらしい。じっと暗闇を見詰めると煙の内で五つ六つの物体が宙に吊《つ》り下っている。一つは豚の白味だかこんにゃくだか分らないがとにかく白くて柔かい塊がぶる〳〵と顫《ふる》えて動いている。動く度毎《たびごと》にこってりとした蜜のような汁がぽたり、ぽたりと地面に落ちる。落ちたところを見ると茶色に堆《うずたか》く盛り上って飴《あめ》のようにこってりと光っている。……その左には伯爵が未《いま》だかって見たことのないような、素晴らしく大きな蛤《はまぐり》らしい貝がある。

五

貝の蓋が頻《しきり》に明いたり閉じたりしている。そのうちにすうッと一杯に開いたかと思うと、蛤でもなければ蠣《かき》でもない不思議な貝の身が、貝殻の中に生きて蠢《うごめ》いている。……身は上の方が黒く堅そうで下の方が痰《たん》のように白くとろとろしたものらしい。そのとろとろした白い物の表面へ、見ているうちに奇怪な皺《しわ》が刻まれて行く。始めは梅干のような皺だったのが、だんだん深く喰い込んで、しまいには自身全体が嚙《か》んで吐き出した紙屑《かみくず》のようにコチコチになる。かと思うと身の両側から蟹《かに》の泡のようなあぶくがぶつぶつと沸き出して忽ちの間に綿の如くふくれ上り貝殻一面に泡だらけになって中身も何も見えなくなってしまう。……はゝあ、貝が煮られているのだなと、G伯爵は独りで考える。同時にぷーんと蛤鍋《はまなべ》を煮るような、そうしてそれより数倍も旨そうな匂が伯爵の鼻を襲って来る。泡はやがて一つ一つ破れてシャボンを溶かしたような汁になって、貝殻の縁《ふち》を伝わりながら暖かそうな煙を立てゝ地面へ流れ落ちる。流れ落ちた跡の貝殻には、いつの間にやらコチ〳〵になった中身の左右にちょうどお供えの餅に似た円いものがぽくりと二つ出来上っている。それは餅よりもずっと柔かそうで、水に浸された絹ごし豆腐のように、ゆら〱ふわ〱と揺《ゆら》めいている。………大方あれは貝の柱なんだろうとG伯爵はまた考える。すると柱は次第に茶色に変色して来てところ〲にひゞが這入《はい》って来た。………

やがて、そこにならんでいる無数の喰い物が、一度にごろごろと転がり始める。それらを載せている地面がにわかに下から持ち上り出したかと思うと、今まであまり大きいために気が付かなかったが、地面と見えたものは実は巨人の舌であって、その口腔《こうこう》の中にそれらの食物がゴジャゴジャと這入っていたのである。

間もなくその舌に相応した上歯の列と下歯の列とが、さながら天と地の底から山脈が迫《せ》り上げ迫り下って来るが如く悠々と現われて来て、舌の上にある物をぴちゃ〱と圧《お》し潰している。圧し潰された食物は腫物《できもの》の膿《うみ》のような流動物になって舌の上にどろどろと崩れている。舌はさもさも旨そうに口腔の四壁を舐め廻してまるであかえが動くように伸びたり縮んだりする。そうして時々ぐっと喉の方へ流動物を嚥《の》み下す。嚥み下してもまだ歯の間や齲歯《むしば》の奥の穴の底などに噛み砕かれた細かい切れ切れが重なり合い縺《もつ》れ合ってくっ着いている。そこへ楊枝《ようじ》が現われて来て、それらの切れ切れを一つ一つほじくり出しては舌の上へ落し込んでいる。と、今度は喉の方からせっかく今しがた嚥み下した物が噫《おくび》になって逆に口腔へ殺到して来る。舌は再び流動物のためにどろどろになる。嚥み下しても嚥み下しても何度でも噫が戻って来る。………

六

はっと目を覚ますと、宵に食い過ぎた支那料理の清湯《ちんたん》の鮑《あわび》の噫がG伯爵の喉もとでぜいぜいと鳴っている。……

こんな夢を十日ばかり続けて見通したある晩のことであった。例の如く倶楽部の一室で珍しくもない饗宴の料理を味わった後、ストオブの火の周りでもたれた腹を炙《あぶ》りながら、めいめい大儀そうな顔つきで煙草を吹かしている会員たちを、そっとその場に置き去りにしたまゝ、伯爵はふらりと表へ散歩に出かけた。――といっても、それはたゞ腹ごなしのための散歩ではない。この間からの夢のお告げを思い合わせると、伯爵は何だか自分が近いうちに素晴らしい料理を発見するに違いないような気がしていた。それで今夜あたり表をぶらついたらば、どこかでそんな物にぶつかりはしないかという予覚に促されたのである。

それは寒い冬の夜の九時近くのことで、駿河台《するがだい》の邸の内にある倶楽部を逃れ出た伯爵は、オリーブ色の中折帽子にアストラカンの襟《えり》の着いた厚い駱駝《らくだ》の外套《がいとう》を着て、象牙のノッブのある黒檀《こくたん》のステッキを衝《つ》きながら、相変らずげぶり、げぶりと喉から込み上げて来るものを嚥み下しつゝ、今川小路《こうじ》の方へあてどもなく降りて行った。往来は相当に雑沓《ざっとう》していたけれど、しかし勿論伯爵はその辺に軒を並べている雑貨店や小間物屋や本屋や乃至《ないし》通行人の顔つきや服装などには眼《め》もくれない。その代りたとえどんな小さい一膳飯屋でも、苟《いやし》くも食物屋の前を通るとなれば伯爵の鼻は餓《う》えた犬のそれのように鋭敏になるのである。東京の人は多分承知の事と思うが、あの今川小路を駿河台の方から二三町行くと、右側に中華第一楼という支那料理屋がある。あの前へ来た時に伯爵はちょいと立ち止まって鼻をヒクヒクやらせた。(伯爵の鼻は頗《すこぶ》る鋭敏になっていて、匂いを嗅げば大概料理のうまさ加減を直覚的に判断することが出来た。)が、すぐにあきらめたと見えて、またステッキを振りながら、すたすたと九段の方角へ歩き始めた。

すると、あたかも小路を通り抜けて淋しい濠端《ほりばた》の暗い町へ出ようとするとたんに、向うの方から二人の支那人が楊枝を咬《くわ》えながら伯爵の肩に擦れ違った。前にも云ったように、通行人には眼もくれずに食慾《しょくよく》の事ばかり考えていた伯爵であるから、普通ならその支那人に気を留めるはずはなかったのだが、擦れ違おうとする刹那に、紹興酒《しょうこうしゅ》の臭い息が伯爵の鼻を襲ったので、ふと振り顧《かえ》って相手の顔を見たのである。

「はてな、あいつらは支那料理を喰って来たのだ。して見るとこの辺に新しく支那料理屋が出来たのかしらん。」

そう思って伯爵は小首をひねった。

その時、伯爵の耳には、どこか遠くの方で奏でるらしい支那音楽の胡弓《こきゅう》の響が、闇の中から切なげに悲しげに聞えて来たのである。

七

伯爵はじっと一心に耳を澄ませて、しばらく牛《うし》が淵《ふち》の公園に近い濠端の闇に彳《たたず》んでいた。胡弓の音は、遥《はるか》に賑《にぎ》やかな夜の燈火がちらちらしている九段坂の方から聞えて来るのではなく、何度聞き直しても、たしかに一つ橋の方角の、人通りの少い、死んだようにひっそりとした片側町の路次の奥の辺から、凍えるような冬の夜寒の空気の中に戦《おのの》きふるえながら、桔槔《はねつるべ》の軋《きし》るように甲高い、針金のように細い、きいきいした切れ切れの声になって今にも絶え入るが如く響いて来るのである。と、やがてそのきいきい声が絶頂に達して、風船玉が破裂するようにいきなりパチリと止んでしまった次ぎの瞬間に、少くとも十人以上の人間が一度にぱたぱたと拍手喝采するらしい物音が、今度は思いのほか近い処《ところ》で急に伯爵の耳朶《じだ》を打った。

「あいつらは宴会を開いているのだ。そうしてその席上で支那料理を食っているのだ。それにしても一体どこなんだろう。」

――拍手はかなり長く続いた。一旦途絶えそうになっては、また誰かしらがぱたぱたと拍《う》ち始めるとそれに誘われて何匹もの鳩《はと》が羽ばたきをするように一斉に拍手を盛返す。ちょうど大波のうねりのようにざあッと退《ひ》いてはまたざあッと押し寄せる。押し寄せて来る波の間から小さな鳥が飛沫に咽《むせ》んで囀《さえず》るように再び胡弓の調が新しい旋律を奏で出す。――伯爵の足は自然とその方へ向いて二三町辿《たど》って行った。何でも一つ橋の袂《たもと》から少し手前のとある邸の塀に附いて左へ曲った路次の突きあたりのところであった。見ると戸を鎖《とざ》したしもうた家《や》の多い中に、たった一軒電燈を煌々《こうこう》と点じた三階建ての木造の西洋館がある。胡弓と拍手の音とは疑いもなくその三階の楼上から湧き上るので、バルコニーの後ろのガラス戸のしまった室内には、多勢の人間が卓を囲んで今しも饗宴の真最中であるらしい。G伯爵は、音楽――殊に支那の音楽には何らの智識をも趣味をも持っていなかったが、露台の下に立って胡弓の響に耳を傾けているうちに、その不可思議な奇妙な旋律がまるで食物の匂いのように彼の食慾を刺戟《しげき》するのを覚えた。彼の頭の中には、その音楽の節につれて彼が知っている限りの支那料理の色彩や舌ざわりが後から後からと連想された。胡弓の糸が急調を帯びて若い女の喉を振り搾るような鋭い声を発すると、それが伯爵には何故《なぜ》か竜魚腸の真赤な色と舌を刺すような強い味《あじわ》いとを想《おも》い出させる。それから忽ち一転して涙に湿る濁声《だみごえ》のような、太い鈍い、綿々としたなだらかな調に変ずると、今度はあのどんよりと澱《よど》んだ、舐めても舐めても尽きない味が滾々《こんこん》と舌の根もとに滲《し》み込んで来る、紅焼海参《オンシヤアハイセン》のこってりとした羹《あつもの》を想像する。そうして最後に急霰《きゆうさん》のような拍手が降って来ると、有りと有らゆる支那料理の珍味佳肴《かこう》が一度にどッと眼《め》の前に浮かんで果ては喰い荒されたソップの碗《わん》だの、魚の骨だの、散り蓮華《れんげ》だの杯だの、脂で汚れたテーブルクロースだのまでが、まざまざと脳中に描き出された。

八

G伯爵は幾度か舌なめずりをして口の内で唾吐《つばき》を飲み込んでいたが、腹の底から喰意地がムラムラと起って来て、もうとてもじっとしてはいられなくなった。東京中の支那料理屋で一軒として知らない家はなかったつもりだのに、こんな所にこんな家がいつ出来たのか？――とにかく、自分が今夜胡弓の音に引き寄せられてこの家を捜しあてたのも何かの因縁に違いない。その因縁だけでもこの家の料理を是非とも一度は試して見る値打ちがある。それに、自分の直覚するところでは、何かこの家にはかつて経験したことのない珍らしい料理があるように感ぜられる。――伯爵がそう思うと同時に、伯爵の胃の腑はついさっきまで鱈《たら》ふく物が詰まっていたくせに、にわかにキュウと凹み出して下腹の皮を引張るように催促した。そうして、ちょうど一番槍《やり》の功名を争おうとする武士が陣頭に立った時のように、ある不思議な胴顫《どうぶる》いが伯爵の全身を襲った。そこで伯爵はつかつかとその家の門口を明けて這入《はい》ろうとした。が、意外にも中から締まりがしてあると見えて扉は堅く鎖《とざ》されている。のみならず、その時まで料理屋であるとばかり思い込んでいたその家の門の柱には、「浙江会館《せっこうかいかん》」という看板の下がっているのが、今しもドーアのノッブに手をかけた伯爵の眼に、始めて留まったのである。看板は極めて古ぼけた白木の板で、それへ散々雨曝《あまざら》しになったらしい墨色の文字が、ぼんやりと、しかしいかにも支那人らしい雄健な筆蹟《ひっせき》で大きく記されていた。喰物の事にばかり没頭していた伯爵のことであるから、看板の文字に気が付かなかったのも無理はないが、なるほどその建物の外形に少し注意を払えば、料理屋でないことは予め分ったはずなのである。もしもこの家が神田や横浜の南京町にあるような支那料理屋ならば、店先に毒々しい豚の肉だの鶏の丸焼だの海月《くらげ》や蹄筋《ていきん》の干物《ひもの》などが吊るしてあって、入口のドーアなどは始めから明け放してあるに相違ない。ところが前にも述べた通り表に面した階下の扉は門でも窓でも悉《ことごと》くひっそりと閉じられている。それがおまけにガラス戸ではなく、ペンキ塗りの鎧戸《よろいど》であるから、室内の様子は全く分らない。賑《にぎや》かなのは三階だけで、二階の窓も同様に真暗である。たった一つ、門の真上にあたる軒端の辺に光の鈍い電燈が燈《とも》っていて、それが例の看板の文字を覚束《おぼつか》なく照らしている。看板と反対の門の柱には呼鈴が取り附けてあって、“Night Bell” という英語と、「御用の御方はこのベルを押して下さい」という日本語とが、名刺大の白紙に記されてある。けれども、どれほど伯爵がこの家の支那料理に憧れているにもせよ、まさかに呼び鈴を押してみるだけの勇気はなかった。「浙江会館」といえば、恐らく日本に在留する浙江省の支那人の倶楽部であろう。そこへ唐突《だしぬけ》に割り込んで行って、彼らの宴会の仲間へ入れて貰うという訳にも行くまい。――そんな事を考えながらも、伯爵は執念深く鎧戸にぴったり顔を寄せ附けていた。

九

コック部屋が入口の近くにあるのだと見えて、鎧戸の隙間からは、蒸籠《せいろう》から湯気が立つように暖かい物の香《かおり》がぽっぽと洩れてくるのであった。その時伯爵は自分の顔が、勝手口の板の間にしゃがんで流し元の魚の肉を狙っている猫に似ていはしないかと思った。化けられるものなら猫に化けても、こっそりとこの家の内に闖入《ちんにゅう》して片っ端から皿小鉢の底を舐め廻してみたいくらいであった。が今さら猫に生れなかったことを後悔したところで仕様がない。「チョッ」と伯爵は口惜しそうに舌打ちをして、ついでに唇の周《まわり》を舌でつるつると擦《こす》りながら、恨めしそうに扉の傍から離れて行った。

「でも何とかしてこの家の料理を喰わせて貰う方法はないだろうか。」

楼上から雨のように降り注ぐ胡弓の響きと拍手の音とを浴びながら、伯爵は容易にあきらめが附きかねて路次の間を往《い》ったり来たりした。実を云うと伯爵がここの料理を喰いたいという慾望は、この家が料理屋でない事に気が付いた時から、一層熾烈《しれつ》に燃え上り出したのである。それは単に意外な処で意外な美食を発見して、会員たちをあっと云わせようという功名心ばかりからではない。そこが特に浙江省の支那人の倶楽部であるという事、そこでは彼らが全くその郷国の風習に復《かえ》って、何の遠慮もなく純支那式の料理を喫し音楽に酔っているらしい事、――その一事が嫌が上にも伯爵の好奇心を募らせたのである。実際、伯爵は未だ、真の支那料理というものを喰ったことはない。横浜や東京にある怪しげな料理はたびたび経験しているけれども、それらは大概貧弱な材料を使って半分は日本化された方法の下に調理されたので、支那で喰わせる支那料理は決してあんなまずい物ではないという事を、伯爵はしば〳〵人の話に聞いていた。伯爵は不断から、ほんとうの支那料理という物こそ、自分たち美食倶楽部の会員が常に夢みている理想の料理ではないだろうかと考えていた。だからもしこの浙江会館が彼の推量するが如き純支那式の生活をする家であるとすれば、つまりこの家こそ伯爵の理想の世界なのである。あの楼上の食卓の上には、かね〳〵伯爵が創造しようとして焦っているところの立派な芸術が、――驚くべき味覚の芸術が、今や燦然《さんぜん》たる光を放ってずらりと列《なら》んでいるに違いない。あの胡弓の伴奏につれて、歓楽と驕奢《きょうしゃ》とに充ちた荘厳なる味覚の管絃楽が、嚠喨《りゅうりょう》として満場の客の魂を揺がせているに違いない。……伯爵はまた、支那のうちでも殊に浙江省附近は、最も割烹の材料に富む地方であることを知っていた。浙江省の名を耳にする度毎に、そこが白楽天や蘇東坡《そとうば》をもって有名な西湖のほとりの風光明媚《めいび》なる仙境であって、しかも松江《ズンガリー》の鱸《すずき》や東坡肉《トンポウニヨ》の本場であることを想い出さずにはいられなかった。

一〇

G伯爵がこんな風にして頻《しき》りに味覚神経を光らせながら、大凡《おおよ》そ三十分ばかりも軒下に彳《たたず》んでいた際である。二階の梯子段《はしごだん》をどやどやと降りて来るけはいがして、ほどなく一人の支那人が鎧戸の中から蹣跚《まんさん》とした足取りで現われて来た。大方恐ろしく酔っていたのであろう、彼は表へ出た拍子によろよろとよろけて伯爵の肩に衝きあたったのである。

「やあ」

と云って、それから支那語で二三言《ふたみこと》詫《わ》びを云うような様子であったが、ほどなく相手が日本人である事に気が付いたらしく、

「どうも失礼しました。」

と、今度は極めて明瞭な日本語で云った。見ると帝大の制帽を冠《かぶ》った、三十近いでっぷりと太った学生である。彼は一応そう云って詫《あやま》ってはみたものゝ、こういう場所にG伯爵の立っているのが不審に堪えないという風に、暫《しば》らくじろじろと相手の様子を眺めていた。

「いや、私こそ大そう失礼しました。実は私は非常に支那料理が好きな男でしてね、あんまり旨そうな匂いがするもんだから、つい夢中になって、さっきから匂いを嗅いでい

たんですよ。」

この無邪気な、正直な、そうしていかにも真情の流露した言葉が、淡泊に伯爵の口頭を衝いて出たのは、伯爵としてはたしかに大成功であった。とても平生の伯爵には出来ない芸当であるけれど、それは恐らく伯爵の真心が——世にも珍らしい熱心な、意地穢《きたな》の慾望が、天に通じた結果であったのだろう。この伯爵の云い方がよほど可笑《おか》しかったと見えて、学生は肥満した腹を揺す振ってにわかに快活に笑い出した。

「いや、ほんとうなんですよ。私は旨い物を喰うのが何よりも楽《たのし》みなんですが、とにかく世界に支那料理ほど旨い物はありませんな。………」

「わッは、、、」

と、まだ支那人は機嫌よく笑っている。

「………それで私は東京中の支那料理屋へは残らず行ってみましたがね、実を云うと料理屋の料理でない、たとえばこういう支那人ばかりが会合する場所の、純粋な支那料理がたべてみたいとこの間から思っていたんですよ。ねえ、どうでしょう、甚だどうも厚かましいお願いのようですが、ちょいと今晩あなた方の仲間へ入れてここの内の料理を喰《た》べさせて貰えませんかね。私はこういう人間ですが………」

そう云って伯爵は紙入れの中から一葉の名刺を出した。

二人の問答はいつの間にやら楼上の客の注意を惹《ひ》いたものであろう、後から後からと五六人の支那人がそこへやって来て伯爵の周囲を取りかこんだ。中には鎧戸を半分あけて隙間から顔を出しているのもある。暗かった路次の軒下は、急に室内の強い電燈の光に照らされて、そのカッキリとした明るみの中に、厚い外套を着た伯爵の立派な風采と、脂切った赤い頬ッペ《ほ》たとが浮んでいる。滑稽なことには、周りにいる多勢の支那人たちも皆、伯爵と同じように脂切った、営養過多な頬ッペたを光らせて、一様にニコニコと笑っているのである。

「よろしい、どうぞ這入《はい》って下さい、あなたに沢山支那料理を御馳走《ごちそう》します。」

その時、頓興《とんきよう》な声でこう云いながら、三階の窓から首を出した者があった。どっという哄笑《こうしよう》と拍手とが、楼上楼下の支那人の間に起った。

一一

「こゝの料理は非常にうまいです。普通の料理屋の料理とは大変に違います。たべると頬《ほッ》ぺたが落ちますよ。」

つゞいてまた一人の男が、伯爵を取り巻いている一団の中から唆《そその》かすような声で云った。

「さあ、あなた、遠慮しないでもいゝです。どうぞ上って喰べて下さい。」

しまいには群集の誰も彼もが、酔った紛れの面白半分にこんな事を云い合いながら、伯爵の周囲を取り巻いて盛んに酒臭い息を吐いた。

伯爵は少し面喰《めんくら》って夢のような心持ちを覚えながら、彼らと一緒にぞろ〳〵と這入って行った。外から見た時は真暗であった鎧戸の内側の部屋の中には、笠《かさ》にガラス玉の房の附いた電燈がきら〳〵と燈っている。右側の棚の上には青梅や、棗《なつめ》や、竜眼肉や、仏手柑《ぶっしゅかん》や、いろ〳〵の壜詰《びんづ》めが並べられて、その傍《かたわら》に豚の脚と股《もも》の肉が、大きな皮附きの切身のまゝで吊り下っている。皮は綺麗《きれい》に毛が毟《むし》り取ってあって、まるで女の肌のように柔かくなまめかしく真白に見える。棚の向うの突きあたりの壁には石版刷りの支那の美人画が懸《かか》っている。そこには小さな窓が仕切られていて、その穴から夥《おびただ》しい煙と匂いとがぷん〳〵匂いながら、広くもない部屋の中に濛々《もうもう》と立ち罩《こ》めている。果して伯爵の想像した通り、穴の向うにコック場があるのであろう。が、伯爵はこれらの物をちらりと一と眼見たばかりで、門の入口のところに附いている急な梯子段へ案内されて、直ぐと二階へ上って行った。二階は頗《すこぶ》る奇妙な構造になっていた。梯子段を上り詰めると一方の白壁に沿うて細長い廊下がある。そうして廊下の片側に、白壁と相対して青いペンキ塗りの板塀が囲ってある。板塀の高さは六尺に足らぬくらいで無論天井よりも二三尺は低い。長さは、多分三間ほどあったであろう。そうしてその一間々々に一つずつ小さな潜《くぐ》り門が明いている。三つの門の内側には、殺風景な垢《あか》じみた白い木綿の幕が垂れ下っていて、何だか芝居の楽屋のような感じがする。あたかも伯爵が廊下へ上って来た時に、中央の門の幕がゆら〳〵と揺れて、中から一人の若い女が首を出した。むっくりした円顔の、気味の悪いほど色の白い、瞳の大きな鼻の短い、可愛《かわい》らしい狆《ちん》のような女であった。彼女は胡散《うさん》らしく眉をひそめて伯爵の姿を眺めていたが、金歯を入れた歯並を露出して唇を歪《ゆが》めたかと思うと、ペッと水瓜《すいか》の種を床に吐き出して忽ち首を引込めてしまった。

「こんな狭い家の中を、何のために板でいくつも仕切ってあるのだろう。あの幕の中の女は何をしているのだろう。」

伯爵はそんな事を考える隙もなく、直ぐと再び三階の梯子段へ導かれて行った。

一二

その間にも例の階下のコック場の煙は、伯爵の後について煙突のように狭い梯子段を昇りつゝ、三階の部屋の天井にまでも籠っていた。そこへ上って行くまでに、さんざん煙に詰められた伯爵は、自分の体がまず支那料理にされてしまったかと思ったくらいである。が、三階の室内に籠っているものは、たゞにコック場の煙ばかりではない。煙草だの、香料だの、水蒸気だの、炭酸瓦斯《ガス》だの、いろ〳〵のものがごっちゃになって、人顔もよくは判《わか》らないほど、蒼白《あおじろ》い靄《もや》のように、そこの空気を濁らせているのである。暗い静かな表の露路から、一挙にこゝへ拉《ら》して来られた伯爵の、最初の注意を惹いたのはこの濁った空気と、異様に蒸し暑き人イキレとであった。

「諸君、満場の諸君にG伯爵を紹介します。」

すると、伯爵をそこへ案内して来た一団の中から、一人の男がツカツカと進み出て、ワザと日本語を使ってこう叫んだ。

伯爵はヤット気がついて、帽子と、外套とを脱いだが、忽ち右左から五六本の手が出て、それを引ったくるようにして、どこかへ浚《さら》って行ってしまった。次《つい》で、一人の男が伯爵の手を取って、とある食卓の前へ連れて行った。二階と異ってそこは打通《ぶっとお》しの大広間であって、中央に大きな円い卓《テーブル》が二つ並んでいる。各の卓《テーブル》には多分十五人余の客が席に就いていたであろう。彼らは今や、食卓の真ん中に置かれた一つの偉大な丼の美を目蒐《めが》けて盛んに匙《さじ》を運び、箸を突っ込みつゝ、争って料理を貪っている最中なのである。一方の卓《テーブル》に置かれた丼には——伯爵がチラリと盗み見たところによると——粘土を溶かしたような重い執拗《しっこ》いソップの中に、疑いもなく豚の胎児の丸煮が漬けてある。しかしそれはたゞ外だけが豚の原形を備えているので、皮の下から出て来るものは豚の肉とは似てもつかない半平《はんぺん》のような、フワ〳〵したものであるらしい。おまけにその皮も中味もジェリーの如くクタ〳〵に柔かに煮込んであるのか、匙を割り込ませるとあたかも小刀《ナイフ》で切取るように、そこからキレイに捥《も》ぎ取られる。見る〳〵うちに、四方八方から匙が出て来て豚の原形は、一塊ずつ端の方から失われて行く。まるで魔法にかゝっているようである。もう一方の卓《テーブル》にあるのはそれは明《あきら》かに燕《つばめ》の巣である。人々は頻に丼の中へ箸を入れては心太《ところてん》のようにツル〳〵した燕菜《えんさい》をソップの中から掬《すく》い上げている。むしろ不思議なのはその燕菜が漬かっている純白の色をしたソップである。こんな真白な汁は杏仁水《きょうにんすい》よりほかに日本の支那料理では見たことがない。支那へ行けば奶湯《たいとう》という牛乳のソップがあると聞いていたが、あれこそその奶湯ではあるまいかと伯爵は思った。

一三

が、伯爵が導かれて行ったのはそれらのテエブルの傍ではない。そのほかにもまだこの部屋には、両側の壁に沿うてちょうどお寺の座禅堂にあるような座席が設けられていたのである。そうしてそこにも多勢の支那人が、ところ〴〵に配置された紫檀《したん》の小卓を囲みながら、あるいは床に腰をかけたり、あるいは床の上の緞子《どんす》の蓐《しとね》に据わったりして、ある者は真鍮《しんちゅう》の煙管《きせる》で水煙草を吸い、ある者は景徳鎮の茶碗で茶を啜《すす》っている。彼らはいずれも食卓の方の騒擾《そうじょう》を慵《ものう》げな眼つきで恍惚《うっとり》と見やりながら、皆一様に弛《たる》み切った、さも睡《ねむ》そうな顔つきをしてむっつりと黙り込んでいるのである。そのくせ彼らの中には一人として血色の悪いのや、貧相なのや、不景気な様子をしているものは見あたらない。どれもこれも堂々たる風采と、立派な体格と、活気の充ち溢《あふ》れた顔をしながら、ただ肝腎な魂だけが抜けてしまったように茫然としているのである。

「はゝあ、この連中は今しがた鱈《たら》ふく喰ったばかりなので、食休みをしているんだな。あのとろんとした眼つきで見ると、よほど喰い過ぎたのだろう。」

実際、伯爵にはそのとろんとした眼つきがこの上もなく羨ましかった。彼らのふくれ上った腹の中には、ちょうどあの豚の丸煮のように、骨も臓腑もなくなって旨そうな喰い物ばかりが一杯に詰まっているのではなかろうか。あの腹の皮をぷつりと破ったら中から出る物は血でも腸《はらわた》でもなく、あの丼にあるような支那料理がどろどろになって流れ出しはしなかろうか。彼らの満足し切った、大儀そうな表情から推量すると、恐らく彼らは腹の皮を破られても、やはり平気で悠々とそこに坐《すわ》っているかも知れない。伯爵を始め美食倶楽部の会員たちも、随分今までにげんなりするほど大喰いをした覚えはあるけれど、こゝに居並ぶ支那人たちの顔に表れているほどの大満足を、かつて味わったことはないように感ぜられた。

で、伯爵は彼らの前をずっと通り抜けて行ったが、彼らはたゞじろりと一と目伯爵を見たばかりで、この珍客の侵入を訝《いぶ》かる者も歓迎しようとする者もなかった。

「この日本人は一体どうして来たのだろう。」

など、いう疑問を頭に浮べるだけでも、彼らには億劫《おっくう》であったのだろう。

やがて伯爵は案内の支那人に手を引かれて、左側の壁の隅に倚《よ》りかゝっているある紳士の前に連れて行かれた。この紳士も勿論喰い過ぎ党の一人であって、癈人《はいじん》のような無意味な瞳を見開いたまゝ、うつら〳〵と煙草を燻《く》ゆらしていたことは云うまでもない。

一四

その紳士の年は、太っているために若くは見えるけれど、もう四十近いかと思われる。ここに集まった会員の中の年長者であるらしい。そうしてほかの人々は大概洋服を着ているのに、その紳士だけは栗鼠《りす》の毛皮の裏の付いた黒繻《しゅ》子《す》の支那服を纏《まと》うているのである。しかし伯爵は、その紳士の風貌よりもむしろ彼の右と左に控えている二人の美女に心を惹かれた。一人の方は青磁色に濃い緑色の荒い立縞《たてじま》の上着を着て、それと同じ柄の短いズボンを穿《は》いて、薄い桃色の絹の靴下に精巧な銀糸の刺繡《ぬい》のある紫の毛繻子の靴を、小さな足にぴっちりと篏《は》めている。椅子に腰掛けて右の足を左の膝頭にのせているのが、その小さいことゝ云ったらまるで女の児の懐へ入れるはこせこのように可愛らしい。額の真中から二つに分けた艶々しい黒髪が、眉毛のあたりまで簾《すだれ》のように垂れ下って、その後に椎《しい》の実の如くちょんびりと見えている耳朶《みみたぼ》には、琅玕《ろうかん》の耳環《みみわ》がきらきらと青く光りながら揺らめいている。今しがたまで音楽が聞えたのは、大方この女が奏でゝいたのであろう、膝の上には胡弓を載せて、腕環を篏めた左の手でそれを抱えている形は、弁財天の絵のようである。女の顔は玉のように滑《なめらか》に透き徹《とお》っていて、少しく出目なくらいに飛び出している黒み勝《がち》の大きな瞳と、鼻の方に反り返っている厚い真赤な上唇とのあたりに、一種異様な謎のような美しさが充ち溢れている。が、何よりも美しいのはその歯並であって、時々歯齦《はぐき》を露《あら》わして上歯と下歯とをカチカチ合せながら、右の上顎《うわあご》の犬歯の間を頻に楊枝でほじくっているのが、その驚くべき細かな歯並を誇示するためだとしか思われない。もう一人の方の女もやゝ面長な顔立ちではあるが、その美しさから来る感じにほとんど変りはない。襟に真珠の胸飾りを着けて、牡丹《ぼたん》の花の繍《ぬい》模様のある暗褐色の服を纏うているせいか、色の白さが余計に引立っているだけである。そうして彼女も同じように歯を見せびらかして、楊枝を持って口の中を突ついている右の指には、小さな五六個の鈴の付いた黄金の指環が篏まっている。伯爵がそこへやって来ると、二人の女は空々しくふっと横を向いて、何か紳士と眼交《めま》ぜをしているようであった。

「これが会長の陳さんです。」

伯爵の手を引いていた男は、そう云ってその時紳士を紹介した。それから早口な支那語で、面白そうな身振りや手振りをしながら、何事をか会長にしゃべって聞かせている。会長はうんともすんとも云わずに、眼ばかりぱちぱちやらせながら、今にも欠伸《あくび》が出そうにして聞き流していたが、そのうちにやっと少しばかりにこ〳〵と笑った。

「あなたはG伯爵という方ですか――あゝそうですか。ここにいる人達は皆酔っぱらっているものですから、あなたに大変失礼をしました。支那料理がお好きならば、それは御馳走してもいゝです。しかしこゝの内の料理はそんなに旨くはありません。それに今夜はもうコック場がしまいになりました。甚だお気の毒ですが、この次の会の時にまたいらしって下さい。」

会長は如何《いか》にも気乗りがしない口調でこう云うのであった。

一五

「いや、何もわざ〳〵私のために特に料理を拵《こしら》えて頂かなくても結構なんです。実はその、非常に厚かましいお願いですが、諸君のお余りを食べさせて貰えばよろしいんですけれど、そういう訳には行きますまいかな。」

こう云った伯爵は、相手がもう少し愛憎のよい寛大な態度を示していたなら、実はもっと無遠慮に乞食のようなさもしい声を出したいところであった。あの食卓の様子を一目見てからの伯爵は、たとい一匙でも料理を食わせて貰わずには、とてもこの場を動くことが出来なかった。

「余り物といってもあの連中はあの通り大食いですからとても余ることはないでしょう。それにあなたに余り物を差し上げるのは大変失礼です。私は会長としてそういう失礼なことを許す訳には行きません。」

会長は不機嫌そうにだん〳〵眉を曇らせて、傍《かたわら》に立っている支那人に何かぶつ〳〵と叱言《こごと》を云っている。そうして嘲けるような眼付で伯爵の方をちらりと見ては突慳貪《つっけんどん》に頤の先でその男を指図している。多分「この日本人を早く逐《お》い出してしまえ。」とでも云っているのであろう。相手の支那人は興のさめた風でいろ〳〵弁解を試みるらしいが、会長は傲然と構えて、鼻の穴からすうっと大きな息を吹いているばかりで、一向取り上げてくれそうもない。

伯爵がふいと振り返って見ると、中央の食卓の方では二人のボーイがさらに新しい羹《あつもの》の丼を高々と捧げて、今やそこへ運んでくる最中である。円い、背の低い、大きな水盤のような瀬戸の丼には、飴《あめ》色をしたソップがたっぷりと湛《たた》えられてどぶり〳〵と鷹揚《おうよう》な波を打ちながら湯煙りを立てゝいる。その一つの丼の中には蛞蝓《なめくじ》のようなぬる〳〵とした茶褐色に煮詰められた大きな何かの塊まりが、風呂に漬かったようになって茹《ゆ》だり込んでいる。それがやがてテーブルの真中に置かれると、一人の支那人が立ち上って紹興酒の盃《さかずき》を上げた。すると食卓のぐるりにいる連中が一度に悉く立ち上って同じように盃を乾《ほ》す。それが済んだと思うと、我勝に匙を摑《つか》み箸を握って、どっと丼の方へ殺到するのである。息もつがずにそれを眺めていた伯爵は、吭《のど》の奥の方で骨か何かがガクリ〳〵と鳴るような気がした。

「どうも困りました。あなたに大変済みませんでした。会長がどうしても許してくれませんから、………」

吐言を云われた支那人はそう云って頭を掻《か》きながら、不承無精に伯爵を部屋の出口の方へ連れて行った。

「いや、僕らが悪かったんです。僕らが酔っていたものだから、無闇にあなたをこんな所へ引き擦り込んでしまったんです。会長は悪い人ではありませんけれども、やかましい男だものですから。」

一六

「なあに、私こそあなたに飛んだ御迷惑をかけました。しかし会長はどうして許してくれないのでしょう。この盛大な宴会の模様をせっかく目の前に見ていながら、どうも甚だ残念ですがな。……会長が許さなければ駄目なのでしょうか。」

「え丶、ここの会館はすべてあの人の権力のうちにあるのですから、……」

そう云いながら、支那人は何か他聞を憚《はば》かるようにちょいとあたりを見廻したが、二人はもう外の廊下に出て梯子段の降り口に来ていたのである。

「会長が許さないのは、きっとあなたを疑ぐっているからでしょう。――コック場がおしまいになったというのは嘘《うそ》なんです。あれ御覧なさい、まだあの通りコック場では料理を拵えているのですよ。」

なるほど梯子段の下からは例のぷんぷんと香《にお》う煙が、依然として舞い上って来る。鍋の中で何かを揚げているらしいシュウッ、シュウッ、という音が、パチパチと油の跳ねる音に交って、南京花火のように威勢よく聞えている。廊下の両側の壁には外套が真黒に堆《うずたか》く懸っていて、客はまだ容易に散会しそうもない。

「それじゃ会長は私を怪しい人間だと思っているんですね。そりゃあ御尤《ごもっと》もです。用もないのにこの路次へ這入って来て、家の前をうろ〳〵していたのですから、怪しいと思えば怪しいに違いありません。私は自分でも可笑《おか》しいと思っているくらいです。しかしこれにはいろ〳〵理由があるので、説明しなければ分りませんが、実は我々は美食倶楽部というのを組織していましてね、………」

「何？　何の倶楽部ですか？」

支那人は変な顔をして首を傾《かし》げた。

「美食です、美食倶楽部です。――The Gastronomer Club!」

「あゝそうですか、分りました、分りました。」

そう云って支那人は人が好さそうに笑いながら頷《うなず》いて見せた。

「つまり旨いものを食う倶楽部ですな。この倶楽部の会員は、旨いものを食わないと一日も生きていられない人間ばかりから成り立っているんですが、もうこの頃は旨いものが無くて弱っているんです。会員が毎日々々手分けをして、東京市中の旨いものを探して歩いていますけれど、もうどこにも珍らしいものは無くなってしまいました。今日も私は旨いものを探しに出たところが、図らずもこの内を見付け出して、普通の支那料理屋だと思って路次の中へ這入って見たのです、そんな訳で私は決して怪しい者じゃありません。先刻差し上げた名刺にある通りの人間です。たゞ食い物のことになると、知らず識《し》らず夢中になって、つい常識を失ってしまうだけなんです。」

支那人は、熱心に言い訳をする伯爵の顔を、暫くつく〴〵と見据えていた。あるいは伯爵を気違いだと思ったのかも知れない。――三十前後の、背の高い男振りの好い、酔っているせいか桜色の両頰をてかてかと光らせた、正直そうな男である。

一七

「伯爵、私はあなたを少しも疑っていはしません。われわれ――少くとも今夜この楼上に集まっている人達には、あなたの心持はよく分ります。美食倶楽部とはいいませんが、われわれがここに集まるのも、実は美食を食うためなのです。われわれはやはりあなたと同様な熱心なガストロノマアです。」

何と思ったか、彼はそう云って突然伯爵の手を強く握り締めた。そうして眼の縁に意味ありげな笑いを浮べながら、

「私はアメリカにもヨーロッパにも二三年滞在したことがありますが、世界のどこに行っても支那料理ほど旨いものはないということを知りました。私は極端な支那料理の讃《さん》美者《びしゃ》です。それは私が支那人だからという訳ではない、あなたが真のガストロノマアで

あるならば、この点において、多分私と同感であろうと私は信じます。そうでなければならないはずです。ねえそうでしょう？――あなたは私にあなたの倶楽部のことを打ち明けてくれました、そこで私はあなたを少しも疑ぐっていない証拠に、われわれの倶楽部、――この会館のことをお話ししましょう。この会館では実際不思議な料理が出来るんです。今あなたが御覧になった、あのテーブルの上に並んでいる料理なんかは、ほんの始め、ほんのプロローグなんです、この後からいよいよほんとうの料理が出るんです。」

こう云って支那人は、自分の言葉が相手に如何なる反応を呈するかを試すように、偸《ぬす》むが如く伯爵の顔の中を覗《のぞ》き込んだ。その言葉は伯爵の食慾を唆《そその》かすために、故意に発せられたものとしか思われないほどであった。

「それはほんとうですか？　あなたは冗談に私を欺《だま》すのじゃないのですか？」

伯爵の瞳には、何故か知らぬが犬が餌食に飛びかゝろうとする時のような激しい気色が見えた。

「それがほんとうなら、私はもう一遍あなたにお願いします。そんな話まで聞かせておきながら、私をこのまゝ帰すというのは残酷過ぎるじゃありませんか。私が怪しい人間でないということを、もう一遍あなたから会長に説明して下さい。それでも疑いが晴れなかったら、私が美食家であるかないか、会長の前で試験をして下さい。支那料理でも何でも、今まで日本にあったものなら私は一々その味をあて、見せます。そうしたら私が如何に料理に熱心な男であるか分るでしょう。全体、それほど日本人を嫌うというのは可笑しいじゃありませんか。あなたは美食の会だと云われたようですが、あるいは何か政治上の会合ではないのでしょうか。」

「政治上の会合？　いやそんなものじゃありません。」

支那人は笑いながら、淡泊に否定してしまった。

「しかしこの会では、（ここで支那人はちょっと言葉を句切って、急に真面目な調子になって）私はG伯爵の名前に対してあなたをあくまでも信用します。――この会では、政治上の会よりもむしろ遥に入場者の人選がやかましいのです。この会館で食わせる美食はまるで普通の料理とは違っています。その料理法は会員以外には全く秘密になっているのです。………」

一八

「………今夜ここに集まった連中は重《おも》に浙江省《せっこう》の人達ですが、しかし浙江省の人ならば誰でも入場が出来るという訳ではありません。すべて会長の意志によるのです。料理の献立も会場の設備も宴会の日取も会計も何もかも、みんな会長の指図によって行われます。この会はまああの会長一人の会だと云ってもいゝでしょう。………」

「すると一体、あの会長というのはどういう人なんですか。どうしてあの会長がそんな権力を持っているんですか。」

「あれは随分変った人です。えらいところもある代りに、少し馬鹿なところがあるのです。」

支那人はそう云ってから、暫く躊躇《ちゆうちよ》するが如くに口の内をモグモグやっていた。会場の方が騒がしいので、好い塩梅《あんばい》に二人の立話は誰にも注意されずにいるらしい。

「馬鹿なところがあるというと?」

こう云って伯爵が催促した時、支那人の顔にはあまり説明に深入りし過ぎたのを後悔する情が、あり〳〵と見えた。そうして、しゃべろうかしゃべるまいかと思い惑いながら、彼は仕方なしにぼつぼつと言葉を続けた。

「あの人はね、うまい料理を食うことが非常に好きで、そのために馬鹿か気違いのようになるのです。いや、食うことが好きなばかりではありません。料理を自分で拵える事も非常に上手です。それでなくても支那料理というものは材料が豊富であるのに、あの人の手にかゝればどんな物でも料理の材料にならないものはありません。ありとあらゆる野菜、果物、獣肉、魚肉、鳥肉は勿論のこと、上は人間から下は昆虫に至るまでみんな立派な材料になるのです。あなたも知っていらっしゃるように、支那人は昔から燕《つばめ》の巣を食います、熊の掌《てのひら》、鹿の蹄筋、鮫《さめ》の翅《ひれ》を食べます。しかしたとえばわれ〳〵に木の皮を食い鳥の糞を食い人間の涎《よだれ》を食うことを教えたのは、恐らくあの会長が始まりでしょう。それからまた煮たり焼いたりする方法についても、会長によっていろ〳〵の手段が発明されるようになりました。従ってソップの種類なぞは、今まで十幾種しかなかったものが、既に六七十種にまでなっているのです。次に最も驚くべきは料理を盛るところの器物です。陶器や、磁器や、金属や、それらによって作られた皿だの、碗だの、壺だの、匙だのというものばかりが食器でないことが、会長によって明らかにされました。そうして食物は、常に食器の中に盛られると限ったものではなく、食器の外側へぬる〳〵と塗りこくられることもあります。あるいは食器の上へ噴水の如く噴き出されることもあります。そうしてある場合には、どこまでが器物でどこまでが食物であるか分らないことさえないとは云えません。そこまでいかなければ真の美食を味わうことは出来ないというのが、会長の意見なのです。………」

一九

「………ここまでお話したらば、会長の拵《こしら》える料理というものが、どんな物であるか大概お分りになったでしょう。そうして、その会に出席する会員の人選を厳密にする訳も大方お分りになるでしょう。——実際こういう料理があまり世間にはやり出したら、阿片《あへん》の喫煙がはやるよりももっと恐ろしい訳ですからね。」

「で、もう一遍伺いますが、今夜これからそういう料理が始まるところなんですね？」

「えゝまあそうです。」

支那人は葉巻の煙に咽《む》せるようなふりをして、こんこんと咳入《せきい》りながらわずかに頷いて見せた。

「なるほどよく分りました。そのお話で大概私にも想像が出来ないことはありません。そういう美食の会であるとしたならば、政治上の秘密結社よりも余計人選を厳密にするのは当然のことです。正直を云うと、私が常に抱いている美食の理想は、やはり会長の考えの通りだったのです。しかし私には如何にして理想の料理を実現したらよいか、その方法を発見することが出来ませんでした。会長のえらい点は実にその方法を知っているところにあるのです。しかし、たとえ人選を厳密にするにしても、それほど秘密を尚《とうと》ぶならば、なぜもっと少数の会にしないのでしょう。単に料理を食うだけならば、独りでもい、訳ではないでしょうか。」

「いや、それについても理由があるのです。料理というものは出来るだけ多人数の人間が一堂に集まって、大宴会を催しながら食べるのでなければ、そういう風に作られたものでなければ、ほんとうの美味を発揮するはずがないという、会長の説なのです。それで会長は人選をやかましくすることはしますが、結局今夜のように大勢の参会者を集めなければ承知しません。………」

「それも私の考えている通りです。私の倶楽部では会員の数は五人という少数ですが、人数の点から云っても今夜の会がそれに較《くら》べて如何に大規模なものであるかということが分ります。あまり美食を食いたがるせいか、私は年中旨いものを食う夢ばかりを見ていますが、今夜のこの会場へ這入って来たことは全く私には夢のようです。寝ても覚めても私が絶えず憧れていたのは、実にその会長のような料理の天才に出《い》で遇《あ》うことでした。あなたはさっき、私を少しも疑ってはいないとおっしゃった。私を信用して居られゝばこそ、いろ〳〵の話をして下すったに違いない。私がどれほど料理に熱心な男であるかも、お分りになったに違いない。そうしてあなたは、今一歩を進めて、もう一度私を会長に推薦して下さることが出来ないでしょうか。もし会長がどこまでも許してくれなかった場合には、たとえ食卓に着かないまでも、こっそりと何かの蔭にかくれて、せめて宴会の様子だけでも見せて下さる訳には行かないでしょうか？」

二〇

G伯爵の口調は、とても卑しい食物《くいもの》の相談とは思われないほど真面目であった。

「さあ、どうしたらいゝでしょうか。………」

支那人はもうすっかり酔が醒めたのであろう、今さら当惑したように腕組をして考え込んでいたが、口に咬《くわ》えていた葉巻をぷいと床に投げ捨てると同時に、何事をか決心したらしく顔を擡《もた》げた。

「私はあなたに、私として出来るだけの好意を示したつもりです。しかしあなたがそれほどにおっしゃるのなら、何とかして宴会の光景を見せて上げましょう。ですが、会長に紹介したところで、とても許される望《のぞみ》はありません。事によったら会長はあなたを警察の刑事だと思っているのかも知れません。むしろ会長には知らせずに、そっと見物した方がいゝでしょう。」

そう云いながら、彼は廊下を見廻して誰も気が付く者のないのを確かめた後、つと手を伸ばして自分の倚り掛っている背中の板戸を力強く押すようにした、すると、外套の堆く垂れ下っていた板戸の一部分は、するすると音もなく後へ開いて、二人の体をその蔭へ引き擦り込んだ。

室の四方は悉《ことごと》く殺風景な羽目板で密閉されている。二台の古ぼけた長椅子が両側に置いてあって、その枕許《まくらもと》に灰皿とマッチとを載せたティー・テーブルが据えてあるばかり、ほかに何の装飾も設備もない。たゞ不思議なのはこの室内に籠っている一種異様な陰惨な臭気である。

「この部屋は一体何に使うのですか。妙な臭《におい》がするようですな。」

「この臭をあなたは知りませんか。これはオピアムです。」

支那人は平気でそう云って気味悪く笑った。部屋の一隅に置かれた青いシェエドのスタンドから、朦朧《もうろう》とさして来る鈍い電燈の明りが、顔の半面に薄暗い影を作っているせいか、その支那人の人相はまるで別人のように変っている。今まで人の好さそうな無邪気な光を帯びていた眼の色までが、亡国人らしい頽廃《たいはい》と懶惰《らんだ》との表情に満ち満ちているかの如く感ぜられる。

「あゝそうですか、阿片を吸う部屋ですか。」

「そうです、日本人でこの部屋へ這入ったのは恐らくあなたが始めてゞしょう。この家に使っている日本人の奉公人でさえこゝにこんな部屋があることは知らないのです。……………」

支那人はもうすっかり気を許して安心してしまったらしい。彼はやがて長椅子に腰を下ろして、それが習慣になっているという風にだらしなく寝崩れながら、低い、ものうい、さながら阿片の夢の中の囈言《うわごと》のような口吻で語り出した。

「あゝ、大分阿片の臭がする。きっと今まで誰かゞ阿片を吸っていたのでしょう。御覧なさい。こゝに小さな穴があります。こゝから覗くと宴会の模様が残らず分ります。この部屋に這入って来たものは、こゝからあの様子を眺め、うとうとゝ阿片の眠りに浸るのです。」

二一

作者は、G伯爵がその晩その阿片喫煙室の穴から見たところの隣室の宴会の模様を、ここに精《くわ》しく述べなければならない義務がある。が、その会の会長が参会者の人選を厳密にするのと同じ意味で、読者の人選を厳密にすることが出来ない限り、その模様を赤裸々に発表することが出来ないのを遺憾とする。たゞ、その一晩の目撃によって、どれほど伯爵が平素の渇望を癒やし得たか、そうしてその後、料理に対する伯爵の創意と才能とが、どれほど長足の進歩を遂げたか、それを読者に報告することにしよう。――

実際、その事があって間もなく、伯爵は偉大なる美食家、かつ偉大なる料理の天才として、彼の倶楽部の会員達から無上の讃辞と喝采とを博し得たのである。事情を知らない会員達は、そもそも伯爵が如何なる方面からか、る美食の伝授を受けたか、伯爵が一朝にしてこういう料理を発見するに至ったのは何によるのかと、訝《あやし》まないものは一人もなかった。しかし巧慧《こうけい》なる伯爵は、あの支那人との間に取り交わした約束を重んじて、あくまでも浙江会館の存在を秘したばかりでなく、それらの料理が自分の独創に出ずることを固く主張して止まなかった。

「我輩は誰に教わったのでもない。これは全くインスピレーションによったのだ。」

そう云って彼は空惚《そらとぼ》けていた。

美食倶楽部の楼上では、それから毎晩、伯爵の主宰によって驚くべき美食の会が催されたのである。そのテーブルに現われる料理は、大体が支那料理に似通っていたにもかかわらず、ある点では全然今までに前例のないものであった。そうして、第一、第二、第三と宴会が重なっていくにつれて、料理の種類と方法とは、いよ〳〵豊富に複雑になって行った。まず第一夜の宴会の献立から、順を追うて次に書き記して見よう。

清湯燕菜　鶏粥魚翅　蹄筋海参　焼烤全鴨　炸八塊
竜戯球　火腿白菜　抜糸山薬　玉蘭片　双冬笋

――こう挙げて来れば、少しも支那料理に異《かわ》らないと早合点をする人もあるだろう。いかにもこれらの料理の名前は支那料理にありふれたものなのである。倶楽部の会員達も始めに献立を読んだ時は、「何だまた支那料理か。」と思わないものはなかったが、それは料理が運び出されて来るまでの不平に過ぎなかった。なぜかというに、やがて彼らの食卓の上に置かれたものは、献立によって予想していた料理とは、味は勿論、外見さえもひどく違ったものが多かったのである。

二

たとえばその中の鶏粥魚翅《けいしゆくぎよし》の如きは、普通に用うる鶏のお粥でもなければ鮫の鰭《ひれ》でもなかった。たゞどんよりとした、羊羹《ようかん》のように不透明な、鉛を融《と》かしたように重苦しい、素的《すてき》に熱い汁が、偉大な銀の丼の中に一杯漂うていた。人々はその丼から発散する芳烈な香気に刺戟されて、我れ勝ちに匙を汁の中に突込んだが、口へ入れると意外にも葡萄《ぶどう》酒《しゅ》のような甘みが口腔へ一面にひろがるばかりで、魚翅や鶏粥の味は一向に感ぜられなかった。

「何んだ君、こんな物がどこがうまいんだ。変に甘ったるいばかりじゃないか。」

そう云って気早やな会員の一人は腹を立てた。が、その言葉が終るか終らないうちに、その男の表情は次第に一変して、何か非常な不思議な事を考え付いたか、見附け出しでもしたように、突然驚愕《きょうがく》の眼を睜《みは》った。というのは、今の今まで甘ったるいと思われていた口の中に、不意に鶏粥と魚翅の味とがしめやかに舌に沁《し》み込んで来たのである。甘い汁が、一旦咽喉へ嚥《の》み下される事はたしかである。けれどもその汁の作用はそれで終った訳ではない。口腔全体へ瀰漫《びまん》した葡萄酒に似た甘い味が、だんだんに稀薄《きはく》になりながらも未だ舌の根に纏《まつ》わっている時、先に嚥み込まれた汁はさらに噫《おくび》になって口腔へ戻って来る。奇妙にもその噫には立派に魚翅と鶏粥との味が附いているのである。そうしてそれが舌に残っている甘みの中に混和するや否や忽ちにして何とも云えない美味を発揮する。葡萄酒と鶏と鮫の鰭とが、一度に口の中に落ち合って醗酵《はっこう》しつゝ、しおからの如くになるのではないかというような感じを与える。第一、第二、第三、と噫の回数が重なるに従って、それらの味はいよ〳〵濃厚になり辛辣になる。

「どうだね、そんなに甘ったるいばかりでもなかろう。」

その時伯爵は、会員一同の顔を見渡しながら、ニヤリと会心の笑みを洩《も》らすのである。

「君たちはその甘い汁を味わうのだと思ってはいけない。君たちに味わって貰いたいのは後から出て来る噫なのだ。噫を味わうためにその甘い汁を吸うのだ。我れ我れのように、常に食物を喰い過ぎる連中は、まず何よりも噫の不快を除かなければならない。たべた後で不快を覚えるような料理は、どんなに味が旨くっても真の美食という事は出来ない、喰えば喰うほど後から一層旨い噫が襲って来る、それでこそ我れ我れは飽く事を知らずにたらふく胃袋へ詰め込む事が出来るのだ。この料理は、大して変った物でもないが、その点において君たちに薦める理由があると思う。」

二三

「いや恐れ入った。これだけの料理を発明した以上、君はたしかに賞金を受け取る資格がある。」

こう云って、さっき伯爵を批難しかけた男が、まず第一に讃嘆の声を放つ。一座は今さらのように伯爵の天才に対して、敬慕の情を禁じ得なかったのである。

「それにしても、この不思議な料理の作り方を、会員一同に発表して貰う訳には行かないかね。あの甘ったるい汁から、どうしてあんな噫が出るのか、それが僕らには永久の疑問だ。」

「いや、発表することだけは許して貰おう。僕の発明したものが単純な料理であるなら、僕も美食倶楽部の会員である以上、その作り方を諸君に伝授する義務があるかも知れない。しかしこれは料理というよりはむしろ魔術だ。美食の魔術だ。既に魔術であるのだから、僕はこれを作り出す方法を、自分の権利として秘密に保管したいと思う。如何にして作り出すかは、宜《よろ》しく諸君の想像に任せておくより仕方がない。」

こう答えて伯爵は、会員一同の愚を憐むが如くに笑った。

しかし、伯爵のいわゆる「美食の魔術」は、なか〳〵このくらいな程度に止《とど》まっているのではなかった。一つ一つの料理が、全く異った趣向と意匠とをもって、思いがけない方面から会員の味覚を襲撃する。味覚？――と云っただけではあるいは不十分かも知れない。正直を云えば、会員たちは彼らの備えているあらゆる官能を用いた後に、始めてそれらの料理を完全に味わう事が出来たのである。彼らは啻《ただ》に舌をもってその美食を味わうばかりでなく、眼をもって、鼻をもって、耳をもって、ある時は肌膚をもって味わわなければならなかった。極端な云い方をすると、彼らの体中が悉く舌にならなければならなかった。就中《なかんずく》、「火腿白菜《かたいはくさい》」の料理の如きは最もその適例であるという事が出来よう。

火腿というのは一種のハムである。白菜というのは、キャベツに似て白い太い茎を持った支那の野菜である。が、この料理も例によって最初からハムや野菜の味がするのではない、そうして、献立に記されてあるほかのすべての料理が出されてしまってから最後にこれを味わう順序になっている。

この料理が出される前に、会員はまず食卓の傍を五六尺離れた上、食堂の四方へ散り散りに別れて彳立《ちょりつ》する事を要求される。それから不意に室内の電燈が悉く消される。どんな僅かな隙間からでも一点の明りさえ洩れてこないように、窓や入口の扉は厳重に注意深く密閉される。部屋の中は、全く一寸先も見えないほどの濃厚な闇にさせられる。その、カタリとも音のしない、死んだように静かな暗黒裡《り》に、会員は黙々として三十分ばかり立たせられるのである。

二四

その時の会員の心持を、読者は宜しく想像してみなければならない。――彼らはその時までに散々物を喰い過ぎている。たとい不愉快な噫には攻められないとしても、彼らの胃袋は相当に膨れ上っている。彼らの手足は、飽満状態から来るものうい倦怠《けんたい》を感ぜざるを得ない。体中の神経が痺《しび》れ切って、彼らはともすれば、うとうとと睡りそうになっている。それが突然暗闇へ入れられて、長い間立たせられるのであるから、一旦鈍くなりかけた彼らの神経は、再び鋭く尖《とが》って来る。「これから何が現われるか、この暗闇で何を喰わされるのか。」という期待が、十分な緊張さを持って、彼らの胸に力強く蘇《よみがえ》って来る。勿論、明りを防ぐためにストーブの火さえも消されているので、部屋の空気は次第に寒くなって、睡気などは跡形もなく飛び散ってしまう。彼らの眼は、見る物もない闇の中で、冴《さ》え返って来るばかりである。要するに、彼らは次の料理を口にする前から、思う存分に度胆《どぎも》を抜かれてしまうのである。

彼らがかくの如き状態の絶頂に達した時に、誰か知らぬが、部屋の隅の方から忍びやかに歩いて来る人の足音が聞え始める。その人間が今までそこにいた会員の一人でない事は、いかにもなまめかしくさや〳〵と鳴る衣擦《きぬず》れの音によっても明らかである。軽い、しとやかな上靴《スリッパ》の音から想像すると、どうしてもそれは女でなければならない。どこから、いかにしてこの室内へ這入って来たのか分らないけれど、その人間はちょうど檻《おり》に入れられた獣のように、部屋の一方から一方へ、会員達の鼻先を横切りつゝ、黙々として五六度も往ったり来たりする。その間は多分二三分ぐらい続いたであろう。ほどなく、部屋の右側の方へ廻って行った足音は、そこに立たされている会員の一人の前で、ぴったりと止まる。――作者は仮りにその会員の一人をAと名付けて、これから次後の出来事を、Aの気持になって説明しよう。A以外の会員には、自分達の順番が廻ってくるまで、その後暫らく何事も起らないのである。

Aは、今しも自分の前に止まった足音の主が、果して想像の如く一人の女であった事を感ずる。なぜかというのに、女に特有な髪の油や白粉《おしろい》や香水の匂が、まざまざと彼の嗅覚を襲って来るからである。その匂は、ほとんど彼を窒息させんばかりにAの身辺に迫って来て、女は彼とさし向いに、顔を擦れ擦れにして立っているのである。それほどになっても相手の姿が見えないくらい、室内の闇は濃いのであるから、Aは全く視覚以外の感覚によって、それを知るよりほかにない。Aの額には優しい女の前髪が触れる。Aの襟元には暖かい女の息がかゝる。そうしているうちに、Aの両頰は、女の冷たい、しかし柔かい掌《たなごころ》によって、二三遍薄気味悪く上下へ撫《な》で廻される……。

二五

Aはその掌の肉のふくらみと指のしなやかさから、若い女の手であるに違いないと思う。けれども、その手はそもそも何の目的で自分の顔を撫でゝいるのやら明瞭でない。最初に左右の蟀谷《こめかみ》を押えてそこをグリ〳〵と擦った後、今度は眼蓋《まぶた》の上へ両の掌《てのひら》をぺったりと蓋《かぶ》せて、そろ〳〵と撫で下しながら、眼を潰《つぶ》らせようと努めるものゝ如くである。次にはだん〳〵と頰の方へ移って、鼻の両側をさすり始める。手には右にも左にも数個の指輪が篏《は》まっているらしく、小さい堅い金属製の冷たさが感ぜられる。――以上の手術（？）は、ほとんど顔のマッサージと変りはない。Aは大人しく撫でられているうちに、美顔術でも施された跡のような爽かな生理的快感が、脳髄の心の方まで沁み渡るのを覚えるのである。

その快感は、直ぐその次に行われる一層巧妙な手術によって、さらに〳〵昂《たか》められる。顔中を残らず摩擦し終った手は、最後にAの唇を摘《つ》まんで、ゴムを伸び縮みさせるように引張ったり弛《たる》ませたりする。あるいは頤に手をかけて、奥歯のあるあたりを頬の上からぐいぐいと揉んでみたり、口の周囲を縫うようにしながら、上唇と下唇の縁を指の先で微《かす》かにとんとんと叩《たた》いてみたりする。それから口の両端へ指をあてゝ、口中の唾液を少しずつ外へ誘《いざな》い出しつゝ、しまいには唇全体がびしょ〳〵に濡れるまでその辺一帯へ唾吐《つばき》を塗りこくる。塗りこくった指の先で、何度も〳〵ぬる〳〵と唇の閉じ目を擦る。Aは、まだ何物をも喰わないのに、既に何かを頬張って涎《よだれ》を垂らしつゝ、あるような感触を、その唇に与えられる。Aの食欲は自然と旺盛にならざるを得ない。彼の口腔には美食を促す意地の穢い唾吐が、奥歯の後から滾々《こんこん》湧き出て一杯になっている。……Aが、もうたまらなくなって、誘い出されるまでもなく、自分から涎をだら〳〵と垂らしそうになった刹那である。今まで彼の唇を弄んでいた女の指頭は、突如として彼の口腔内へ挿し込まれる。そうして、唇の裏側と歯齦との間をごろ〳〵と掻き廻した揚句、次第に舌の方へまで侵入して来る。涎はそれらの五本の指へこってりと纏わって、指だか何だか分らないようなどろ〳〵な物にさせてしまう。その時始めてAの注意を惹いたのは、それらの指が、いかに涎に漬かっているにもせよ、到底人間の肉体の一部とは信ぜられないくらい、余りにぬら〳〵と柔か過ぎる事であった。五本の指を口の中へ押し込まれていればかなり苦しいはずであるのに、Aにはそういう切なさが感ぜられない。仮りにいくらか切ないとしても、大きな餅を頰張ったほどの切なさである。もし誤って歯をあてたりしたらば、それらの指は三つにも四つにも咬み切られてしまいそうである。

二六

とたんにAは、舌と一緒にその手へ粘り着いている自分の唾吐が、どういう加減でか奇妙な味を帯びている事を感じ出す。ほんのりと甘いような、また芳ばしい塩気をも含んでいるような味が、唾吐の中からひとりでにじと〳〵と沁み出しつゝあるのである。唾吐がこんな味を持っているはずはない。そうかと云って、勿論女の手の味でもあろうはずはない。……Aはしきりに舌を動かしてその味を舐めすゝってみる。舐めても舐めても、尽きざる味がどこからか沁み出して来る。ついには口中の唾吐を悉く嚥み込んでしまっても、やっぱり舌の上に怪しい液体が、何物からか搾り出されるようにして滴々と湧いて出る。ここに至って、Aはどうしてもそれが女の指の股から生じつゝあるのだという事実を、認めざるを得ないのである。彼の口の中には、その手よりほかに別段外部から這入って来たものは一つもない。そうしてその手は、五本の指を揃《そろ》えて、さっきからじっと彼の舌の上に載っている。それらの指に附着しているぬら〳〵した流動物は、今までたしかにAの唾吐であるらしく思われたのに、指自身からも唾吐のような粘っこい汁が、脂汗の湧き出るように漸々に滲み出ているのであった。――

「それにしてもこのぬら／＼した物質は何だろう。――この汁の味は決して自分に経験のない味ではない。自分は何かでこのような味を味わった覚えがある。」

Aはなおも舌の先でべろ／＼と指を舐め尽しながら考えてみる。と、何だかそれが支那料理のハムの匂に似ていることを想い浮べる。正直を云うと、彼は疾《と》うから想い浮べていたのかも知れないのだが、あまり取り合わせが意外なので、ハッキリそれとは心付かずにいたのであった。

「そうだ、明かにハムの味がする。しかも支那料理の火腿の味がするのだ。」

この判断をたしかめるために、Aは一層味覚神経を舌端に集めて、ます／＼指の周りを執拗《しつよう》に撫でゝみたりしゃぶってみたりする。怪しい事には、指の柔かさは舌を持って圧せば圧すほど度を増して来て、たとえば葱《ねぎ》か何かのようにくたくたになっているのである。Aは俄然《がぜん》として、人間の手に違いなかった物がいつの間にやら白菜の茎《じく》に化けてしまった事を発見する。いや、化けたというのはあるいは適当でないかも知れない。なぜかと云うのに、それは立派に白菜の味と物質とから成り立っていながら、いまだに完全な人間の指の形を備えているからである。現に人さし指と中指には元の通りにちゃんと指輪が篏まっている。そうして掌《たなごころ》から手頸《てくび》の肉の方へ完全に連絡している。どこから白菜になり、どこから女の手になっているのか、その境目は全く分らない。云わば指と白菜との合《あい》の子《こ》のような物質なのである。

二七

不思議は啻《ただ》にそればかりには止まらない。Aがそんな事を考えている暇に、その白菜――だか人間の手だか分らない物質は、あたかも舌の動くように口腔の内で動き始める。五本の指が一本々々運動を起してある者は奥歯のウロの中を突ッ衝いたり、ある者は舌の周囲へ絡み着いたり、ある者は歯と歯の間へ挟まって自ら進んで嚙まれるようにする。「動く」という点からすれば、どうしても人間の手に違いないのだが、動きつゝあるうちに紛うべくもない植物性の繊維から出来た白菜である事が、ますく明かに暴露される。Aは試みに、アスパラガスの穂を喰う時のように、先の方を嚙んでみると、直にグサリと嚙み潰されて、潰された部分の肉は完全なる白菜と化してしまう。しかもこれまでにかつて経験したことのないような、甘味のある、たっぷりとした水気を含んだ、まるでふろふきの大根のように柔軟《やわらか》な白菜なのである。

Aはその美味に釣り込まれつゝ思わず五本の指の先を悉く嚙み潰しては嚥み下す。ところが、嚙み潰された指の先は少しも指の形を損じないのみか、依然としてぬらくした汁を出しながら、歯だの舌だのへ白菜の繊維を絡み着かせる。嚙み潰しても嚙み潰しても跡から跡からと指の頭に白菜が生じる。………ちょうど魔術師の手の中から長い長い万国旗が繋《つな》がって出るような工合にである。

こうしてAが腹一杯に白菜の美味を貪り喰ったと思う頃、植物性の繊維から出来ていた手の先は、再び正真正銘の人間の肉をもって成り立った指に変ってしまう。そうして、それらの五本の指は、口の中に残っている喰い余りの糟《かす》をきれいに掃除して、薄荷《はっか》のようなヒリヒリした爽かな刺戟物を歯の間へ撒《ま》き散らした後、すっぽりと口の外へ脱《ぬ》け出てしまう。

これが第一夜の宴会の最終の料理である。以上二つの実例によって、献立の中に示されたその他の料理も、いかに怪奇な性質の物であるかは大略想像することが出来るであろう。この白菜の料理が済んでから、暗くなっていた会場には以前のように明るい電燈が燈される。が、そこにはあの不可解な手の持主であるべき女の影は跡形もない。

「これで今夜の美食会は終ったのであります。――――」

こう云って、その時G伯爵は、驚愕に充ちた会員達の表情を視詰《みつ》めながら、簡単に散会の挨拶を述べる。

「私は先刻、今夜の美食は普通の料理ではなくて料理の魔法であると云った。しかしここに断っておきたいのは、私は何も故《ことさ》らに奇を好んでこんな魔法を用いるのではないという事です、私は決して、真の美食を作り出すことが出来ないために、魔法をもって諸君を煙《けむ》に巻こうとするのではないのです。私の意見をもってすれば、真の美食を作り出すのには、魔法を用うるよりほかに道がないと思うのです。……」

二八

「……なぜかと云うのに、我れ我れはもう、単に舌のみをもって味わうところの美食という物を、既に幸に味わい尽している。限られたるいわゆる料理の範囲内において、これ以上に我れ我れを満足させる物は一つもないのであります。勢い我れ我れは、自分たちの味覚をさらに喜ばせるためには、料理の範囲を著しく拡張すると共に、これを享楽する我れ我れ自身の官能の種類をも、出来るだけ多種多様にしなければなりません。同時にまた、美食の効果をあくまでも顕著ならしめるために、我れ我れは予《あらかじ》め美味を享楽するに先だって、我れ我れの好奇心を十分その目的物の上に集注させる必要があるのです。我れ我れの好奇心が熾烈《しれつ》であれば熾烈であるほど、その対象物の価値は一層高まって来るのです。私が料理に魔法を応用するのは、即ちこの好奇心を諸君の胸に挑発したいというのが主眼なのであります。……」

会員はたゞ茫然として、あたかも狐につまゝれたような心地を抱きながら、一言の返辞もせずに会場を出て行くのであった。

つゞいてその明くる晩、第二夜の饗宴が同じ倶楽部の会場において開催された。作者はその夜の献立を一々ここに列挙する事の煩を避けて、その中の最も奇抜なる料理の名前と、その内容とを説明しよう。

即ちそれは

高麗女肉《こうらいじょにく》

という料理である。第一夜の献立においては、料理の内容はとにかく、名前だけは純然たる支那料理であったのに、高麗女肉というのは支那料理にも決してあり得ない珍らしい名前である。もっとも、単に高麗肉というのならば支那料理にもない事はない。高麗とは支那料理の天ぷらを意味するので、豚の天ぷらのことを普通高麗と称している。しかるに高麗女肉といえば、支那料理風の解釈に従うと、女肉の天ぷらでなければならない。献立の中からこの料理の名を見附け出した会員たちの好奇心が、どれほど盛んに煽《あお》られるかは推量するに難からぬ所であろう。

さてその料理は皿に盛ってあるのでもなく、碗に湛えられてあるのでもない。それは一枚の素敵に大きな、ぽっぽっと湯気の立ち昇るタオルに包まれて、三人のボーイに恭しく担がれながら、食卓の中央へ運び込まれる。タオルの中には支那風の仙女の装いをした一人の美姫《びき》が、華やかに笑いながら横《よこた》わっているのである。彼女の全身に纏わっている神々しい羅綾《らりょう》の衣は、一見すると精巧な白地の緞子《どんす》かと思われるけれど、実はそれが悉く天ぷらのころもから出来上っている。そうしてこの料理の場合には、会員たちはたゞ女肉の外に附いている衣だけを味わうのである。

以上の記述は、G伯爵の奇怪なる美食法に関して、わずかにその片鱗を窺《うかが》ったゞけのものに過ぎない。片鱗によってその全般を推し測るにはあまり多くの変化に富んだ料理ではあるけれども、しかも伯爵の創造の方が無尽蔵である限り、作者が如何に宴会の回数を追うて詳細な記述を試みるとしても、要するにその全般を知了することは不可能なのである。そこで已《や》むを得ず第三次より第五次、第六次にいたる宴会の献立の内から、最も珍らしい料理の名前を列記するに止めて一とまず筆を擱《お》くことにしよう。即ち左の通りである。

鴿蛋温泉　葡萄噴水　咳唾玉液　雪梨花皮

紅焼唇肉　胡　蝶　羹　天鵞絨湯　玻璃豆腐

賢明なる読者の中には、これらの名前がいかなる内容の料理を暗示しているか、大方推量せられる人々もある事と思う。とにもかくにも美食倶楽部の宴会は未だに毎晩G伯爵の邸内で催されつゝあるのである。この頃では、彼らは最早《もはや》美食を「味わう」のでも「食う」のでもなく単に「狂」っているのだとしか見受けられない。気が違うか病死するか、彼らの運命はいずれ遠からず決着する事と作者は信じている。

＊　＊　＊　＊　＊　＊　＊　＊　＊

アンソロジーの同心円

山田裕樹

ノルウェイの学者にして冒険家であるトール・ハイエルダールは、アステカ人が乗っていたバルサの筏《いかだ》を再現制作し、五人の仲間と共にそれに乗って南太平洋を横断した。

この冒険のハイエルダールの手記が「コンチキ号漂流記」として出版され、多くの人々をつき動かした。いま人類史を変えようとしているジャレッド・ダイヤモンドも、アフリカに怪獣モケーレ・ムベンベを探しに行った大学生・高野秀行《たかのひでゆき》氏もその一人であろう。

その「コンチキ号漂流記」は、学者の手になるものとしては、傑作の名に値する数少ない作品であり、さらに長く読み継がれるであろう。他の学者のものと違うのは、ユーモアに包まれたリズミカルな文体である。

このバイキングの末裔《まつえい》は、文才にも恵まれていたのである。

みずからの仮説を証明するための探検・漂流であったが、さりげなく語られた本題とは関係のない短い彼の所感がわすれられない。

いるからだ。

暑くて喉がかわいたら、海水を飲め。なぜなら、水分とともに失われた塩分が入っている。

プランクトンを食え。食料問題は、それで解決するはずだ。

塩問題は、現代では常識となっており、熱中症対策として、こまめな水分補給と塩分の補給が必要だ、とテレビで毎日流れている。

ところが、プランクトン問題は、いっこうに進展がないようだ。プランクトンと一口にいうが、別にミジンコだけがプランクトンではない。大海原では、エビやイカの幼体だって立派なプランクトンなのであり、プランクトン・ネットという用具さえあれば、無限のプランクトンがたちまち採取できるという。

なぜ、誰も実行しないのだろうか。

さておき、人間は、なんでも食べる雑食の哺乳類《ほにゅうるい》なのである。

わあ。前置きが長くなってしまった。年をとると話がくどくなるのが、よくわかるなあ。

自覚症状があるだけ、まだましか。

そういうわけで、「悪食な奴《やつ》ら」というアンソロジーのお題を考えついた。

ところが、「売れそうもない」という集英社文庫当局からの当然のクレームがついて、

「実は、私もそう思う」と本当のことを言ってしまい、「味覚の冒険」というこのタイトルにたどりついたのである。そして、変なものをまぎれこませておけばいいのである。

しかし、次の関門は、大きかった。

プランクトンを食べる研究をしているマッド・サイエンティストがテーマの短編など見あたらないのである。「悪食」ならいくらもある。しかし、たとえば預言者・筒井康《つついやす》隆《たか》先生の人糞《じんぷん》食の植物人間の惑星に大使として送り込まれた人の究極の悲喜劇「最高級有機質肥料」などは有名すぎる。綾辻行人《あやつじゆきと》氏の「特別料理」も同様、傑作の誉れ高く、ほうぼうのアンソロジーに入りすぎている。

困った。

困るといきなり転進するのが、幕末の志士や帝国陸軍以来のわしら日本人の伝統である。節操、などと言っていては生きてはいけないのだ。

ほのぼの美食、おいしそうに食べる人たち、などを中心に持ってくることにした。

かねてから、おいしそうに食べる描写に優れた川上弘美《かわかみひろみ》氏の作品であるとか、忘れ去られてはかなわんぞという吉行淳之介《よしゆきじゅんのすけ》の作品を中心にして、ところどころに「悪食」をまぎれこませる策に切り変えたのである。

変えた結果がこうなりました。

いろいろなアンソロジーを読んできた。

その方法を取るならば、「美食小説傑作集」とでも銘打たれて本書も刊行されたかもしれない。

しかし、それでは、つまらないじゃありませんか。

私が編む時は、常に反則技から入っていくのである。

たとえば「旅」、たとえば「食」なら、自分がかつて読んできて、本当に面白かった作品を三編か四編、必死で脳裏からひねり出す。

その数編の作品を中心にして、同心円を三つくらい頭の中に描く。だんだん大きくしていく同心円である。内側がお題に近く、外側になるに従ってお題から離れていくそういう同心円である。そして、その二番目のゾーンを捨ててしまうのである。

すると、ど真ん中の直球と、反則すれすれあるいは反則そのものの変化球が残る。

その二種に絞って短編を選び、始めから並べ方を考えながら選んでいくのだ。

今回は、「悪食」同心円と「美食」同心円のふたつが脳の中でタタカイながら選んでいるうちに、またしても、妙なアンソロジーになってしまった。

またしても、寛恕《かんじょ》を願う次第であります。

（やまだ・ひろき　編集者）

解　説

吉田伸子

アンソロジーの質、は偏《ひとえ》にそれを編んだ編集者の腕にある。かつて、筑摩書房から刊行された「ちくま文学の森」というシリーズがあったのだが、一九八八年より刊行され、全十五巻、別巻一巻で完結。現在はその中から十巻が選ばれて文庫化されている）、あのシリーズこそ、そのことを裏付けたシリーズでもあった。

〝文学は売れない〟と言われていたあの当時、それならば、〝文学〟の売り方を考えればいいのでは、と思った筑摩書房の編集者がいた。彼こそが、後年、ＴＶ「王様のブランチ」等々でもお馴染《なじ》みになった、松田哲夫《まつだてつお》氏、その人である。彼が仕掛けた「文学の森」は、古今東西から縦横無尽に作品を選び、テーマ別に編んだもので、基準はただ一つ、面白い作品であること。小説あり、エッセイあり、戯曲から浪曲まで、これも文学、あれも文学、ええい、みんなまとめて文学に入りやがれ！　と言わんばかりの大らかな〝文学至上主義〟が、実に、実に小気味よかった。結果、「文学の森」は注目され、売り上げにも繋《つな》がったのである。

本書は、その「文学の森」の流れを汲《く》んだアンソロジーである。アンソロジーの質、は目次に直結する（と私は確信している）のだが、本書の目次をご覧あれ。活字好きなら思わずぐふふっ、となるような変態っぷり！（褒めてます！）「味覚の冒険」というテーマで編まれた本書の巻頭を飾るのが、井上荒野さんの「ベーコン」で、巻末を締めるのが、谷崎御大の「美食倶楽部」、という部分だけ見れば、まぁ、順当な並びと思われるかもしれないが、その間が凄《すご》いのだ。かつてアンソロジーで井上荒野と夢枕獏が並ぶ目次があっただろうか。百歩譲ってその並びはあったとして、岡本かの子と夢枕獏が並ぶ目次は、本邦初ではないだろうか。なんてことをしてくれたんですか、山田さん！（褒めてます！）

本書が「食」ではなく「味覚」の「冒険」になっているところにも注目。本書の巻末で、山田さん本人が書かれているのだが、山田さんがいっとう最初に考えついたアンソロジーのお題は、「悪食な奴《やつ》ら」というものだったらしい。また、よりによってニッチすぎるテーマである。案の定、そのテーマは「売れそうもない」という集英社文庫当局からのダメ出しがあり（そりゃそうでしょうとも！）、「味覚の冒険」になったのだ、という。ちなみに、「売れそうにない」とダメ出しされた時、山田さんは「実は、私もそう思う」と返したそうだ。私、このくだりを読んで、その時の山田さんの口調と顔が思い浮かんで、吹き出しました。あー、山田さんだなぁ。

それにしても、見れば見るほどぐふふっ、な並びである。以下に書き出してみますが、井上荒野↓川上弘美↓吉行淳之介↓岡本かの子、までは、小憎いセンスというかお上品な流れですが、ここから先が怒濤《どとう》。筒井康隆↓椎名誠↓中島らも、とSF、スラップスティック風味が流れ込み、南條竹則↓白石一郎とちょいと風味を変えたところへ、田中啓文↓清水義範、とさらに変化球の追い討ちをかけ、嵐山光三郎で口直しの後、夢枕獏で再びがつんと盛り込んで、谷崎御大の、これぞ「味覚」の深奥という結び。美食に紛れ込ませた悪食の、その紛れ込ませ方が見事で、そのことに関しては、山田さん自身が「私が編む時は、常に反則技から入っていくのである」と書いてある通り（この辺りに、プロレス者である山田さんの矜持《きょうじ》がうかがえます）。

冒頭の井上さんの一編は、自分を捨てて年下の恋人の元へ去った母親の死をきっかけに、その母親の恋人のもとをしばしば訪れていた主人公が、父親の死と自分の結婚を報告するために、久しぶりに彼の元を訪れる話。こうやって書くと何気ない物語だと思われそうだが、そこは荒野さんですからね。物語全体を覆う、いわく言いがたい不穏さと、滴り落ちる脂の音までが聞こえてきそうな、男が焼く自家製のベーコン（これがもう、美味しそうで美味しそうで！）が、何とも言えない空気を醸し出している。

友人のウテナさんからもらった壺《つぼ》には、壺の精である「コスミスミコ」と名乗る若い女性が入っていた、という出だしの川上弘美さんの作品は、どこか人を食ったような、それでいてなんともチャーミングな一編。道ゆく男の目を引きつけてしまう美貌のコスミスミコだが、「チジョウノモツレ」から「どっかの男の子に刺されただかどっかの女の子に刺されただか」して、「刺されたあと迷ってたらあ、壺に入っちゃったんです う」とは本人の弁。クリスマスイブの夜、出張から帰ってきたウテナさんと〝わたし〟、コスミスミコの三人で飲んだくれるシーンが最高だ。

三話めの吉行作品は、中学三年生の娘・景子と父親である三輪が食事をする話。「事情があって」、娘の幼年時代も小学生時代も知らない三輪が、景子が中学生になったのを機に、月に一度会って食事をするようになった、という背景があるため、三輪と景子の関係は、父娘というよりは「マイ・フェア・レディ」のヒギンズ教授とイライザといった感じ。レストランの黒服の男の言動に、すかさず「特別料理ね」と三輪に囁《ささや》く景子と、「エリンか」と返す三輪のやりとりが何とも小洒落《こじゃれ》ている。

岡本かの子女史といえば、『かの子撩乱《りょうらん》』の、奔放な女性というイメージが強いのだけれど、この一編は、何ともいえない端正さと、その奥にあるエロスとタナトスが絡み合う絶妙な一編。

五話めの筒井作品のタイトルは、『蟹工船』のパロディ。外惑星クレールで沸き起こる奇病。それは、クレール蟹を乱獲し食べ尽くした結果、「蟹甲癬」と呼ばれる皮膚疾患——

左右どちらかの頬の角質化が嵩《こう》じて、あたかもクレール蟹の甲羅を頬に貼り付けたようになる――だった。めちゃくちゃブラックで可笑《おか》しいのだが、そこはかとない哀愁《あいしゅう》も漂う。

椎名さんの短編SFは、椎名さんが描くSF世界が好きな読者にはたまらない一編。戦地から夫が帰って来る、という便りの最後に書かれた「帰ったらスキヤキが食べたい」というリクエストのために、スキヤキの材料を買いに出る主婦の〝あたし〟。ラストの、凄みと切なさの絶妙な調和。

らもさんの一編は、在日韓国人の友人の「アイデンティティーの確認」に付き合い、補身湯《ポシンタン》＝犬鍋を食べに釜山へ行く愛犬家の男の話。文化の違いが如実に表れるのが食文化だというのが、らもさんらしい。大阪の動物園前駅近くの串カツ屋に貼られたメニューに、「ポチ」とある、というくだりで不謹慎ながら吹いてしまった（後日、〝おれ〟が確かめに行き、デマだと判明したが、実際には〝ポチ〟より恐ろしい文字が……、というオチがついている）。

南條さんと獏さんの短編は妖怪もの。同じ妖怪ものでも、知性派タイプ（南條さん）と肉体派タイプ（獏さん）を揃《そろ》えてくるあたりがニクい。「餓鬼魂」は、「闇狩り師」九十九乱蔵シリーズの作品。

白石さんの作品は、元禄版大食い物語なのだけど、こちらは武士の面子《メンツ》はもとより、お家の面子を背負っての「勝負」でもあるので、文字通り命がけ。武士道の、美しいばかりではない、どこか愚かしい面を際立たせているのがいい。

田中さんの作品は、悪食好きには堪《たま》らない一編、とだけ。どうにも発音しづらいタイトルはもちろんのこと、作家の想像力の計り知れなさに、くらくらします。くれぐれもお食事前には読まれませぬように。

清水さんの作品は、食の本質を的確に描いたもので、「生きるために食べる」というシンプルな、けれど大事なことを、読み手の胸に沈ませていく。

タイトルからして、芥川龍之介がらみと思わせる嵐山さんの作品は、これがなかなか毒を含んだ一編で、サラリーマンの悲哀をユーモアで包んで描いてみせた一編。

本書のトリを飾るのは、谷崎御大の一編。これがもう、「味覚」というテーマにどストライクな一編であり、本書の変態度ここに極まれり、な一編でもある。過激なまでの食への熱情は、悪趣味と紙一重であることが、濃密にエロティックな描写で語られていてこれはもう、谷崎御大でなければ書けない世界である（御大、お主もエロよのう、と思ったことは内緒）。

それにしても、「味覚」がテーマであるのに、読後、何かを食べたくなるというよりは、食べることや食そのもの、さらには自分の「感覚」について考えを巡らしたくなるというのが、本書の一番の魅力なのでは、と思う。そして、それすらも、きっと、山田さんはお見通しで本書を編んだのだろうなぁ。そう思うと、ちょっと悔しい。山田さん、お見事！

（よしだ・のぶこ　書評家）

本書は、集英社文庫のために編まれたオリジナル文庫です。

初出／底本一覧

「ベーコン」井上荒野
「小説すばる」二〇〇六年十二月号／『ベーコン』二〇〇九年六月
集英社文庫

「クリスマス」川上弘美
「マリ・クレール・ジャポン」一九九八年二月号／『神様』二〇〇一年
十月　中公文庫

「菓子祭」吉行淳之介
「文藝春秋」一九七九年二月／『菓子祭』一九八一年四月　角川文庫

「鮨」岡本かの子
「文芸」一九三九年一月号／『ちくま日本文学037　岡本かの子』
二〇〇九年七月　筑摩書房

「蟹甲癬」筒井康隆
「問題小説」一九七六年四月号／『宇宙衞生博覽會』一九八二年八月
新潮文庫
「スキヤキ」椎名　誠
「小説新潮」一九九一年七月号／『中国の鳥人』一九九七年一月
新潮文庫
「GOD OF THE DOG」中島らも
「格安航空券ガイド」一九九七年四月二十六日号／『エキゾティカ』
二〇一〇年十一月　講談社文庫
「麵妖」南條竹則
「幻想卵」第35号　一九九一年四月／『中華料理小説　満願全席』
一九九八年二月　集英社文庫
「元禄武士道」白石一郎
「講談倶楽部」一九六〇年十二月号／『幽霊船』一九八八年九月
新潮文庫

「新鮮なニグ・ジュギペ・グァのソテー。キウイソース掛け」田中啓文
『異形コレクション9　グランドホテル』一九九九年三月／
『異形家の食卓』二〇〇三年二月　集英社文庫
「時代食堂の特別料理」清水義範
「別冊小説宝石」一九八六年初夏号／『国語入試問題必勝法』一九九〇年
十月　講談社文庫
「芋粥」嵐山光三郎
「小説すばる」二〇〇四年四月号
「餓鬼魂」夢枕　獏
「SFアドベンチャー」№60　一九八四年十一月／『闇狩り師2』
二〇一二年五月　徳間文庫
「美食倶楽部」谷崎潤一郎
「大阪朝日新聞」一九一九年一月―二月／
『美食倶楽部　谷崎潤一郎　大正作品集』一九八九年七月　ちくま文庫

著者紹介

井上荒野　いのうえ・あれの
1961年東京都生まれ。89年「わたしのヌレエフ」でフェミナ賞、2004年『潤一』で島清恋愛文学賞、08年『切羽へ』で直木賞、11年『そこへ行くな』で中央公論文芸賞、16年『赤へ』で柴田錬三郎賞を受賞。ほかに『綴られる愛人』など著書多数。

川上弘美　かわかみ・ひろみ
1958年東京都生まれ。94年「神様」でパスカル短篇文学新人賞、96年「蛇を踏む」で芥川賞、2001年『センセイの鞄』で谷崎潤一郎賞、15年『水声』で読売文学賞を受賞。ほかに『真鶴』『七夜物語』『森へ行きましょう』『東京日記』など。

吉行淳之介　よしゆき・じゅんのすけ
1924年岡山県生まれ。94年逝去。54年「驟雨」その他で芥川賞、65年『不意の出来事』で新潮社文学賞、67年『星と月は天の穴』で芸術選奨など受賞歴多数。ほかに『原色の街』『砂の上の植物群』『子供の領分』などがある。

岡本かの子　おかもと・かのこ
1889年東京生まれ。1939年逝去。十代から歌人として活動。36年『鶴は病みき』を川端康成の紹介で発表し小説家としての活動を開始。代表作に『母子叙情』『老妓抄』『生々流転』などがある。仏教研究家として『観音経を語る』などの著書も。

筒井康隆　つつい・やすたか
1934年大阪府生まれ。81年『虚人たち』で泉鏡花賞、87年『夢の木坂分岐点』で谷崎潤一郎賞、89年「ヨッパ谷への降下」で川端康成文学賞、92年『朝のガスパール』で日本ＳＦ大賞、2000年『わたしのグランパ』で読売文学賞を受賞。

椎名　誠　しいな・まこと
1944年東京都生まれ。79年、エッセイ『さらば国分寺書店のオババ』でデビュー。89年『犬の系譜』で吉川英治文学新人賞、90年『アド・バード』で日本ＳＦ大賞を受賞。『岳物語』「ナマコのからえばりシリーズ」など著書多数。

中島らも　なかじま・らも
1952年兵庫県生まれ。2004年逝去。小説、戯曲、音楽など多分野で活躍。92年『今夜、すべてのバーで』で吉川英治文学新人賞、94年『ガダラの豚』で日本推理作家協会賞を受賞。ほかに『人体模型の夜』『アマニタ・パンセリナ』など。

南條竹則　なんじょう・たけのり
1958年東京都生まれ。作家、翻訳家、英文学者。93年『酒仙』で日本ファンタジーノベル大賞優秀賞を受賞。中国や中華料理を題材にした作品も多い。ラフカディオ・ハーン『怪談』など翻訳も多数。ほかに新書『英語とは何か』など。

白石一郎　しらいし・いちろう
1931年釜山生まれ。2004年逝去。1957年「雑兵」で講談倶楽部賞を受賞しデビュー。87年『海狼伝』で直木賞、92年『戦鬼たちの海』で柴田錬三郎賞、99年『怒濤のごとく』で吉川英治文学賞を受賞。ほかに『鷹ノ羽の城』『サムライの海』など。

田中啓文　たなか・ひろふみ
1962年大阪府生まれ。2002年「銀河帝国の弘法も筆の誤り」で星雲賞日本短編部門、09年「渋い夢」で日本推理作家協会賞短編部門を受賞。ほかに『茶坊主漫遊記』『アケルダマ』「鍋奉行犯科帳」「浮世奉行と三悪人」シリーズなど。

清水義範　しみず・よしのり
1947年愛知県生まれ。81年『昭和御前試合』でデビュー。88年『国語入試問題必勝法』で吉川英治文学新人賞を受賞。奇抜な発想やユーモアを駆使した小説やエッセイを次々と発表。ほかに『会津春秋』「夫婦で行く」シリーズなど。

嵐山光三郎　あらしやま・こうざぶろう
1942年静岡県生まれ。88年『素人庖丁記』で講談社エッセイ賞、2000年『芭蕉の誘惑』でＪＴＢ紀行文学大賞、06年『悪党芭蕉』で泉鏡花賞、07年同作で読売文学賞を受賞。ほかに『夕焼け少年』『徒然草殺しの硯』『よろしく』など。

夢枕　獏　ゆめまくら・ばく
1951年神奈川県生まれ。77年「カエルの死」でデビュー。89年『上弦の月を喰べる獅子』で日本ＳＦ大賞、98年『神々の山嶺』で柴田錬三郎賞、2012年『大江戸釣客伝』で吉川英治文学賞など受賞歴多数。ほかに『ものいふ髑髏』など。

谷崎潤一郎　たにざき・じゅんいちろう
1886年東京生まれ。1910年小山内薫、和辻哲郎らと第二次「新思潮」を創刊。「刺青」「麒麟」などを発表。以来明治末期から大正、戦後の昭和中期まで創作を続け、近代日本文学を代表する小説家となる。代表作『痴人の愛』『細雪』など。

（収録順）

集英社文庫　目録（日本文学）

集英社文庫 目録（日本文学）

渡辺淳一　遠き落日(上)(下)
渡辺淳一　わたしの女神たち
渡辺淳一　新釈・からだ事典
渡辺淳一　シネマティク恋愛論
渡辺淳一　夜に忍びこむもの
渡辺淳一　これを食べなきゃ
渡辺淳一　新釈・びょうき事典
渡辺淳一　源氏に愛された女たち
渡辺淳一　マイ センチメンタルジャーニィ
渡辺淳一　ラヴレターの研究
渡辺淳一　夫というもの
渡辺淳一　流氷への旅
渡辺淳一　うたかた
渡辺淳一　くれなゐ
渡辺淳一　野わけ
渡辺淳一　化身(上)(下)

渡辺淳一　ひとひらの雪(上)(下)
渡辺淳一　鈍感力
渡辺淳一　冬の花火
渡辺淳一　無影燈(上)(下)
渡辺淳一　孤舟
渡辺淳一　女優
渡辺淳一　仁術先生
渡辺淳一　花《はな》埋《うず》み
渡辺淳一　男と女、なぜ別れるのか
渡辺淳一　医師たちの独白
渡辺優　ラメルノエリキサ
渡辺雄介　MONSTERZ
渡辺葉　やっぱり、ニューヨーク暮らし。
渡辺葉　ニューヨークの天使たち。

＊

集英社文庫編集部編　短編復活

集英社文庫編集部編　短編工場
集英社文庫編集部編　おそ松さんノート
集英社文庫編集部編　はちノート―Sports―
集英社文庫編集部編　短編少女
集英社文庫編集部編　短編少年
集英社文庫編集部編　短編学校
集英社文庫編集部編　短編伝説 めぐりあい
集英社文庫編集部編　短編伝説 愛を語れば
集英社文庫編集部編　短編伝説 旅路はるか
集英社文庫編集部編　短編伝説 別れる理由
集英社文庫編集部編　短編アンソロジー 味覚の冒険
青春と読書編集部編　COLORSカラーズ

集英社文庫

短編《たんぺん》アンソロジー 味覚《みかく》の冒険《ぼうけん》

2018年10月25日　第1刷　　定価はカバーに表示してあります。

編　者　集英社文庫編集部《しゅうえいしゃぶんこへんしゅうぶ》

著　者　嵐山光三郎《あらしやまこうざぶろう》　井上荒野《いのうえあれの》　岡本《おかもと》かの子《こ》　川上弘美《かわかみひろみ》

椎名《しいな》 誠《まこと》　清水義範《しみずよしのり》　白石一郎《しらいしいちろう》　田中啓文《たなかひろふみ》

谷崎潤一郎《たにざきじゅんいちろう》　筒井康隆《つついやすたか》　中島《なかじま》らも　南條竹則《なんじょうたけのり》

夢枕《ゆめまくら》 獏《ばく》　吉行淳之介《よしゆきじゅんのすけ》

発行者　徳永　真

発行所　株式会社 集英社

東京都千代田区一ツ橋2-5-10　〒101-8050

電話　【編集部】03-3230-6095

【読者係】03-3230-6080

【販売部】03-3230-6393(書店専用)

印　刷　凸版印刷株式会社

製　本　凸版印刷株式会社

フォーマットデザイン　アリヤマデザインストア　　マークデザイン　居山浩二

ISBN978-4-08-745804-6 C0193